1
GC NOVELS
異世界転移したので
チートを生かして
魔法剣士やることにする
著／進行諸島　画／ともぞ

CARACTERS
カエデ
ネットゲーマーの大学生。いつの間にか異世界に転移していた。凄まじい魔力と剣技を持つ。
リア
盗賊に捕まっていたところをカエデに助けられた謎のエルフ。魔力を持たない特殊な体質だが、魔力操作は達人級。

サリー
冒険者ギルド、エイン支部の受付嬢。ランクを急上昇させるカエデに好意を持ち始めている。
スミズ
ドワーフの鍛冶職人。エレーラでは魔法素材を使った職人として名の知れた腕前を持つ。
スミサ
スミズの娘。父スミズと同じく職人。杖の製作を専門としている。

ロープを外す手段を考えようとしたところで、
不意にリアが立ち上がった。
その足元には、さっきまでリアを縛っていたロープが、
綺麗に解かれた状態で落ちていた。
「もしかして、自分一人でも逃げられた？」
「魔力ないから、むり！」「今は、あるって事？」
「カエデの魔力は、いっぱいあって、かんりができとー」

異世界転移したので
チートを生かして
魔法剣士やることにする

1

"I've transferred to the different world,
so I become a magic swordsman by cheating."

1

CONTENTS

Story by Shinkou Shotou
Illustration by Tomozo

プロローグ

ネットゲーマーである、俺――涼宮楓《すずみやかえで》は、頭痛をこらえながらひたすらキーボードを操作していた。

画面に表示されていたボスのＨＰはつい二秒前に消滅。

そして俺のリアルＨＰも残りわずかだ。もう四日ほど寝ていない。

「まだ寝ちゃやだめだ、ドロップ分配に参加しないと……」

そう考えるが体は言う事を聞かず、俺はそのままキーボードに突っ伏し、意識を手放した。


こうなった原因は、三日ほど前の俺が無茶を始めた事だ。

今年大学で必要な数の単位を取り終わった俺は、開放感と高揚感に任せて、ここぞとばかりにハマっていたＭＭＯ－ＲＰＧ『メイザード・オンライン』、通称『メイザード』に予定を詰め込みまくったのだ。

その時の俺の浮かれぶりといったら、三日間の予定に一切の睡眠時間が存在しない事に気付かないほどだった。

それでも最初の二日はまだよかったのだ。

だが三日目の夜、つまり最後に寝てから三日半ほど経った頃になると、流石にきつくなってきた。

頭が痛いし、疲労もピークである。

その時にやめておけばよかったのだが、あろう事かその時の俺は『よし、次に武器がドロップしたらやめよう』などと考えてしまったのだ。

ドロップというやつはリアルラック、つまり運に大きく左右される。

二時間もあれば出るぐらいのドロップ率であったはずの武器が、ドロップするのに十時間もかかった俺のリアルラックは、きっとマイナスだったのだろう。

それでようやく眠りにつこうとした俺のもとに、無情にもフレンドチャットによる呼び出しがかかる。なにがフレンドだ。

「開始まで後五分なので固定の参加者は集合してくださーい」

それを見た俺がデスクトップにある時計に目をやると、表示は午前五時五十五分を示していた。

固定というのは固定パーティーの略である。その名の通り、決まった時間に、決まったメンバーで、決まったボスを討伐するパーティーの事だ。

これをすっぽかせば、自分を除く十一人のメンバー全員に迷惑がかかってしまう。

いくら体調が悪かろうとも、俺に寝るという選択肢は存在しなかった。

それから何とかいつも通りに役割をこなし、ボスを討伐するまでにかかったのがおよそ二時間。

普段とほとんど変わらないタイムであるが、この時の俺にはその二時間が永遠のように感じられた。

そして冒頭の場面のように、俺は意識を失った――

最初の町
エイン

目を覚ますと、そこは見慣れた自宅の天井ではなく、森の中であった。

知らない天井どころか、天井すら存在しない。

慌てて周囲を見回すが、目に入るのは木と雑草ばかり。

見える範囲の木々は、主に太さ一メートルほどもありそうな広葉樹のようだ。

ある程度の間隔をあけて生えている木々の間にある地面には、雑草が生い茂っている。

その下にあるのは黒い、腐葉土らしき土だ。

もちろん、こんな場所に来た覚えはない。訳がわからない。

そこでふと違和感を覚え、服装を確認する。

着替えた覚えがないのに、服装が変化している。

寝る前は確かにジャージを着ていたはずなのだが、俺が今着ているのは外出時に使う黒い服で、運動靴も履いている。もちろんだが、靴を履いて寝る趣味はない。

明るさと太陽の傾き具合、それから気温などを考えると、時刻は午後四時頃ではないだろうか。

ここが日本であれば、そう間違ってはいないはずだ。

ともかく、まずはここから移動しようと思い、立ち上がって歩きだすが、ここでまた違和感を覚える。

普通に歩いているつもりなのに、普段よりペースがかなり速く感じるのだ。

まさか脚力でも上がっているのではないかと思い立ち、馬鹿な妄想が間違っている事を証明すべく、軽く垂直にジャンプしてみる。

しかし俺の期待は裏切られた。

そこまで強くジャンプしたつもりはないのに、俺は地面から一メートル半ほども飛び上がったのだ。

さらに、元々特に丈夫でもなかった俺の足は、身長ほどの高さから落下した俺の体を準備もなしに受け止めた。

「なんだ、夢か」

ここで俺はこの状況を夢だと断定し、それから自分の頬をつねる。痛かった。

そういえば『夢の中で頬をつねっても、脳が勝手に痛みを作る事があるため、頬をつねるだけで夢を判別する事はできない』などという話を聞いた事がある。

これは多分それだなと思い、ならばどうやって夢を終わらせるかを考え始めたが、すぐにどうせ夢なら楽しんでやろうじゃないかと考え直した。

しかし、楽しもうにもここはただの森だ。

ただの森では楽しみようがないので、森から抜ける手段が必要だ。

遭難した際には尾根に沿って移動しろなどと言われていたのを思い出すが、残念ながらここは平地だ。

年輪の間隔から方角を推測しようにも辺りには切り株などないし、それどころか人の手の入った跡すらない。

水音も聞こえないし、辺りにどう進めばいいかの手がかりは存在しないように思えた。

切り株を探していて気が付いたが、ここの植生は日本に近いらしい。

生えている植物は、名前までは知らないが見覚えのある植物が主だ。

まあ、自分の知らない物を作り出せるほど、俺の脳は想像力に溢れてはいないのだろう。

こうなれば考えていても仕方がない。とりあえずカンに従って、一方向にまっすぐ進んでみる事にする。

森では木をよけたりするうちに方向感覚が狂い、まっすぐ進んでいるつもりで同じところを回ってしまう可能性が高い。

そのためこの行動は森が現実の物であれば下策なのだが、ここは俺の夢だ。

自分の見る夢が、変化もなく延々森が続くような物であるとは考えたくない。

そうでないとすれば、一方向に向かって歩き続ければそのうち何かが見つかるだろう。多分。

そして期待通り、しばらく進むうちにおかしな物を発見した。

いや、物と言っていいのかはわからない、パッと見たところ、雰囲気は犬に近い生き物なのだ。

しかし、よく見てみると犬とは全く違う。

ここからはかなりの距離があるのであまり細かいところまでは見えないが、それでもはっきりと違いがわかる。

耳は見た事がないほどに鋭角だし、体毛は緑で、長い牙が上あごの方に突き出ている。

ただ、俺は別に犬に詳しい訳ではないので、ここまでなら俺の知らない犬の品種だと思ったかもしれない。

しかし、こいつと犬の間にはそれ以上に決定的な違いがあった。

脚が六本あるのだ。

六本脚と言っても昆虫のような物ではなく、後ろ脚が神話にあるスレイプニルのように二股に分かれているのだ。

その割には歩行に不自然さなどは感じないし、あたかもこれが通常の状態であるかのようにゆっくりと歩いている。

なので恐らく奇形などでもないだろうし、そうである以上は地球の生物でもないだろう。

もちろん、メイザードにもこんな生き物は存在していない。

一番可能性があるとしたらこれがファンタジー風の夢だという事で、二番目に可能性があるのはSF風で、動物型の機械などだろうか。

とりあえず呼び方がないと不便だし、緑犬《みどりいぬ》とでも名付けておこうか。

決して安全そうな生物とは言えないので、気付かれないように静かにその場を去る。

匂いなどで見つからないかとも思ったが、幸いここは風下のようで、気付かれずに緑犬が見えなくなるまで離れる事ができた。

それでも油断せず、まずは周囲を確認し、危険そうな物がない事を確認してからさっきの生物について考える。

アレは明らかに日本の生物ではない。いや地球の生物ですらないだろう。

ゲーマーの俺の事だ、現実にいる生き物を適当につなぎ合わせて、ゲームっぽい生物を夢に作り出したのかもしれない。

そうなると、他の部分もゲーム的になっているのではないだろうか。

しかし、ここにはグラフィックユーザーインターフェースはもちろん、キーボードもマウスもない。

どう操作すればいいかはわからないが、俺の夢である以上は俺の発想を大幅に超えるような物ではないだろう。

「メニュー、ステータス、アイテムショッ……おっ！」

まず手始めに、という事で思いつくシステムコマンドっぽい物を唱えてみたが、アタリだったようだ。

軽快なサウンドと共に目の前に半透明のウィンドウが表示され、俺は思わず声を上げる。

その際にびっくりして上を向いてしまったが、ウィンドウは視界についてくるようだ。

「夢にまでゲームを持ち込むようなゲーム脳か、俺は……」

独り言を言いながらステータスを確認する。

画面には、俺の年齢、性別、種族、レベル、ＨＰ、ＭＰ、またＩＮＴ、ＳＴＲ、ＡＧＩ、ＤＥＸといった、ゲームで見慣れたステータス群が書かれている。

レベルは一で、他の数値はＨＰが五〇ほど、ＭＰが一〇〇ほど、ＩＮＴとＤＥＸが四〇ほど、他が二〇程度となっていた。

ＭＰだけ桁が違う。

また、スキルもその後に文字列として列挙されている。メイザードとは違い、スキルツリーやアイコンは存在しないようだ。

【情報操作解析】、【異世界言語完全習得】、【魔法の素質】、【武芸の素質】、【異界者】、【全属性親和】。

これが今俺が持っているスキルの全てである。

この能力は高いのだろうか。

平均値はわからないが、ＭＰが他に比べて随分と高い気がする。ＩＮＴやＤＥＸも比較的高いようだ。

だが、ＭＰの桁外れ具合に比べると差は大分小さいと言えるだろう。

これが基本だとしたら、このゲーム世界のステータスはかなりアンバランスにできている。

ＭＰを眺めつつ、平均的にはどんなバランスなのか知りたいと思った時、視界にステータス画面に比べると大分小さいウィンドウが表示された。

ＭＰ：最大値一〇一二、現在値一〇一二
説明：魔力量、魔法などを使用する際に消費される。

この世界の人族の平均魔力量を一〇として定められる相対的な数値。

現在値が最大値を下回った時点から一分ごとに最大魔力量の一〇〇〇分の一を回復する。

小数点以下を切り捨てて表示。

これを見る限り、どうやらＭＰに関しておかしいのはバランスではなく俺の方らしい。

ＨＰの方も調べてみたが、こちらは健康状態や丈夫さを数値化した物であり、自然回復量などは決まっていないようだ。

ゲームシステムとしては、随分と大雑把である。

他も調べてみようと思い、再度ステータス画面に目を移すが、そこになんだか見逃してはならない物が見えた気がして二度見する。

――【異界者】、【異世界言語完全習得】。

おそるおそる、それを調べてみる。

【異界者】：ユニーク／ランク10
説明：違う世界から来た事により、ステータス、スキル習得率、魔素親和性などに幅広く影響が出る。

元々いた世界の位の高さにより効果が変動する。

ランクはこの世界を五とした相対的な数値。

数値が高いほど、大きく能力を向上させる方向に働く。


魔素親和性がどうとか書いてあるが、魔素とはなんだろう。

そう考えた時、俺は魔素を見ている訳ではないにもかかわらず、魔素の説明が表示された。

　魔素
　説明：世界に遍在する、魔力との高い親和性を持つ元素。
　人間が保有可能な量は限られており、その許容量と魔力の精製能力により最大魔力量が決定される。

……異常な魔力の原因は、魔素親和性で間違いないな。

見ていないのに説明が表示されたのは、目に映らないというだけで目の前に魔素があったからだろう。

魔素親和性というのは、その保有可能量が多いという事に違いない。

精製能力というのはよくわからないが、書き方からすると、魔素と魔力が混じった中から魔力だけを抜き出す力に見える。

【異界者】は魔素親和性以外にもステータスなどに影響をおよぼすらしいので、やたらと高く飛べたり速く歩けたりしたのも【異界者】のせいだろう。

しかし、最大の問題はそこではない。異世界がどうとか書いてある事だ。

もちろん、これが夢の中のゲーム設定だとしたら全く問題はない。

だが、頬をつねった時の痛みやら、この辺りの地形やらに妙な現実味があるのだ。

まさか、これは夢ではなく異世界……？

いや、まだそう考えるのは早い。

第一、俺が異世界に行くような理由はないし、植生もほとんど日本と同じなのだ。

夢の可能性が一番高いだろう。

……だが、あの犬は明らかに日本の生き物ではないし、見た事もない。

全く知らない物が、夢の中に出てくるだろうか。

俺は脳科学やら夢やらの専門家ではないので詳しい事はわからないが、知らない物はほとんど出てこない気がする。

考えていても埒《らち》が明かない。もしこれが夢であればそう長くない時間で目が覚めるだろう。

一日も覚めなければ、ここは異世界だと判断できる。

夢であればどんな行動を取ったところで問題はないが、とりあえずはここが異世界であると仮定して行動する事にしようか。

……根拠はないが、なぜかここは異世界のような気がするのだ。

ともかく、調査を継続する。

【情報操作解析】：ユニーク
説明：情報を解析し、操作する能力。
視界に入っている物、生物を【鑑定】する事ができる。

対象に触れる必要はなく、魔力は消費しない。

また、本人の了解を得る事により、鑑定された際に表示されるステータス等を隠す事ができる。

さらに、隠蔽が施された情報も解析が可能。


さっきから情報が調べられるのは、このスキルのせいだと思われる。

恐らく、【鑑定】と呼ばれるスキルがあるのだろう。説明の書かれ方からして、【情報操作解析】は、【鑑定】の上位スキルだと考えた。

情報操作もできるようだし、ユニークなどと書かれているので、珍しいスキルかもしれない。

その場合、ここが異世界であれば見られると面倒な事になりそうなので、このスキルで自分のステータスを隠す事ができるのならそれはありがたい。

隠す以外の、たとえば偽装が行えるかどうかはわからない。試せばいいか……。

さっきは特に【鑑定】だの【情報操作解析】だのと唱えずともスキルが使用可能だった事から、恐らく詠唱などはいらないんじゃないかと推測し、【異界者】を隠蔽したいと念じる。

その瞬間、【異界者】の表示が【異界者（隠蔽）】に変わった。

どうやら、ステータスは再度唱えて開き直したりする必要はなく、変化に応じてリアルタイムで更新されるらしい。

これで見えなくなったのかを確かめようと思い【異界者】を【鑑定】すると、説明に『【鑑定】では表示されない。』という一文が追加されていた。

これで大丈夫なようだ。

【鑑定】以外に人の能力を知る方法が普及していないという保証などないが、なにもしないよりはマシだろう。

自分が異世界人だと主張している【異界者】【異世界言語完全習得】や、明らかにチート臭い【全属性親和】【情報操作解析】と違い、【〜の素質】などは特に珍しいスキルでない可能性もあるが、まだ判断ができないので念のため全てのスキルに隠蔽を施しておく。

ステータスも隠蔽できるようだが、隠蔽したところで隠蔽している事自体がバレてしまう。MPのように平均値がどうとかはなかったのでこの値が標準的かどうかはわからないが、隠す意味はあまりないと思える。

さっきからMPの表示は全く減っていないので、恐らく隠蔽も魔力を消費しない。

ちなみに、試してみたところ改竄《かいざん》は不可能のようだ。

他のスキルも【鑑定】しようと考えた時、後ろから音がした。十メートルほど離れた場所から緑犬がこちらを見ている。

「グルルルル……」

別に仲間になりたそうに見ている訳ではなく、むしろこちらを威嚇している。

どうやら、見逃してくれそうにはない。

「うーん……」

調査を中断し、どうするか考える。

緑犬はそこまで大きくもないし、さっき歩いていた時の動きからすると戦えなくはなさそうだ。

だが、それは武器があればの話。今の俺の手元には、銃や剣はおろか『ひのきのぼう』すらない。

仕方がない、ひのきは高級木材なのだ。

よってここは逃げの一手だろう。

緑犬とは逆の方向にダッシュを開始するが、下草や木の根が邪魔で思うほど速くは走れない。

それでもこの世界に来る前の俺の全力疾走よりはずっと速いと思うが、緑犬がついてくる気配は消えない。

二百メートルほど走ったあたりで後ろを確認する。

——緑犬との距離は広がるどころか、むしろ詰められていた。

走りだした時の半分ほどまでに縮まっている。

このままでは追いつかれる。何かできないだろうか。

辺りを見回すと、前方の大木の高さ三メートルほどの位置から木の枝が生えている事に気付いた。

ある程度の太さがあるので恐らく折れる事はないだろうし、脚が六本あろうが犬は木登りをしないだろう。

現状最も安全な場所だと判断し、そちらを目指す。

振り向いたうえ、方向転換までしたのでかなり速度が落ちてしまった。

すでに枝は間近だが、緑犬との距離はさらに縮まり、吐息まで聞こえるくらいだ。

焦る気持ちを抑えてジャンプで届きそうな距離まで近付く。そして全力でジャンプして腕を枝に伸ばす。

緑犬の方も俺に追いすがろうとする気配を感じるが、届かなかったようだ。

握力に頼ったかなり無理な姿勢だが、俺は何とか手が枝に届き、つかまる事に成功した。

助かった。判断は間違っていなかったようだ。

もし握力が脚力と共に上がっていなかったら、そのまま滑り落ちていただろう。成功したのはただのラッキーかもしれないが。

そのまま腕の力を利用し、枝の上によじ登る。

予想通り緑犬は木に登れないようだが、枝の下からまだ威嚇を続けている。

このまま待っていれば、すぐ諦めてどこかに去ってくれるだろうか……。

そう考えていた時期が私にもありました。

十分ほど待ってみるが、緑犬は去る気配を全く見せない。威嚇はやめたようだが、一向に去らずにこちらを見ている。

このまま待っていると夜が来てしまう。こんな得体の知れない生物がいるような森で夜を明かすのは遠慮したい。

ここから逃げたところで人に会えるとは限らないが、このまま待っていても事態は好転しない。

幸いＭＰの説明文に人族の平均値とあったから、少なくともここは人のいる世界ではあるのだ。

自分の運を信じて、動くのが一番ましな選択だろう。

脱出の手段を探すうち、俺はさっきコマンドを唱える事でステータスが表示されたのを思い出す。

「装備！　……アイテム！」

他のコマンドを試してみると、装備には反応がないものの、アイテムと唱えた瞬間、体から何かがごっそりと抜けるような感覚があった。

そのまま半秒ほど待つと、灰色のウィンドウに白い枠が書かれた物が表示される。

見慣れたメイザードの物とは違うが、ゲームのアイテムボックスと似た雰囲気がある。

右上にある『〇／一〇一二』という表示は、容量だろうか。

試しに木から葉っぱを二枚ほどむしって枠の中に入れようとしてみるが、枠に手を動かすまでもなく、アイテムボックスに入れようと考えた途端に葉っぱは消えてしまった。

アイテムボックスの中には葉っぱの写真のような物が表示されていて、その右下には二という数字が書かれている。

アイテムウィンドウの葉っぱに意識を向けると、追加でポップアップウィンドウらしき物が表示される。

　ポレの葉
　説明：ポレの木の葉。

やはり、アイテムボックスとして機能しているようだ。

試しに取り出そうと思うと手に葉っぱが一枚現れ、写真の右下の数字が一になった。

恐らく右下の数字は保存している数で、同種の物は一枠にまとめて保存できるのだろう。

アイテムボックスの右上には『一／一〇一二』と表示されている。

葉っぱをアイテムボックスに戻してもそのままだ、一〇一二は枠の数、一はそのうち使用中の数だろう。

偶然かもしれないが、一〇一二というのはMPの最大値と同じだ。アイテムボックスの枠数はMPの最大値に依存するのかもしれない。

他に重量などの制限や、一枠にまとめられる最大数があるかもしれないが。

今度は片方の葉っぱを半分にちぎり、両方収納してみると、写真右下の表示は三になった。ちぎられた破片でも一つとしてカウントされるようだ。

ちぎられた方の葉っぱを取り出したいと念じたところ、その通りになった。

もしそうでなかったとすれば、複数に多様な物が入っている場合、狙った道具が出るまでいくつも取り出さなければならなくなる。

この世界のインターフェースは中々親切にできているようだ。

しかし、初期装備までは用意してくれないらしい。

もしかしたら今の服装が初期装備なのかもしれないが、ジャージに裸足よりマシとはいえ、間違っても戦闘用ではない。

ここでふと思いつき、ポレの葉を手に取り出して鑑定してみる。

すると、アイテムボックスでは『ポレの木の葉』とだけ書かれていた部分に、『油分を含むため乾くとよく燃える』という説明が追加された。

松などは油分が多いためよく燃えるらしいが、それと似たようなものだろう。こういう無駄な知識は、ネトゲに関して調べ物をしていたはずが、いつの間にかネットサーフィンをしていた、という事が珍しくないせいで勝手に身についたものだ。

どうやらアイテムボックスで表示される物より、【情報操作解析】の方がわかる事が多いようだ。

しかしどちらにしろ、今の状況では役に立ちそうにない。

攻略の糸口がつかめるかもしれないと、緑犬を同様に【鑑定】してみる。

すると、俺を【鑑定】した場合とほぼ同様のフォーマットで、緑犬の情報が表示された。

違う点と言えば、レベルや種族、年齢がない事と、そのかわりにランクがある事だろうか。

名前はグリーンウルフと言うらしい、犬ではなかったようだ。

ランクはFとなっており、ステータスはINT、DEXはほぼゼロだが、STRやAGIは三〇近い。

HPは三五とあるが、スキルすら持っていない脳筋のようだ。

ランクとやらの基準はわからないが、Fというアルファベットからはそこまで強そうな印象は受けない。だがSTRやAGIは俺より高く、その上俺はレベル一であるから、有利な相手だとは言えないだろう。

せめて武器があればいいのだが……。

――そういえば、スキルに【魔法の素質】や、【全属性親和】なるものがあったな。

杖などの武器を持っていないと魔法を使えないという事でなければ、魔法を習得できる可能性があるのではないだろうか。

手がかりをつかむべく再度ステータスを見ると、ＭＰが約半分まで減っていた。アイテムボックスを発動した時にあった、何かが体から抜けるような感覚は、魔力の消費による物だったのかもしれない。

初回発動時のみ消費などならいいが、アイテムボックスを開くたびに半分減るなどという場合、もう一度開けばＭＰが枯渇してしまう。

状況がわからない以上それは避けるべきだろう。アイテムボックスは一時的に封印だ。

続けて【鑑定】していなかったスキルを調べてみたところ、【魔法の素質】、【武芸の素質】はそれぞれ魔法、武芸の習得を格段に早めてくれ、さらにそれらの能力まで上がる効果があるという事がわかった。

その他にも何か効果があるような書かれ方だったが、詳細はわからなかった。【情報操作解析】も万能とはいかないようだ。

【全属性親和】は全属性の魔法が使用可能になるスキルであり、【異世界言語完全習得】は見たままの効果だ。

表示は、たとえばこんな感じだ。

【魔法の素質（隠蔽）】：ユニーク

説明：魔法の習得が格段に早くなる。

また、魔法を使用する能力が向上するなどの追加効果がある。

【鑑定】では表示されない。


最後の行は全てのスキルについている、隠蔽の効果だ。

説明不足というか、もうちょっと詳しく書いてくれてもいいんじゃないかとは思うが、これは効果範囲が広いと言う事かもしれない。

日本にあったカードゲームでも『テキストが短いカードは強い』などと言われていた。

これもきっとその類《たぐい》だ。……そうだったらいいな。

しかし、魔法の習得が格段に早くなるとは言え、今は何も習得していないし、練習の仕方も知らない。

ゲームにおいてスキルは、敵を倒した事で得られるレベルアップか、イベントやスキル振りなどのシステムを用いる事で、初めて使用可能になる物が多い。

システムに関してはダメ元で色々唱えてみたが、残念ながらこの世界にはないようだ。

と、ここで『何らかの方法で魔法を使う事により、その魔法が習得できる』というシステムのゲームを思い出した。

そのシステムの場合、魔法を習得するには魔法のアイテムなどが使用されるが、この世界では何もないところから呪文などで発動できる可能性がないとは言えない。

どうせダメで元々、とりあえず攻撃力の高そうな炎関係の魔法でも試す事にする。

俺はステータスウィンドウを閉じ、緑犬の方を見ながら、思いついた呪文を適当に唱えてみた。

「ファイア、フレイム、ファイアアロー、〇ラ、メ〇ゾーマ、ハ〇ト」

が、魔法は発動せず、周りに変化も起きない。

もし周りに人がいたら、俺の事を可哀想な中二病患者を見る目で見て、それからそっと目をそらす事だろう。

「ダメか……」

多くのゲーム同様、習得していない魔法は使えないようだ。

こう、火の玉が緑犬に向かって飛んでいって、敵を火だるまにするような物を少し期待していたのだが。

残念に思いながら緑犬の方を見た時、想像したよりは小さい火の玉が俺の目の前に現れる。

「うわっ！」

急に目の前に火の玉が現れたせいで、驚いて木から落ちそうになってしまった。

それと同時に、火の玉も消えてしまう。呪文ではなく、イメージの問題なのか。

本物のネトゲでもインターフェースがここまで進化したら、それはそれで面白いかもしれないが、マウスやキーボードを使わないシステムというのは物足りなさを感じてしまうな。

そんな事を考えながら体勢を整える。

この状況になってから相当時間が経っているのに緑犬は目立った動きも見せないので、精神的にも大分余裕が出てきた。

さらに再度自分のステータスを【鑑定】したところ、【火魔法1】が追加されている事がわかったのだ。

「グルルルル……」

今ので緑犬に警戒されてしまったようだ。逃げてくれればそれはそれで楽なのだが、そんな気配はない。

だが、今の状況は向こうからの攻撃が不可能で、こちらからの攻撃は可能というもの。

まともな運営のネトゲであればこんな真似ができる場所はすぐに修正される、絶好の状況だ。

さあ、レベリングの糧となってもらおうか。

今度は驚かないように気を引き締め、火の玉ができて緑犬の方に飛んでいくのを想像する。

すると狙い通り、直径三十センチほどの赤い火の玉が目の前に現れ、中々の速度で飛んでいく。目測で、時速四十キロといったところだろうか。

緑犬は回避しようとするが、胴体への直撃は避けたものの、左足の先に火の玉が当たったようだ。

そこから炎が体表を伝い、緑犬が火だるまになった。

……これではグリーンウルフではなくレッドウルフだな。

しょうもない事を考えているうちに、もがいていた緑犬は動かなくなる。

一撃で倒せるかどうかを見るためもあって追撃しなかったが、問題なかったようだ。

テッテレー

なんだかどこかで聞いたような電子音が聞こえた。

周囲を見回すが、もちろん音源らしきものは見当たらない。

それに、どこの方向から聞こえたのかわからないというか、直接頭の中に響いた音のような気がするのだ。

何の音か少し考えると、ゲームでこのような音が何に使われるかを思い出した。そしてステータスを再度表示する。

予想通り、レベルが上がっていた。

レベルが二になり、HP最大値が三〇、MP最大値に至っては五〇〇ほど伸びている。

ステータスも全体的に五ほど伸びているが、DEXとINTの伸びが比較的大きいようだ。

魔法もスキルレベルのような表示が気になるので、【火魔法1】を鑑定しておく。

【火魔法】：レベル1
説明：火属性の魔法が使用可能になる。
性能はINTに依存し、魔法効率はスキルレベルが上がるほど高くなる。

やはりスキルレベルだったようだ。

魔法効率という見慣れない単語が出てきたので、その部分を【鑑定】しようとするが、成功しなかった。

説明の本文は対象外なのだろうか。語感からすると、MP消費に対する魔法の威力といった感じだ。【異界者】にはレベルではなくランクで表示されていたのは、【異界者】は後天的に上げる事ができないせいだろうか。

と、ここでおかしな事に気付く。

前回ステータスを見た時、MPは確か五〇八だったと記憶している。

そして、火魔法を使った現在も五〇八なのだ。

アイテムボックスを発動した時のような感覚もなかったが、まさか消費していないというのか。

小数点以下で減ったのかもしれないが、魔法使用直前にはMPを【鑑定】していないので比較のしようもない。

MPを見ながら魔法を試し撃ちしてみるか。

そうして的を探すべく一旦木から飛び降りると、パチパチという小さな音が耳に入ったので、そちらに目を向ける。

緑犬の死体の辺りが燃えている！

ポレの葉の説明にあった、油を含んでいるため燃えやすいという説明を思い出す。

どうやら、燃え移ってしまったようだ。

幸い気が付くのが早かったので、そこまで燃え広がってはいないようだが、消火しなければ大火事になってしまいそうな勢いで延焼が始まっている。

「ウォーターアロー！　水よ！　アクアメ○ディ！」

慌てて変な詠唱をしてしまうが、もちろん効果はない。

そうだ、イメージが必要だったのだ。一度落ち着き、消防用のホースから出る水を想像する。

するとかすかに体から何かが抜け始めるような感覚の後、俺の目の前の空間から水が勢いよく噴出し、火は消し止められた。

見える範囲に炎はなくなったが、念のため周囲にも適当に水をまいておく。

それからステータスを確認すると、【水魔法1】が新たに追加されており、ＭＰは五〇七になっていた。

【火魔法1】の消費魔力はゼロという表示だったが、実際には小数点以下の魔力を消費していたからわからなかったのだろう。

しかし、驚きの低燃費である。

そして、放水した時自分にはねた水の感触のリアルさで、さらにここが異世界なのではないかという思いを強くする。

もしそうだとして、どうやってこの世界に来たのかはわからないし、考えてみれば帰り方もわからない。しかし意外にも、俺はパニックに陥ったりはしなかった。

というのも、地球に兄弟はいないし、両親も二年前に交通事故で死んでいる。

特に親友がいる訳でもないし、メイザードも過疎が始まり、周囲からも引退者がぽつぽつと出始めている。

サービスが終了し、他のゲームを探す事になるのも時間の問題だろう。

そう考えると、地球に大きな未練はないのだ。

持っているスキルも何やらチートっぽいのが多いし、こうなったら異世界を楽しんでしまうのも手ではないか。

……暗い世界観とかじゃなくて、楽しい異世界だったらいいな。

俺の移動を妨げる敵はいなくなったので、森を出るための移動を再開する。

緑犬の黒焦げの死体には、ゲームのように自動でアイテムになってくれるような便利機能はないらしい。何かの役に立つ可能性はあるので念のためアイテムボックスに入れておく。

敵対的で脚が六本ある狼だとはいえ生き物を殺したのだが、特に罪悪感などは覚えなかった。画面を通して、ＦＰＳなどでの殺しの経験が生きたのだろうか。

なんにせよ、罪悪感で動けなくなるよりはよっぽどましだろう。

そろそろ暗くなってきそうだし、道か何かが見つかってくれないと木の上で野宿する羽目になってしまうな。

そんな事を考えながら、相変わらずの広葉樹林を歩いている時、ふと森の木々が立てる音とは違うものが耳に入った気がした。

耳に手を当て、聞こえた気がした方向に意識を集中する。

「ぐあああああああ！」

よりはっきりと、人の声らしきものが聞こえた。

それも悲鳴だ。

何が起こっているのかもわからないし、近付いて安全と言える保証もないが、人間がいる事だけは確かだ。

まずは様子を窺うべく、悲鳴がしたであろう場所が視認できそうな場所を探す。

少し走ると森が途切れ、草原のような場所になっていた。

俺のいた森からおよそ五メートルほどの位置を道が走っており、さらに離れた場所に荷馬車が停まっていた。近くに緑犬がいる。

方向から言っても、悲鳴が聞こえたのはあの荷馬車からだろう。

少し近付くと、状況がわかってきた。

馬車は緑犬の襲撃を受けているようで、恐らくさっきの悲鳴もその中の一人のものだろう。

ここから見えるのは三人で、一人は怪我をしているようだ。

赤い髪の男が左腕を押さえていて、すぐそばには大きな剣が落ちている。悲鳴はこの男のものだったろうか。

もう一人、剣を持った男の髪の色は緑だ。染めたような不自然さはなく、この世界では黒髪や金髪以外の色が珍しくないのかもしれない。

緑髪の男が緑犬と戦っているが、敵は三匹残っており、戦況は芳しくないように思える。

緑犬の死体も四つほど見当たるが、これは時間から言って戦闘員が二人いた時のものであり、流石に一人で三匹を相手にするのは厳しいのだろう。

その後ろには商人らしき小太りの男がいるものの、小柄な男の後ろにある荷馬車に隠れようとしている。剣の持ち方は素人の俺から見てもなんとなく違和感があるし、おそらくは非戦闘員だ。

援護が必要だと思うが、俺に今使える攻撃魔法は、あの火の玉くらいだ。下手すれば人間まで巻き込んでしまうし、人を巻き込んでも大丈夫な放水魔法は消火活動くらいにしか使えない。

仕方ない。ぶっつけ本番になるが、周囲に被害を与えない新たな遠距離魔法を試してみる事にしよう。

種類はゲームでは定番の氷魔法、それも槍の穂先のようなものでいく。

ゲームなどで一番よく見ると言っても過言ではないほどの魔法なので、イメージははっきりしている。……にもかかわらず、一向に氷は生成されず、それどころかＭＰも消費されなかった。

何がいけないのかはわからないが、検証している時間はない。

次に何も発動しなければ接近して炎魔法を使う事も視野に入れつつ、氷魔法を諦めて今度は岩の槍を想像してみる。

するとわずかに魔力が消費される感覚の後、岩の槍が生成された。形状としては長さ二十センチ、直径五センチ程度のいびつな鉛筆型だ。

次にそれが最も当たりやすそうな位置にいる緑犬に飛んでいくのをイメージすると、槍はその方向に飛び始めた。

十五メートルほども距離があるにもかかわらず、槍はまるで重力の影響がないかのように直線軌道を描く。

そして誘導性能もないのに、運がいいせいか、不意打ちだったせいか、緑犬の前足に命中した。火の玉と比べるとパワーがないのか槍は少し食い込んだだけで砕けてしまったが、敵は足をもつれさせる。

それで十分だったようだ。小柄な男はその隙を見逃さず、無防備になった緑犬の首を一撃ではねる事に成功した。

敵が二匹になって動きやすくなったのだろう。残りの緑犬も俺が次の槍を撃つまでもなく、小柄な男にそれぞれ胴体、足を斬りつけられた後、首をはねられる。

その後緑犬を倒した男は周囲を見回し、敵がいないのを確認したのかこちらにむかって手を振ってきた。ここでも手を振るのが友好的な動作なのかはわからないが、表情などからすると友好的に見える。

怪我をしていた男の方も命に別状はなさそうで、自分で手当てをしているが、特に非友好的な感じはない。

そのカンを信じて俺が荷馬車らしきものに近付くと、小柄な男が話しかけてくる。商人らしき男も荷馬車から出てきた。

「助かったよ、援護してくれてありがとう。ところで森の方から来たようだけど、魔法使い系冒険者って装備じゃないね。どうしてそんなところから一人で出てきたんだい？」

なるほど、この世界にはゲームなんかでよくある、冒険者が存在するらしい。

「気が付いたら森にいました、記憶があまりなくて自分でもなぜ森にいたのかはわかりません」

常識も何もわからないので、とりあえず記憶喪失でごまかしておく事にした。一部記憶がある事にしておけば、ボロも出にくいだろうし。

「魔物にでも襲われたのかな？　それにしては服装が綺麗だし、怪我もなさそうだけど……まあ、いずれにしても君は命の恩人だ、お礼をしたいからちょっと待っててくれ。おーいカラクさーん！」

そう言って、商人の方に歩いていく。

二人は少し何かを話していたが、すぐにこちらを向く。

「助けてくれたのは君かね、礼を言うよ。私はカラク、見ての通り商人をやっている。記憶喪失だと聞いたが、軽いサポートくらいはできるかもしれないね。……身分証やお金は持っているかね？」

「私はカエデといいます……持っていないようです」

一応ポケットなどを探ってみるが、もちろんこの世界の金はおろか、学生証すら入っていなかった。

アイテムボックスに入っているのも葉っぱと黒焦げの緑犬だけだ。面倒事は嫌なので、念のため下の名前だけを名乗っておく。

カラクさんには苗字がないようだ。もしかしたら昔の日本やファンタジー世界のように、苗字を持てるのは特別な人だけだったりするのかもしれない。

「そうかね。それでは町に入る事すらできないね。……お礼と言っては何だが、保証金と宿代、それからギルドへの登録料くらいはあげよう。こちらも生活がかかっているからこれ以上はあげられないけど、わからない事などがあったら何でも聞くといいよ」

そう言いながらカラクさんは、俺に銀色の硬貨を五枚手渡す。多少古くなってはいるが、輝き方などは銀の食器に似ているような気がしないでもない。

「あの、すみません。これは銀貨……でしょうか？」

「ん？　……硬貨すら覚えていないのかね。そうだよ、それは銀貨だ。わからない事は教えてあげるけど、出発してからにしてほしい」

とりあえず、もらった銀貨はポケットにしまっておいた。

応急処置も終わったようで、緑犬の死体を回収し終わった小柄な男を御者として馬車が動きだす。

俺は荷物の箱に座ったが、硬い上に振動が激しいので尻が痛くなりそうだ。

「じゃあ説明を始めようかね。まずはさっきの続きで硬貨について説明しよう。これが銀貨で……」

カラクさんの話を総合すると、貨幣の価値は、鉄貨千枚＝銅貨百枚＝銀貨一枚、銀貨百枚＝金貨十枚＝大金貨一枚であり、鉄貨一枚を一テルと呼ぶらしい。

宿なんかの額を聞いた感じからすると、一テルは十円の感覚だろうか。

最高額の大金貨は恐ろしい事に一枚で百万円となってしまうが、銀行振り込みなどが不可能だと大きい額のものが必要になるのかもしれない。

カラクさんが持っていなかっただけで、この上にも大金貨百枚分の価値がある白金貨というものがあるようだ。

まあ、俺には縁のない話である。

しかしこの馬車には、大量の荷物が積んであるな。アイテムボックスが普及しているとしたら、わざわざ荷物で運ぶ必要はなさそうなものだ。

少し気になって、カラクさんを【鑑定】してみる。……低かった。

いや、俺が高いのかもしれないが、スキルも【生活魔法】しかなく、ステータスもHPを除いて一〇あるかないかだ。レベル七だというのに、レベル一の時の俺にさえ負けていた。

【生活魔法】について尋ねてみると、火種になる程度の炎を出したり、トイレで洗浄代わりに使える水を出したりする魔法らしい。

魔力消費は一回当たり〇・一程度だそうだ。

ステータスは成人男性で平均一〇程度だという。

しかし、アイテムボックスが使えない理由は見当たらない。冒険者がどの程度なのか把握すべく、小柄な方の冒険者を【鑑定】してみる。

……やはり、思ったほど高くはなかった、というかレベル二の俺とほぼ同じだ。

レベルは十四なのだが、ステータスはAGIが三三、HPが百一四ある。他はオール二〇ほどといったところか。

ただ、単純にパワーや速度が数値と比例するなら、モルスさんというらしいこの冒険者は、カラクさんの倍近い力がある事になる。

さらに【剣術1】も持っているので、戦闘力の差はさらに大きくなるだろう。これがレベルの差だろうか。

まあ、レベルの割にどうかはともかくとして、俺のステータスがＭＰを除いて特に異常ではないという事がわかって安心した。

冒険者としても普通にやっていけそうだ。

やたらと高いステータスを持って無双というのも夢はあるが、悪目立ちしそうだからな。

結局、アイテムボックスが使われていない理由がわからなかったので、聞いてみる事にした。

「商品を運ぶのにアイテムボックスを使わないんですか？」

「【魔法の素質】を持っていないと使えないスキルだからね、あれを使える魔法使いは大体高ランクの冒険者やら軍人やらになってしまうから、雇おうにも高いんだ。その割には持てる物の量もそこまで多くはないから、貴族向けの高級食材を運搬する時くらいにしか使われないね。……貴族や豪商なんかはアイテムボックス持ちを囲い込んで食材保存に使ったりしているみたいだけど、とても一般的とは言えない」

どうやら、原因は【魔法の素質】だったようだ。

言い方からすると、おそらくそこそこ珍しいスキルだが探せばある程度はいる、程度のレア度だろうか。

【武芸の素質】だけ激レアなどという事はおそらくないだろうし、これら二つのスキルは隠すほどの物じゃないだろう。

【魔法の素質】と【武芸の素質】の隠蔽は外しておく事にする。

その後もカラクさんに、この世界についての話を聞いていると、あっという間に町に着いた。

高さは二メートルほどであるものの塀が存在し、道の先には門があって衛兵が座っている。

見たところ、あまり勤勉には見えないが……。

「身分証を見せてくれ」

門の前に立つと、そう声を掛けられる。

身分証がない事を伝えると保証金として銀貨一枚を要求され、それから白い板に触れろと言われる。

それに触れると、板にステータスの一部が表示された。具体的には名前、年齢、種族、性別、レベル、スキル、それから賞罰だ。

賞罰は、主に犯罪歴などの事らしい。おそらく、この板は【鑑定】と似たようなものだろう。

苗字までしっかりと表示されている事に気付き、慌てて隠蔽した。

「はっ⁉　見間違いか？　……まあ、問題ないな。ようこそエインへ」

衛兵は一瞬おかしなものを見たような顔をしたが、すぐに無理に作ったような笑顔で、名前と町の名前が書かれた薄い金属製の仮身分証を渡してから通してくれた。

この町はエインという名前のようだが、あの反応は一体何なのだろう。苗字は見られていないはずだが、身分証をなくす人はそんなに珍しいのだろうか。

手慣れていたのでその可能性は低いとすると、俺が何か作法を間違ってしまっただけかもしれないな。

まあ、仮身分証を今後も使う可能性は高くない気がするが。

俺に続いてカラクさんたちが身分証を見せ、町へ入る。

怪我をしていた人は問題なさそうというか、むしろ怪我がなくなっていた。ゲーム的な世界の事だし、何か便利なポーションの様な物でもあるのだろうか。

「では、これでお別れだね。ここをまっすぐ行くと冒険者ギルドがあるから、そこで冒険者登録をしてギルドカードと仮身分証を持っていけば銀貨を返してもらえるよ。まあ、何かあったらカラク商会に来てね」

色々考えているうちに、カラクさんはそう言って違う道に行ってしまった。

「僕たちも冒険者ギルドの方に行くけど、君も一緒に来るかい？」

作法も町の事もよくわからない俺にとってはありがたい事に、モルスさんは誘ってくれた。

断る理由はもちろんない。

「はい、お願いします」

そう言って、モルスさんたちと共にギルドへ向かって歩きだす。

もう辺りは薄暗くなってきていた。

電灯などの機械はないし、町並みだけを見れば中世ヨーロッパのイメージと似ているだろうか。

ド○クエと言った方が近いかもしれない。

町並みは個人商店らしき建物が多いが、時間が遅いからか閉まっている店が多かった。開いている店も店じまいの準備をしていたりするし、二十四時間営業などという文化はないようだ。

酒場らしき店はまだ開いているし、冒険者ギルドは二十四時間営業なのかもしれないが。

人通りはそう多くはないが、ぽつぽつと人が歩いているのが見える。

一部の人には獣耳やら尻尾やらがついている。しかし獣人はメイザードにも種族として存在したし、ファンタジー的な世界なのだからいてもおかしくないだろうと納得する事にした。

人々の服装はゲームで見た事があるような雰囲気の服装が主だが、中世と聞いてイメージするような粗末な服ではなく、むしろしっかりとした作りはどちらかと言うと現代に近い。

その上、地味な服の人は多いが、汚れている人は一人もいなかった。たまに鎧を着け、剣を腰に下げている冒険者らしき人もいるが、基本的に服装に限って言えば、この世界はかなり現代的で、俺の服が目立つような事もなさそうだ。

本当の中世ヨーロッパでは道に汚物が垂れ流され、それを避けるためにハイヒールができたなどという話も聞いた覚えがある。この世界がそうなっていないのは、素直に喜んでいいだろう。

大昔のような町に現代的な服装、この文化のちぐはぐさは魔法のせいなのか、それとも夢の中だからだろうか。

俺が魔法と服の関係性について考え始めた頃、モルスさんがふと思い出したように言う。

「君は魔法使いなのかい？　見たところ杖は持っていないようだが……なくしてしまったのか」

「私には【魔法の素質】があるみたいですが、魔法には杖が必要なものなんですか？」

言い方からして杖が必要そうだが、とりあえず杖なしで発動できた理由としてそれっぽいのを推測して答えてみる。

「いや、【魔法の素質】はすごいスキルではあるけど、流石にそこまでの効果はないね。杖がなくても魔法は発動できない事もないいんだけど、物を飛ばす魔法は速度が出なくなってしまうから、杖なしじゃあまり実用的じゃないんだよ。もしかしたら君は元々魔法の速度が極端に速いのかもしれない」

その後も説明が続いたが、まとめるとこういう事らしい。

魔法の威力は基本的にＩＮＴと魔法のレベルと、魔力の消費量、それから敵との相性に依存する。

そこに杖は関係ないのに、なぜわざわざ杖を使うのかと言うと、杖なしで魔法を飛ばしても速度が出ないからだ。

ファンタジーな事に、同じ者が同じだけの魔力を使って放った岩の槍であれば、音速で飛ぶものもカタツムリの速さのものも威力は変わらない。

緑犬に向けた槍が砕けてしまったのもそのせいだろう。

だが、威力が出たところで、ゆっくりと飛んでいく魔法は至近距離でもない限り簡単によけられてしまう。

至近距離では魔法を使うより剣を使った方が速いし、遠距離から直接干渉できる魔法は見つかっていないらしいので、結果的に戦闘魔法には杖が必須となるのだ。杖の有無にかかわらず、魔法の速度には個人差があるようだが、杖なしで実用的な速度の魔法を飛ばせる人は皆無らしい。

なので、飛ばす必要のない回復魔法使いなどを除き、戦闘用の魔法使いは基本的に杖を使うとの事。

杖は長ければ長いほど速度が出るが、取り回しが難しくなるので使用者や用途によって使う長さは違うらしい。

主流なものは六十センチから百二十センチ程度のようだが、近距離戦が主となるダンジョン用の四十センチほどの杖や、十メートルを超える対空用の杖まであるようだ。

ちょうど説明が終わった頃、ギルドの前に到着した。

全体的に、質実剛健という言葉が似合う、レンガ造りの建物だ。

二階建ての四角い建物で、屋根は赤瓦のような物でできた三角屋根。

石でできた段差の上に木製の両開きのドアがあり、金属製で装飾のない、丈夫そうな取っ手がついている。

ドアの上にはでかでかと「冒険者ギルドエイン支部」と書いてあって、丸い盾の上で剣が交差したようなマークが左右に描かれている。

「冒険者ギルドエイン支部」は見た事のない文字で書かれているが、なぜか意味は理解できた。

おそらくは、【異世界言語完全習得】のせいだろう。モルスさんたちとも普通に会話をしていたし、俺としては日本語を話しているつもりだったが、もしかしたら無意識のうちに異世界語を話していたという事もあるかもしれないな。

「それじゃ、僕らはこの先にある宿だから。じゃあね」

モルスさんたちはそう言って宿の方へ行ってしまったので、ここからは俺一人だ。

木製のドアを開けてギルドの中に入る。

ギルド内部は外から見た印象と違わず実用的な作りで、入り口の正面には銀行の窓口のような仕切りによって四つに区切られた、木製のカウンターがある。

他は幅一メートル弱と言ったところだが、一番右の区画だけ幅が約三メートルほどもあり、買い取り窓口と書かれている。残りの三つには区別がないようなので、おそらく買い取り以外はなんでもやっているのだろう。

三つの通常区画のうち一番左は空席になっていて、残りの二つのテーブルにはギルドの制服らしきものを来た女性が座っている。どちらも年齢は二十歳前後と言ったところだろうか。

左の方が金髪碧眼。右の席の女性も、髪こそ黒に近い茶色だが目は青い。どちらもかなりの美人だ。

制服は蒼を基調としたデザインで、白い襟がついている。

長袖で全体的に露出は控えめだが、地味と言うよりは清楚な感じだ。

入り口付近の壁は色分けされており、一面に木製のボードがいくつもかけられていた。

ボードにはランク、依頼内容、報酬、備考が書かれている。

紙にボールペンで書いた字ほどではないが、ある程度は細かく書く事ができるらしい。

壁の色はランク分けらしい。

内容からすると、ランクはGが一番下で、一番上がSになるのだろう。

書かれている内容はこんな感じだ。

ランク：G
依頼内容：ズナナ草の採取
報酬：一本当たり三十テルでの買い取り
数量：あるだけ
備考：受注の必要なし、ズナナ草の持ち込みによりその場で依頼達成とする。

長さ十五センチメートル以上のものを根元から採取する事。十から十五センチメートルの物は一本十テル、それ未満の物は買い取り不可となる。

また、似た毒草であるドクズナナと混同される事があるが、ドクズナナの茎は四角く、ズナナ草の茎は丸いので注意されたし。


最初に気になったのは、内容よりも『センチメートル』という単位が使われている事だ。

この世界でもメートル法が使われているのかもしれない。

単にスキルが俺にわかりやすいよう翻訳した結果かもしれないが。まあ、どちらにしろ困る事はない。

ズナナ草という知らない単語だが、カタカナになっているのでこちらもある程度は翻訳されているのだろう。

ドクズナナとズナナ草の判別については、俺の場合【情報操作解析】による【鑑定】があるので問題ない。もし受けるならの話だが。

他にもGからはじまり、Eランクまでは多くの依頼があるようだが、そこからはランクが上がるにつれ急激に数が減り、Bランク以上のボードは一枚も存在しなかった。

数少ないCランクの依頼を見てみると、オークの群れがどうとか、ガルゴンがどうとか書いてある。

BランクやらAランクやらが必要になるような物騒な事には、そうそうならないのだろう。

単独での依頼は見たところガルゴンが最高ランクのようだが、オークの群れと同等だと考えると、ドラゴンみたいなボス的なモンスターではなさそうだ。

町の外に出たらドラゴンがひょっこり現れて、ぱくっと食われるような世界ではなさそうで、安心した。

もちろん、オークが俺が想像している、豚面で頭の悪い太った巨人というイメージに合っていればの話だが。

依頼の板から目を外して左を見てみると、そちらは酒場になっていた。丸っこいテーブルが並べられ、木でできた安物っぽい椅子がテーブル一つ当たり四つ置かれている。

左奥にはカウンターがあり、いかにもファンタジー風酒場のオヤジといった感じの、髭の生えたオッサンが立っていた。

客としては、三人前後の冒険者パーティーらしきグループが五組ほどいて、酒を飲んだり話をしたりしている。

あまり素行が良さそうには見えない者も多いが、男ばかりという訳ではなく、男女比は四対一といったところだ。

防具は革鎧を装備している者が多いが、武器は大男が背負っている無骨な大剣くらいしか見る事はできなかった。大方、テーブルなどで隠れているのだろう。

建物の外見からは二階があるように思えたが、階段は見当たらない。

職員専用の区画にでもあるのだろう。

つい観察をしてしまったが、あまり入り口で突っ立っていても迷惑だ。とりあえず真正面にある、金髪の受付嬢がいる窓口の方に行く事にしよう。

近付きながら、どう話しかければいいのかを少し考える。……余計な事はせずに用件を言うのが無難だろう。

「すみません、登録をしたいのですが」

「はい、登録ですね。登録料は銀貨三枚ですが、大丈夫ですか？」

「はい、お願いします」

ポケットから銀貨を三枚取り出し、カウンターの上に置く。

「では、これに触れてください」

銀貨をテーブルの下辺りにしまった受付嬢が差し出したのは、町に入る時に門で触れた板とは違い、物々しい金属製の箱だ。

触れると、箱の上面に門で表示されたものと同じステータスが表示される。相変わらずＳＴＲやＨＰなどは表示されていない。

表示を見て受付嬢は驚いたようにこちらを見たが、すぐ我に返り、名刺よりやや大きい、銀色の金属板を箱の上に乗せる。

すると金属板が一瞬淡い青に光り、金属板に何か書き込まれた。受付嬢の反応は、ステータスの表示に何かあったせいかもしれないな。

隠蔽項目を増やしておくべきだっただろうか、などと考えつつ、表示を覗き込む。

表示項目は名前、種族、性別、賞罰の他に、ランク、依頼達成履歴、討伐履歴という項目がある。

ギルドや門での表示と比べ、項目が随分と少ない。

依頼達成履歴はもちろん、討伐履歴も空欄なので、緑犬を倒した分はカウントされていないらしい。もしこれ以降の討伐履歴などが自動で書き込まれてくれるとしたら、随分なオーバーテクノロジーだ。

「それでは、ギルドについての説明をしますね」

どうやら、新規登録者にはギルドの事を説明してくれるようだ。

「はい、お願いします」

『教えるまでもありませんよね？』などと言われたら、どうしようかと思っていた。

「見ての通り、これがギルドカードです。上の項目から説明をします」

「一段目は名前、種族、性別が書いてあります。二段目がランクで、ランクは下からG、F、E……とAランクまで上がり、一番上のランクはSになりますが、現在までSランク冒険者となった者はおりませんし、Sランクの依頼も出た事はありません。よって事実的にはAが最高となります。ランクの昇格は依頼の達成、魔物の討伐履歴などを考慮してギルドで決定しますが、Dランクから上には特例を除き、試験が存在します。Aランクでは個人の力に加え集団をまとめる力などが必要になりますが、まだ考える必要はないでしょう。また、依頼の達成率が悪い場合は降格する事もあります。三段目の賞罰としては、現在実質的に存在するものは盗賊だけですね。悪事を働いたものは、盗みであれ殺しであれ一律に『盗賊』となります。もちろん盗賊を殺しても盗賊になったりはしませんし、互いに同意した決闘の結果で相手を殺してしまっても盗賊になる事もありません」

決闘があるのか……。

もし売られた決闘を受けなければ、恥だとかいう文化があったとしたらその時は潔く……逃げよう！

決闘を挑んでくるからには勝算があるのだろうし、そんな相手と決闘なんてまっぴらごめんだ。

「四段目、八段目の依頼達成履歴、討伐履歴は依頼を達成した時、魔物を倒した時に自動で書き加えられます。盗賊を倒した場合もここですね、ギルドカードでは過去三匹しか確認する事はできませんが、ギルド側はそれ以上の履歴を確認する事もできます」

盗賊は魔物扱いらしい。

三匹以上を手元で確認できないのであれば、四匹以上の依頼では何匹倒したかを覚えておかなければいけないな。

まあ、死体をアイテムボックスに放り込んでその数で判断すればいいだけだが。

「最後に、ギルドカードの偽造に成功例はありませんし、やろうとした場合は未遂であっても死刑になりますので、ご安心ください」

コワイ！

ギルドカードの偽造がそこまでの重罪になるのか。

……というか、これだけの長い文章をよくかまずに最後まで言えたな。

「ギルドカードの説明は以上です、次は依頼の説明に入りますが、必要ですか？」

「ええ、お願いします」

俺が答えると、受付嬢は依頼の板がかかっている壁を指さす。

「備考の欄に『受注の必要なし』と書かれているもの以外の依頼を受けたい場合は、こちらにギルドカードと、あそこにある依頼板を持ってきてください。受ける事ができる依頼は自分のランクまでのもので、一度に受注できる数はFランクまでは三つ、Eランク以上では五つとなります。ただし期間中に依頼を達成できなかった場合、違約金として報酬の倍の額を払う事に注意してください」

倍の違約金か……中々に厳しいシステムのようだ。

「これは冒険者が無理な依頼を受注してしまわないようにするための措置ですので、天変地異その他の不可抗力があった場合はその点が考慮されます。受注の必要がないものに関しては、依頼の指示に従ってください。基本的に討伐ならギルドカードの討伐履歴を見せる、採取依頼であれば現物を持ち込むなどですね。これらはすでに三つを受注している場合でも達成する事ができます」

無理を止めるための措置だったのか。

確かに失敗で倍の違約金を払うようなら、身の丈に合わない依頼は受けないだろう。

中々よくできたシステムだと思う。

「討伐依頼に関しては、討伐履歴に日付と清算済みかどうかが書かれているのでその点に注意してください。依頼が出された日より前の討伐履歴を持ってきてもお金になりませんので。また、常時出されている依頼に関しても、討伐から三十日以内の履歴のみが清算対象になりますので、ご注意ください。また二重報告を避けるため、一度使った討伐履歴は清算済みとなり、それ以降使う事ができませんのでご注意ください」

やはりゲームでよく使われるような、目的が重なる依頼を受けて一石二鳥作戦は通じないか。

当たり前と言えば当たり前だが。

「また、依頼に関係ないものでも薬草や魔物の素材などはあちらのカウンターでも買い取りをしています。死体ごと持ってくると荷物が多くなるので、売れる部位を調べておいてその部位だけ持ってくるのをお勧めします。アイテムボックスを持っているようですが、容量には限度がありますよね？他に質問がありましたら、気軽に聞いてください。今のところわからないところはありますか？」

「いいえ、特にありません」

随分と便利なシステム、というかオーバーテクノロジーがあるようだ。依頼が紙ではなく依頼板に書かれているのはギルドカードの都合か、紙があまり普及していないせいだろう。

しかしすごい、この説明は何も知らない新人が知りたい情報が網羅されている。ギルドには新人への説明について分厚いマニュアルがあったりするのだろうか。

唯一腑に落ちない点があるとすればアイテムボックスの件だが、魔力がやたら多い事を考えると、アイテムボックスの容量が一〇一二もあるのは俺だけなのかもしれない。

重量制限とかあったらやだな。

「それでは、あなたは今からギルドの冒険者です。ギルドメンバーとして、自覚ある行動を期待します。夜は視界が悪いのであまりお勧めはしませんが、依頼を受注していきますか？」

「いえ、明日にしておきます」

「はい、わかりました。賢明な判断です」

登録を終えた俺はギルドを出て、門へと向かう。

もう日は落ちていて、開いている店も酒場だけのようだ。

人通りもほとんどなくなった道を歩くうち、門に到着した。

「仮身分証をもらった者です、冒険者登録をしてきました」

「ああ、これに触れてくれ」

俺は来た時と同じく白い板に触れ、門番はそれを確認すると仮身分証を受け取り、銀貨一枚を俺に渡す。

それをポケットに入れ、門番に礼を言うついでに宿のおすすめを聞いてみる事にする。

「ありがとうございます。ところで、どこか安くておすすめの宿はありませんか？」

「そこの角を左にまっすぐ行くと、『はねやすめ亭』がある。そこそこ安いし、飯はうまいし、その上安全だ」

「行ってみます、ありがとうございます」

衛兵さんに言われた角を左に曲がりまっすぐ行くと、路地はなんとなく住宅地っぽい感じになってきた。少なくとも、ギルドに行く通りのように店が多いなどという事はない。

その一角に『はねやすめ亭』と書かれた看板が掛けられた、木造二階建ての建物があった。新しい建物という訳でもないが、ボロいという訳でもない、あまり特徴のない建物だ。

隣には酒場なのか飯屋なのかよくわからない感じの建物がある。

安いのは立地のおかげだろうか。そんな事を考えながら中に入るが、そこの雰囲気も普通の宿屋といった感じだった。

ただし、ファンタジーゲームの普通だが。

「いらっしゃいませー」

出迎えてくれたのは、十二、三歳くらいの女の子だ。

その子がかわいらしく挨拶をするなりパタパタと店の奥に入ったと思うと、ほどなく恰幅のいい、いかにも宿のおばちゃんといった女の人が出てきた。

「いらっしゃい。泊まりかい？　一泊六百テルだよ」

「泊まりです、これでお願いします」

おばさんは俺が差し出した銀貨を受け取り、ポケットから取り出した銅貨を四十枚数えて鍵と共に手渡してくれる。

銅貨は五円玉ほどの大きさで、穴は開いておらず、『一〇』という文字と、何らかの紋章のような物が彫られている。

紋章は下を向いた剣と上を向いた槍が斜めに交差したような物だ。

五百円玉ほどの大きさである銀貨にも同じような紋章が彫られていたので、彫られているのはこの国の紋章なのかもしれない。

そこそこの重さがあるので、四十枚もポケットに入れていたら重そうだ。

「鍵はこれ、二階の一番手前の部屋だ。飯は一日二食、隣にある飯屋で鍵を見せればいつでも食べられるよ。一食六十テルを超えると差額は自腹になるから注意しな」

そう言っておばさんは階段を指さした。

飯屋と提携しているのも、安くするための工夫かもしれない。それと時間が決まっていないのもありがたい。

鍵はただの木でできた棒に字が書いてあるだけの物に見えるが、電子キーならぬ魔法キーか何かだろうか。

ともあれ今日は疲れた。

いや、随分動いたはずなのに肉体的な疲れは感じていないのだが、精神的な疲れは別だ。今日は色々な事がありすぎた。

早く眠りたいと思い、階段を上がって部屋に入る。

部屋は四畳半ほどの広さで、ドアには閂のような物がついていたので、中に入ってから下ろしておいた。

外から鍵を差すと閂《かんぬき》が外れる仕組みになっているらしく、鍵を差してから回す必要などはなかった。

鍵と閂が離れているので心配になるが、押し込む時に手応えはあったし、魔法の道具的な何かが普及しているのかもしれない。

あまり丈夫そうな印象はないが、宿の人が気付くまでの時間を稼げれば、宿屋の鍵としては十分なのだろう。

まあ、念のため荷物は置いていかず、常に持ち歩いておく事にしよう。どうせアイテムボックスがあるから荷物が増えても困らないし。

そうだ、宿であればアイテムボックスの実験が可能だ。

魔力を大きく消費する可能性があるから使用を控えていたのだが、ここでなら問題はない。

ステータスでMPを確認しつつアイテムボックスを念じると、アイテムウィンドウが表示される。

映っているのはポレの葉と緑犬、それから銀貨と銅貨だ。

収納されている緑犬は黒焦げのはずだが、映っている物は元気であるので、別に中身を完全に反映している訳ではないようだ。『写真はイメージです』的なノリだ。

ステータスに表示されているMPは減っていないので、消費するのは初回のみだと考えられる。

アイテムボックス右上の表示は四／一〇一二のままなので、残念ながら最大MPが増えたからと言って枠が増える訳ではなさそうだ。まあ、これで気軽にアイテムボックスを使用する事ができる。

他に確認する事も思いつかなかったので寝ようとして、部屋が明るい事に気付く。辺りを見回すと、ボタン付きの小さなボールが明かりを灯しており、ボタンを押すと部屋は暗くなった。

ベッドは悪くもないが、特に良くもないという微妙な感じだった。だが安い宿でこんな感じなら、異世界の寝具事情は中々悪くないかもしれない。

精神的な疲労からか、俺は飯を食うのも忘れてそのまま眠りについた。


鐘の音が聞こえて目を覚ます。

外の明るさを見る限り、おそらくは朝だろう。

今が何時になっているのかはわからないが、特に変な時差などを感じない事から、一日は二十四時間とそう大きくは違わないだろう。案外二十四時間ジャストだったりするかもしれないが、時計も持っていないし、この世界に来てから見た事もないので、それを知る術《すべ》はない。

そもそも時間の定義ってなんだ。セシウムの振動がどうとかいう話を聞いた事はあるが、もちろん俺にはそんな物を数える事はできない。

ＭＰの説明に一分がどうとか書いてあった気がして、ちょっと調べてみる。

……全回復していた。一分当たりに現時点の最大魔力量の一〇〇〇分の一を回復したとして、最低でも十一時間は経っているようだ。

随分と長く寝てしまった。そろそろ活動すべきだろう。

外に出てから部屋の鍵を押し込むと何か手応えがあるのを感じ、ドアを引いても開かなくなった。これで閉められるようだ。まあ、荷物も金もアイテムボックスの中なのだから閉める必要はあまりないが、こういうものは習慣なのだ。

靴を履き、一階に下りてみると、おばさんが掃除をしていた。

「おはようございます」

とりあえず挨拶をしてみる。挨拶は大事だ。

「おはよう。飯なら隣の飯屋はもう開いてるよ」

おばさんも挨拶と共に、飯の情報を教えてくれる。

「鐘が聞こえましたが、今は何時なのですか？」

「何時？　あー……六時って言うのかな？『何時』だなんて言い方、大商会やギルドでくらいしか使わないんじゃないかい。鐘は太陽が一番上に昇る時と、その前後四半日で鳴るけど、そんな事も知らないなんて、あんた一体どこから来たんだい？」

「あ、あはは……色々ありまして」

笑ってごまかす事を試みる。鐘が一日に三回しか鳴らないという事は、普通の人はあまり時間をピッタリ合わせる必要がないのだろう。

「まあ、詮索はしないから安心しな。盗賊でなくて、金を払ってくれればそれで問題ないよ」

ごまかせたのだろうか。とりあえずごまかせた事にしておこう。

昨日は飯を食わずに寝たので、かなり腹が減っている。腹が減っては戦はできぬ。とりあえず飯を食いに行こう。

まあ、今日受けるつもりの依頼は戦ではなく、もっと平和的な依頼だが。

どんな依頼を受けるか考えながら隣の飯屋に入る。客はまだ三人ほどの冒険者らしき人たちしか入っていなかった。

しかし問題はそこではない。そこではないのだ。

料理人らしき人を含め三人いる店員が、全員巨乳の女性で、しかも服装がエロいのだ。

飲食店とは思えないほど露出が多く、しかも胸を隠すどころか、全力で強調しにかかっている。

特別に重要な部分はちゃんと隠れてはいるが、明らかに常軌を逸している。

「いらっしゃいませー。宿のお客さんですかぁ～？　どれにします？」

ここは何か、そういうお店だったのだろうか。

間違った店に入ってしまっただろうか。値段がやたら高かったりはしないだろうか。いや、宿がどうとか言っているからそのような事はないはずだ。

「そ、そうです。メニューとかありますかね？」

キョドらないよう細心の注意を払いながら返答を返す。

何もなかったかのごとく、自然な態度でこの場を切り抜けるのだ。

……よく見ると、店員さんたちは全員耳が尖っていた。

美人揃いだとは思ったが、これがエルフ、いやエロフか。エロフ恐るべし。

「メニューはこちらでーす。どれでもおいしいですよー」

味には自信を持っているようだ。

だが、秋葉原のメイド喫茶などでは店内にレンジで何かをチンするような音が響いていたりするらしい。

あれか、もしやおいしくなるおまじないとかだろうか。ここがもしそういう店だったとしたら食事自体の味はあまり期待できないかもしれないが、それはそれで……悪くないかもしれないな。

意を決し、メニューを選ぶ。

値段表を見る限り、特におかしな値段ではないようで安心する。とりあえず無難そうな物を探そうと思う。

メニューを見ていくと、ちょうど六十テルの物で、気になる物があった。正直この店にはそれ以上に気になる物があるが、それはおいておいて『グリーンウルフ定食』だ。

俺に襲いかかってきたので、あまりおいしくないと言われる雑食や肉食の生物である気もするが、

なんとなく気になったのだ。まあ、食えない物は出てこないだろう。

「おまちどうさまでーす」

その後まもなくして、料理が俺の下へやってきた。

店員に目をやらないよう、必死に考え事をするフリをしていたので、非常に長く感じたが、おそらく五分程度のはずだ。

料理は店員さんの一人が持ってきたのだが、それをテーブルに置く際には当然、店員さんは姿勢が前屈みになる。

俺の前に料理を置くのだから当然至近距離になる訳だが、制服は当然さっきと変わらないままで、強調された胸がさらに大変な事になっている。

結果、俺は自分まで前屈みになってしまいそうな事と、ついそちらに目をやってしまいそうになるのをこらえるのに全力を注ぐ羽目になった。

【情報操作解析】よ、お前の出番だ、お前なら俺の視線と姿勢を隠蔽するくらいは可能なはずだ！

……ついでに解析と保存もしておいてくれると助かる。メールにでも添付して送ってくれ。高画質無圧縮の動画ファイルで頼む。無理なら画像をzipでもいい。

店員さんが去り、前屈の危機から脱した俺は、そこでようやく空腹を思い出して料理に口をつける。

店はイロモノな感じがするが、手元を見る限り料理の手際は良かったように見える。

別に、手元以外の部位に視線を送るついでに、手元に視線を送っていた訳ではない。

他の場所が目に入ってしまったとしてもそれは偶然であり、不可抗力であるのだ。

……ともかく、手際は良かったが、大事なのは味だ。

「……うまいな」

意外な事に、料理の方も思わず口に出してしまうほどうまかった。

グリーンウルフも、犬のような見た目ではあるが味は豚肉をやや淡泊にしたようなものだ。

パンはぼそぼそして単体でそんなにうまいとは言えないが、肉とよく合う。

それ以外の部分の印象が大きすぎる飯屋だが、味も量も満足できる、素晴らしい食事だった。衛兵さんが勧めるのも納得できるだろう。勧めた理由は気になるところだが。

……料理人さんが自信ありげだっただけの事はある。

欲を言えば、もうちょっと落ち着いて食事ができればとは思うが。

時々来るのはいいが、宿屋の関係で毎日ここで食事を取るとなると……どうなのだろう。

この宿屋での生活を続けると、いつかこんな場所にも慣れてしまうのだろうか。それはまずい、俺は俺の常識を守らなければならない！

ともかく、定食を食べ終わり、これでようやく店を出て危機を逃れる事ができるかと思った時、俺は新たな障害に気付いた。まだ昼飯の用意をしていない。

この世界にはコンビニはないだろうし、缶詰などもおそらくないか、値段が高いかのどちらかだろう。

どうしたらいいか、店主に聞いてみる事にする。

別に視線をやる理由を探していた訳ではない。

「すみません、私は冒険者なのですが、昼飯はどうしたらいいでしょうか」

「今日のお昼ご飯ですかー。お弁当でしたら五十テルで作ってさしあげますよー。パンに肉を挟んだだけのものですが、冒険者ギルドの横で売っている保存食よりはずっとおいしいですよー。ただ、長期保存は利かないので気をつけてくださいねー」

「じゃあ、それをお願いします」

そう言ってポケットに手を入れ、アイテムボックスから銅貨を取り出す。何もないところから取り出すよりは目立たないだろう。

うむ、入店直後に比べると大分冷静な判断力が戻ってきているようだ。

「では、商品はこちらになりまーす」

あらかじめ作ってあったのか、店員さんが下から何かを取り出す。

置き場所が下にあるのか、料理人がこちらを向いて前屈みになるが、近くで店員さんが前屈みになるのはこれで二度目だ。

もう焦ったりはしない。俺は関係ない方向を見ているフリをしながら、こっそりそちらに意識を向ける。

取り出したのは、大きな葉っぱに包まれた、これまた大きなパンだった。

長さは四十センチほどもあるので、手で持って運ぶのは厳しいと判断し、アイテムボックスに収納する。銅貨をポケットから出したのは無駄になってしまったが、そこまで隠すような物ではないはずだ。

「お兄さん、それアイテムボックスですかー？　すごいですねー、危ない冒険者なんてやらないで、貴族様のところにでも就職するのも悪くないと思いますよー」

「ええ、アドバイスはありがたいですが、とりあえずは縛られずに色々試してみたいので。ではごちそうさまでした」

いきなり自由を失いそうな職業につくのは、面白くなさそうだ。安牌《あんぱい》を選ぶのは、冒険者をやってみてからでいい。

礼を言いながら店をでる。

「それとー、気付かれないように物を見る時に、何も無い方向を見るのはあまりおすすめできませんねー。食材とかを見てるフリした方がいいんじゃないですかー？」

店員さんはニコニコと笑っている。

バレていたか！　……修行が足りなかったようだ。

仕方ない。修行のためにまた来るとしよう……。

気を取り直して、ギルドに向かう。

今日は初めての依頼だ。やはり最初は定番の薬草採取だろうか。

いずれにしろ、戦闘メインの依頼でなくとも冒険者を雇うからには危険があるのだろう。できれば武器は欲しい。

しかし、それにはまず稼がなければならない。とりあえず武器なしで依頼をこなすしかないか。そんな考え事をしながら歩く。

……あれ、ここは昨日通った場所と違う気がする。まっすぐ歩いていたはずだったのだが。

左右を見回してみる。俺は細い路地が交差している場所に立っていた。

……しまった。迷ったにせよ、来た方向にまっすぐ引き返せば戻れたはずなのに、辺りを見回した際に、どちらから来たのかがわからなくなってしまった。

考え事をしていたせいで、結構な距離を歩いてきてしまったようだ。どの方向を見ても宿の周囲らしき風景は見えない。……あっちから来た気がする、多分そうだ。そうに違いない。

俺は根拠のない自信、もとい、この町に来てから半日とちょっとで培われてきたカンを信じ、そちらに進む。ちなみに半日とちょっとのうちほとんどは宿で寝ていた時間だ。

……突き当たってしまった。あの道に来るまでには曲がった覚えなどないのに。

いや、俺は間違ってなどいないはずだ、きっと無意識に曲がっていたのだ。ほら、あっちの方が宿があった方っぽいじゃないか。

こうして俺は、宿があった方向（と自分が思っている方向）へと歩いて行ったのであった……。

「あれ、こっちじゃない!?」

数分後、俺の声が静かな路地に空しく響いた。

……完全に迷ってしまった。

どこかに人がいれば道を聞けるのだが、人の声もしないし、気配もない。別に俺は、人の気配を読める訳じゃないんだが。

まあ、ここは町の中である以上は塀の内側のはずで、その広さは有限だ。まっすぐ進めばどこかしらにつくだろう。同じ場所をぐるぐる回るよりはましだ。

などと考え、道をひたすらまっすぐ進む。

また突き当たってしまった、T字路だ。それも突き当たりは町の外壁ではなく、廃墟のような建物だ。

いつの間にかうち捨てられた雰囲気の場所に来てしまったようだ。正直、長居はしたくない。

しかし、引き返してもまた迷子を継続するだけなので、どこか違う場所に行くべく右折を選択する。

それが功を奏したのか、数分間歩くと店らしき物を見つけた。ドアには『鍛冶屋』とだけ書かれている。人の物音がするので、道を聞く事はできるだろう。そう考え、ドアに手をかける。

「誰の紹介で来た？」

ドアを開けると同時に声をかけられ、驚いて飛び上がる。

声がやや下から聞こえたのでそちらを見ると、長い髭とがっちりした体格を持った男がこちらを見ていた。ドワーフという奴だろうか。

「いえ、紹介されたのではなく、道に迷って……」

嘘をついたところですぐにバレる事なので、正直に答える。

「ふん。どうやったらこんなところに迷い込めるのかは知らんが、ここは武器屋だ。武器に興味がねえならさっさと帰れ」

愛想もへったくれもない。それに帰れと言われて帰れるのであればとっくにそうしている。

だが、武器には興味がある。無愛想な鍛冶屋は腕がいい物だと相場が決まっているのだ。

「いえ、私は冒険者でして、武器が欲しいと思っていたところなんです。見ていってもいいですか？」

「別に構わねえが、金はいくら出せる？」

持っている額は、普通に考えてちゃんとした武器を買うには足りないだろう。これから稼ぐ事も考慮に入れて答える。

「今は千三百五十テルしか持っていませんが、これから稼ごうと思いまして」

「千三百じゃナイフも買えねえな、お前、【武芸の素質】でも持ってそうな動きだが、なんでそれしか持ってねえんだ？」

やはり、武器は安くないようだ。地球にあったナイフは高い物でなければ一万円もかからなかったと思うから、おそらく鉱工業が未発達なのだろう。

それと、【武芸の素質】は動きでわかってしまうものらしい。隠蔽していなくて良かった。

「気が付いたら記憶もなく、無一文で森の中にいました。何とか宿代とギルドの登録料は入手できたので、冒険者として働こうと思って――」

「お前の事情に興味はねえが、死ななきゃそこそこ強くなるだろう。体格からして、装備は片手剣と盾だな。片手剣は一万、盾は五千で作ってやる。金が用意できて、良い装備が欲しいと思ったら来な」

ありがたくはあるが、事情に興味はないって、自分で聞いたのに……。

心の中でぼやきながら周りにある装備を見てみると、確かになんとなく良い装備っぽい雰囲気というか、風格のような物を感じる。

「後、この店の事は許可なく人に教えるなよ。ロクに使いこなせない人間にうちの装備を売る気はない、お前を放り出さなかったのは近いうちにまともな剣士になりそうだと思ったからだ。うちに来る奴は普通、ギルドの紹介でだからな」

最初は帰れって言ったくせに……。

まあ、性格はともかく腕は良さそうな武器屋を知る事ができた。

隠れた名店って奴だろうか、ラッキーだ。

「わかりました、金が貯まったらまた来ます」

「おう、さっさと稼いでこい。死ぬなよ」

ドワーフさんなりの優しさだろうか。俺はさわやかな気持ちになってドアを開け、一歩踏み出した。

そしてすぐに一歩戻り、振り向いてドアを開ける。

「すみません、ギルドってどっちですか？　道がわかりません」

台無しだった。

＊

それから十分後、俺はやっとギルドの前に到着していた。

鍛冶屋とギルドの距離は意外と短かったが、道が入り組んでいてわかりにくかった。鍛冶屋さんに道を聞かなければまだ迷っていただろう。

そういえば、鍛冶屋さんの名前を聞くのを忘れていた。【鑑定】もしていない。

……まあ、場所は覚えているから、今度行く事があれば聞けばいいだろう。

寄り道はしたものの、おそらく宿を出てから一時間はかからずにギルドに来れたと思う。

早速Gランクの依頼を見るが、討伐系の依頼は一つも見当たらなかった。

昨日見た薬草採取の他は、畑を耕す仕事、荷物運び、材木運びなどがある。Gランクの仕事は冒険者らしくないが、基礎的な体力があるかもわからない者をいきなり戦闘に送り込む訳にも行かないのだろう、仕方ない。

【鑑定】のおかげで一番アドバンテージがありそうな、薬草採取をやる事にする。受注の必要はないが、生えている草を片っ端から【鑑定】して探す訳にもいかないし、ズナナ草がどんな草なのか程度は聞いておかなければならないだろう。

カウンターに目をやると昨日の受付嬢がいたので、ちょっと聞いてみる事にする。面識があると言うほどではないが、話した事がないよりはマシだ。

俺が近付くと、向こうの方からにこやかに話しかけてくれた。

「こんにちはカエデさん、今日は何のご用でしょうか」

名前を覚えていてくれたようだ。ギルドの受付嬢は、来た人の名前と顔を全員覚えるくらいでないと、務まらないのかもしれない。

「こんにちは、えーと……」

「サリスです、サリーって呼んでください」

一瞬、あまり知らない人をあだ名で呼んで良いものか考えたが、とりあえず言われた通りの呼び方にしておく。

「こんにちは、サリーさん。ズナナ草がどんなものか知りたいのですが」

サリーさんの名前を呼んだ時、背中の辺りに寒気を感じた気がしたが、気にしないでおく。おそらく異世界に来たばかりで、体が慣れていないのだろう。早く適応しなくては。

「はい、ズナナ草ですね。森の中に生えている草で、群生はせずに一本ずつ生えています。葉の形が特徴的で、このような形をした小さい葉が、茎から生えた小さい枝の先に一つついています」

サリーさんはそう言って依頼板を大きくしたような物に、細工が施された細い棒のような道具で葉っぱの絵を描いて見せてくれる。ハートのような形だ。ぺんぺん草と似たような物だろうか。

ギルドにある簡易的な地図を見たところ、この町の周囲は、俺が来た側が森に、反対が草原になっているようなので、昨日通った門を通れば良いだろう。

「数の指定がありませんが、何に使うんですか？」

「加工すると止血剤になりますし、他の薬の材料と混ぜて効果を増強したりする、需要の極めて多い薬草なのですが、魔物を狩った方がお金になるような森に生えるので供給も少なく、あるだけ欲しいという状況なんです」

「魔物から見つからないようにこそこそとズナナ草を集めれば魔物と戦わずに暮らせそうですが、そういう人はいないんですか？　枯渇してしまうとか？」

冒険者とは言っても一般人が簡単になれる職業だ。薬草集めで生活する安全志向の冒険者がいても良さそうなのだが。

「まとまって生えないうえ、九割ほどがドクズナナで、数を集めるのが大変なんです。その割には単価も高くないので、荷物運びでもやっていた方が安定して稼げますから。この依頼はGランクではありますが、実際にはもっと高ランクの方が、たまたま狩りの途中で見つけたから持ってきたというのがほとんどです」

そういう理由だったのか。専業でやるような物ではないらしいが、【情報操作解析】で何とかならないだろうか。

たとえば【情報操作解析】であれば近付かなくてもズナナ草を判別できるので、無駄な移動をしなくていいだけ効率が上がるはずだ。

九割をしめるというドクズナナに手間をかける必要がなくなるとしたら、採算が合う可能性は十分にあるだろう。

何より、荷物運びなどより冒険者っぽい。冒険者になったのに、最初から荷物運びというのはなんだかなと思う。

この依頼にしよう。

「ありがとうございます。何とかなりそうな気がするので、これでいきます！」

「はい。お気をつけて」

サリーさんに、にこやかな笑顔で送り出される。きっと自信過剰な若者とでも思われているのだろう。

それと笑顔を向けられた時。また寒気を感じた。酒場の男性冒険者の方から視線を感じた気もするが、きっと関係ないだろう。体調に問題などが起きなければいいが……。

町の外に出る時には身分証の提示は必要がないようだ。呼び止められた場合に逃げると思われないように、ゆっくりと門を出たのだが、衛兵さんは何も言ってこなかった。

それはそうと、このまま森に入ったら鍛冶屋の時のように道に迷いそうだ。森の中で隠れた名店などが見つかればそれはそれで悪くないが、妙なボスを引き当てたりするような事があれば最悪としか言いようがない。やはり何らかの対策は取るべきだろう。

そう思い、魔法で何とかならないかと地図や方位磁石を思い浮かべてみるが、何も発動しない。その代わりと言ってはなんだが、森には若干の傾斜があり、町はその頂上にある事に気が付く事ができた。

この森に限っての話だが、帰りたい時には坂を上がるように進めば帰れるだろう。

早速ズナナ草を探すべく、森に多少入ってみたが、言われたような形の葉を持つ草は中々見当たらない。

横着できないかと、レーダーっぽいのをイメージしてみたが、成功はしなかった。【情報操作解析】がいくら強力そうなスキルだとは言っても、実物を見た事すらないものを探せるとは元々思っていなかったが。

仕方がないので、地道に探す。

相変わらずの広葉樹林だが、この世界に来た時の森よりは大分木の間隔が広いように感じる。

よくわからない草が多い中で、タンポポのような草が所々に生えているのは見えるが、これだけ目立つのに摘まれていないという事は、利用価値が低いのだろう。

腰をかがめながら歩き回ってそれらしき草を探し続ける。

元の世界であれば腰が痛くなってきそうな姿勢だが、やはり強化されているのだろうか。全くきつい姿勢だとは感じなかった。

そうして五分ほど歩くうちにぺんぺん草が見つかったので、根本から摘んで【鑑定】してみる。

ドクズナナ
説明：毒草。経口摂取により下痢や腹痛を引き起こす。ズナナ草に似ているが、茎が四角いために判別が可能。

一発ツモとはいかないようだ。

毒でも、ヤドクガエルやトリカブトくらい強ければ戦闘に使えそうな物だが、こんな効果では嫌がらせに使うのがせいぜいだろう。

だが、何かの役に立たないとは言い切れない。アイテムボックスに余裕があるうちは収納しておくか。

はずれとはいえ、ズナナ草と似ているドクズナナの外見がわかったのは収穫だ。絵で見るのと実物を見るのでは結構違う。

葉っぱの一枚も見逃すまいと落としていた歩行ペースをやや早め、ぺんぺん草を探し始める。はじめに考えていた遠くからの【鑑定】は、その距離からではぺんぺん草かどうかの見分けすらつかないためにボツとなった。

どうせ近付くのならドクズナナも紛らわしいので、見つけた分だけ摘んでしまおう。

体感で一時間ほど経った頃だろうか。俺ははずれを八本引きつつも、ようやく初めてのズナナ草を発見した。

ズナナ草はやはり茎が丸いだけで、それ以外はドクズナナとほとんど変わらないぺんぺん草だった。

しかし、この発見率では確かに割に合わないのも頷ける。何とかまともなペースにならないかと、ズナナ草を手に持ってレーダーをイメージしてみるが、やはり反応がなかった。

諦めて荷物運びでも受けようか、と思い立ち上がる。しかし、その時草地の中に明らかに不自然な、というかゲームの表示のように、立体感が存在しない▽マークが赤く光っているのが見えた。

近付いてその示す場所を見てみると、ぺんぺん草が生えている。鑑定してみると、なんとズナナ草だ。

レーダーのような真似は流石にできないらしいが、視界に入っていればわかるのかもしれない。

ここから見える範囲だけで三つほどの▽マークが見える。

採取してみると、どれもズナナ草だった。腰をかがめてのろのろ歩き回っていたのが馬鹿みたいだ。

これを使えばズナナ草だけで生活できるかもしれない。でも、やっぱり多少は魔物と戦った方がロマンがあるよな。

そんな事を考えつつ、森の中を走り回ってひたすらズナナ草を回収する。運のおかげなのか、どれも依頼書に書いてあった十五センチ以上のものばかりだ。

もしかすると乱獲しても大丈夫な理由は、成長がやたらと早い事だったりするのかもしれないな。

途中でパンを食べたりしながらだが、夕方まで森の中を駆け回った結果、二百本ほどのズナナ草が集まった。これだけで六千テルだ。

もし本当に乱獲で数が減ったりしなければ、これだけで生活できる。

ちなみに、それだけの数を採取したにもかかわらず、十五センチ未満のものは一本も見つからなかった。


門で身分証を見せ、町に入る。帰路で迷う事がなかったので、町に活気があるうちに戻ってくる事ができた。

東京のような大都市ほどの人口密度はないが、地方のちょっとした商店街には人通りでも負けていない。

多くは普通の人間だが、その中に一割ほど耳や尻尾がついた人たちがいる。そのなかでもほとんどが猫耳、犬耳だ。飯屋にいたようなエロフ……もとい、エルフも特には見当たらない。

勝手に知らない人を【鑑定】するのは気が引けるが、情報収集のためには仕方ない。この際ガンガン【鑑定】していく事にする。

ステータスに関する情報はここに来る時商人さんに聞いたのとほぼ同じだった。この辺りを歩いている人だと、最大でも三〇程度らしい。

意外な点と言えば、魔法使いとそれ以外の冒険者のMPはほとんど変わらず、三〇程度である事だ。簡単に枯渇してしまいそうだが、大丈夫なのだろうか。魔法使いという職業がある以上何とかしているのだろうが、心配になる。まあ岩の槍を三十本放てると考えれば、多数を相手にしない限りは中々の戦力か。

スキルにもさほどレアなものはなく、魔法や武芸の素質を持っている人は一人もいない。冒険者なら【剣術】のレベルが1から2、魔法使いはほとんど単属性で、レベルは1か2だ。その中でもスキルの2を持っている人はかなり少ないし、魔法の属性も多くて二つだ。

あまり使う属性を増やすと目立ちそうだが、それだけのために戦力を落とすのは納得いかないので、魔法の隠蔽はしない事にしておく。

ちなみに、【生活魔法】はほとんど誰でも持っているようだ。俺は持っていないが、水魔法などで代用が可能だろう。

考察と【鑑定】を繰り返しながら、ギルドに到着する。さあ、初報告だ。

まあ、受注の必要なしの依頼だから、報告と言うよりは納品だが。

「こんにちはサリーさん、ズナナ草を集めてきました」

「はい、ここに出してください」

サリーさんが、相変わらず笑顔で対応してくれる。やはりギルド受付の接客は素晴らしいようだ。

「はい、これですね」

とってきたズナナ草、約二百本をまとめて取り出し、カウンターに置くと、サリーさんが困ったような顔になった。

「随分と沢山あるようですが、もしかしてドクズナナまで持ってきてしまったんですか？」

「いえ。【鑑定】してみましたが、全てズナナ草だと思います」

「えっ……ちょっと待ってくださいね」

サリーさんはズナナ草の茎を少し調べていたが、やがて奥の方から大きめの箱を持ってくると、その箱にズナナ草をまとめて投入する。

「……！　全てズナナ草のようですね！　二百三本もどうやって集めたんですか！　買ってきたとかじゃないですよね？　そもそも【鑑定】したって言っていましたが、あなたのスキルに【鑑定】なんてなかったはずです。魔道具でも持ってるんですか!?」

サリーさんがこちらに身を乗り出し、早口でまくしたてる。

「ええと……なんとなくカンで、遠くから見ただけでズナナ草かどうかわかるんですよ」

「そんな事ありえませんよ！　ズナナ草だけで生活できます！　それと【鑑定】はなんなんですか！」

「落ち着いてください。【鑑定】はその……なぜかステータスに表示されないみたいなんです。薬草探しも似たようなものかもしれませんね」

「……すみません、取り乱してしまいました。表示されないスキルなど聞いた事もありませんが、ちゃんとしたズナナ草をあなたが持ってきた事は確かです、清算しましょう。……単価三十テルで、二百三本あるので六千九十テルになります」

そう言いながら差し出された硬貨を素早くアイテムボックスに放り込み、変な詮索をされる前にさっさと立ち去る事とする。

「ありがとうございます、ではこれで」

「はい。またのお越しをお待ちしております……顔も悪くない、態度も丁寧、優良物件かしらね」

もちろん、お礼を言っておくのは忘れない。ギルドを出る時サリーさんが何かを言っていた気がしたが、よく聞こえなかった。まあ、大事な事なら呼び止められるだろうし、きっと大したことではないのだろう。寒気が強くなったけど……。

たったの一日で六千九十テルも稼げてしまった。元々持っていた分と合わせると、七千五百テル近い。宿代を払って盾を買ってもまだ余る。

盾だけあっても仕方がない気はするが、どうせアイテムボックスがあるから荷物にはならないし、あって損はない。

それに盾で攻撃を防げさえすれば、その間に魔法で攻撃が可能だ。

とりあえず、宿に戻って宿代を二日分ほど払っておき、それから鍛冶屋を目指す。宿からのルートは覚えていないので、ギルド経由となったが、特に考え事をしていた訳でもないので迷う事はなかった。

今日の鍛冶屋には店番がいないようだ。その代わりにカンカンという、何かを叩くような音が聞こえる。

「すみません」

奥の方に声をかけてみるが、返事はなかった。大きな声でもう一度呼びかける事にする。

「すみませーん！」

「うるせえ！　入ってもいいからちょっと待ってろ！」

鍛冶屋に接客のマニュアルなどというものは存在しないようだ。

奥に入っても特に反応がないため、暇である。仕方がないので鍛冶の様子を観察してみる。

炉を使って鍛冶を行っているようだ。手際がよく、見る見るうちに剣の形ができていく。……だが、打ち終わって剣の形ができたと思えば、それをそのまま水に突っ込んで冷やしてしまった。焼き入れはどこに行ったのだろうか。

「終わったぞ。随分と来るのが早かったが、もう金が集まったのか？」

「盾代だけですが。私は魔法使いなので、盾だけでもそこそこ役に立ちますし」

「魔法使い？　【武芸の素質】を持ってやがるんだから、剣士やればいいじゃねえか。それに魔法使いが盾を持っても集中が乱れて魔法が撃てなくなったり、片手が塞がって戦いにくかったり、ロクな事はねえぞ。杖と盾で両手塞がっちまうしな」

魔法剣士みたいなのは一般的ではないのか。まあ、これからも装備を頼むのであればいずれわかる事だ、正直に話してしまおう。正直が一番だ。

「私は魔法が元々速いので、杖を使わなくても近距離なら実用的なんです。それと【魔法の素質】も持っていて、動きながらでも魔法を使えますので」

「お前、実は有名な魔法使いとかだったんじゃねえのか？　動きながらの魔法なんて、普通の魔法使いができる真似じゃねえし、杖なしで戦うなんて聞いた事もねえ」

魔法の速さの方は【異界者】のせいとして、動きながらの魔法は普通じゃない魔法使いならできるという事だろうか。

「まあ、実際そうなんだから仕方がありません。以前にどんな魔法使いをしていたかは覚えていませんが」

「記憶喪失なんだったか。まあ、強えならそれに越した事はねえが、慢心するなよ。そこまでの奴は見た事ねえが、才能があるせいで油断して死んだ奴なんて山ほどいる」

やっぱり微妙に優しい。

「それで、盾だな。お前の体格で片手持ちなら、小さめの円盾がいいだろ。ちょっと持ってみろ」

出てきたのは直径五十センチほどの円形をした盾だ。腕に付ける固定具があるので、言われるままに装備して動かしてみるが、どこか違和感がある。

「少し重そうだな。こっちはどうだ」

こちらが何も言わないうちからダメだと判断されたようだ。今度は直径四十五センチほどの盾が出てくる。

前の盾よりはしっくりくるが、固定の方に問題があるようで少しガタガタ動く感じがある。

「盾自体はこんなもんだな、調整するからちょっと待ってろ」

鍛冶屋さん（【鑑定】によると、ドヴェラーグという名前らしい）は盾から金具を取り外し、ガンガン叩いてから再度装着する。金具は取り外しが可能なようだ。

再度盾をつけてみる。今度はしっくりきた。すごい、サイズもとっていないのに。

「こんなもんだろ。金は持ってきたか？」

「はい、ありがとうございました。それで、剣の事なのですが、作り方で少し気になったところがありまして」

代金を渡しながら言う。ドヴェラーグさんはそれを無造作にしまった。

「なんか要望があんのか？　鉄より上の武器は加工する設備がねえから、エレーラに行かねえと無理だが」

「いえ、鉄の剣なのですが、焼き入れとかはしないのかなと」

「なんだそりゃ？　火なら打つ時に使うぞ」

「いえ、打った後に一度ちょうどいい温度まで加熱して、急に冷やすと金属が硬くなるんですよ」

ドヴェラーグさんは怪訝な顔をする。ドワーフの表情はいまいちわからないが、怪訝な顔に見える。

「バカ言うな、打った後に加熱したりしたらせっかく形を整えたのが台無しだろ。それでも下手な打ち方をすれば簡単に折れちまうから、そこが腕の見せ所だ」

当然のように、誇らしそうな顔で言われる。もしかして、本当に焼き入れの効果がなかったりするのだろうか。魔法なんてものが存在するし……。

炭素量の問題な可能性もある。炭素がほとんど入っていない鉄は焼き入れしても意味がなかったはずだ。

……言ってしまったものは仕方がない。ある方にかける事にする。

「まあ、何か機会があったら試してみるといいかもしれません。保証はできませんし」

「……本当なら大発見だな、さっき失敗したので試してみるか」

ドヴェラーグさんはそう言いながら剣の刃を火に突っ込み、しばらくしてから水に放り込む。

「形が歪んじまったよ、どうせ硬さなんて変わらんと思うが……」

そしてその剣を取り出し、軽く指ではじき、表情を変えた。

「マジか、硬えぞ！　こいつはすげえ！」

そしてはしゃぎ始めた。

「あの……」

こっちの話なんて聞いちゃいない。一通り曲がってしまった剣を叩いた後、さらに剣をもう一本取り出して焼きを入れる。二本目の剣も歪んでしまったが、やはり硬くはなるようだ。

「ああ、焼き入れとやらで鉄が固くなるのはわかった。歪みも打ち方次第で何とかなるだろう。……だが、簡単に折れちまわねえか心配だな、少しばかり硬すぎる」

つついただけでそこまでわかるのか。俺は驚きながらも解決策を提示する。

「それは、もう一度比較的低い温度で加熱して、ゆっくり冷やせば若干柔らかくなると思います。あとは刃の部分だけ焼きを入れるのも手ですね。どうやるのかはよく知りませんが」

「そうか、調べる事が多くて時間がかかりそうだな。俺はしばらくこいつを研究するから、あさって以降に来い。これでいい剣が作れれば剣の一本くらいただでやるが、今日は店じまいだ」

一方的に追い出されてしまった。あんまりな扱いだと思うが、ただで武器がもらえる可能性があるという事で納得し、盾をアイテムボックスにしまい家路についた。宿の飯屋は相変わらずうまかったが、他の部分も相変わらずだった。

それと今気が付いたのだが、なぜか体も服も、洗ったりせずとも汚れないようだ。異世界補正だろうか。

ありがたい事はありがたいのだが、なんだか気になる。そういうの関係なく、風呂があったらいいなと思ってしまう。

そんな事を考えながら俺は眠りについた。


鐘の音で目を覚ます。この世界に来てからはすごく健康的な生活をしている。午前六時に起き、日が暮れた頃に寝るとか、おじいさんかよ。

鍛冶屋には明日以降に来いと言われているので、とりあえずは平和的な仕事、つまりは薬草探しを行う事にする。手持ちの金額は宿代二日分程度であり、剣ができるのをのんびりしているほどの余裕はないのだ。

昨日と同じく飯屋に行き、カギを見せる。

「いらっしゃいませー」

飯屋は今日も変わらず、本当にちゃんとした飯屋に来たのか心配になる状態だった。

期間限定のサービスなどではないようだ。それでも俺はできるだけ平静を装いつつ、昼食用のパンをまとめ買いしておいた。あれで実際に出てくるものはうまいのだから始末に負えない。

今日はギルドを経由せず、まっすぐ森へ行ってフルに薬草採取をやろうと思う。

朝の町は様々な店が開店準備をしており、夕方とはまた違った活気がある。

店の種類として特殊なものは見当たらず、飲食店、八百屋、肉屋、飯屋などが主だ。もっとも、飯屋のうち少なくとも一つは『特殊』である事は俺が身をもって複数回、確認済みだ。

八百屋に変わったところはなかったが、肉屋はモンスターの肉が多い。ギルドから仕入れたりしているのだろうか。主だったものとしてはグリーンウルフ、オーク、ガルゴン、ゴブリンなどだ。

……えっ。ゴブリン食うの？

まあ、オークもイメージではヒト型ではあるのでその点に違いはないが、ゴブリンは不潔そうなイメージがある。

もしかしたら、名前が同じだけで地球でのイメージとは違った生物なのかもしれない。

一番安いのはやはりゴブリンで、次がグリーンウルフ、価格はゴブリンの二割増しくらいだ。そこから値段が一気に跳ね上がり、オークとガルゴンはグリーンウルフの倍もする。これらの依頼はランクが高かったので、供給が少ないのかもしれない。

アイテムボックスにはグリーンウルフの焼死体が入っているが、これも食えるのだろうか。……あまり食う気はしない。

服屋は日本とそう変わらない。初日に感じたように、売っている服自体もそこまで違いを感じないのだ。

ただ、流石に機械縫製ではないようで、さらに日本の服屋にあるような並べ方をされているものは全て古着だそうだ。

この世界、不思議な事に服をいくら使っても普通に使う範囲では汚れず、泥だらけになったとしても水につけるだけで簡単に綺麗になってしまうという便利仕様なのだ。そのため新品の服はあまり作られず、オーダーメイドの高級品になってしまうらしい。毎日同じ服の人も多いらしい。

流石に破れたり繊維に傷がついたりという事までは防げないため、使えなくなる服もある程度はあり、荷物袋の材料に使われたりしているようだが。

まあ、アイテムボックスがある限り俺が荷物袋の世話になる事はないだろう。

歩きながら、なんとなく気になってそこそこ規模の大きい肉屋の店番を【鑑定】してみたところ、新たな事実が発覚した。

ステータスの欄に奴隷と書かれていたのだ。そんな制度までこの世界にはあるのか。

まあ、俺がその制度に関わる事はおそらくないだろう。

そんな事を考えながら歩くうち、門に到着する。ここから先は魔物が出る可能性もあるのだ、あまりぼんやりと考え事をしている訳にもいかない。

今日は朝から薬草採取をするので、成果には期待ができるだろう。目指せ四百本だ。

昨日と同じく▽マークを出すなり、小走りで近付いて素早くかがみ、さらにズナナ草を根元から折りつつ立ち上がり、アイテムボックスに収納しながら再び次のズナナ草に向かって走りだす。ここまでわずか三秒である。

俺は無駄な機敏さを発揮しながらズナナ草を回収していった。昼に飯を食った以外には休憩もとっていないが疲れを感じる事もなく、それどころかむしろ慣れによりさらに速度を上げていった。

慣れてしまえば単純作業ではあるが、基本的にネットゲーマーは単純作業が得意なのだ。

本当に時間も忘れて薬草を集めていたようで、気が付いたら日が落ちかけていた。さらに薬草採取を始めた頃には森の入り口付近にいたのに、いつの間にか随分遠くの方に入ってきてしまったようだ。

夜の森は危ないと聞いている。急いで帰らなければならないだろう。

夕暮れの森は昼とは違って、かなり不気味だ。間隔が広いとはいえ木が生えているせいで余計に暗くなっているし、視界もいいとは言えない。変な場所から魔物が飛び出してきそうな印象を受ける。長居はしたくないな。

俺は念のために盾を装備すると、緩い勾配の坂を急いで登り始めた。一日中走り回っていたというのに全く疲れはなく、トップスピードを維持できたのは幸いと言うべきだろう。

しかし、そんな俺に緑犬の魔の手が襲いかかった。

「グルルルル……」

数は五匹。数が多いせいか、一匹が即座に飛びかかってきた。

だが、レベルとともに素早さも上がった俺はこれを間一髪で回避。残った四匹の中心付近に火の玉を撃ち込む。

二匹はかわす事に成功したようだが、残りの二匹は炎に触れてしまったようだ。さらにそのうちの一匹は全身に延焼し、動かなくなった。残り四匹。

「ガウ！」

今度は二匹が同時に飛びかかってくる。

俺は一匹をかわし、もう一匹を盾で受ける事を選択した。【武芸の素質】のおかげか、よく動けていると自分でも思う。

そして攻撃が途切れたところにもう一度火の玉を撃ち込み、手負いの一匹を処理する。その時運よく隣の一匹にも当たったようで、二匹がまとめて火だるまになった。

レベルアップの音がした。残り二匹だ。

余裕が出てきたので綺麗に倒そうと思い、今度は正面にいた緑犬に岩の槍を飛ばしてみる。火の玉と同じく生成に半秒ほどかかったが、うまく胴体にクリーンヒットしたようで、緑犬はそのまま倒れた。

もう一匹は俺の左の方にいたはずだが……いない。ここで俺は一匹を見失った事に気が付いた。振り向くと、ちょうど緑犬が飛びかかってくるのが目に入る。とっさに盾で受けると、左腕に大きな衝撃を感じた。

少しバランスを崩したがすぐに立て直し、岩の槍をもう一本撃ち込む。今度は首に当たったようで、敵はすぐに動かなくなった。

危なかった。運よく直前で攻撃を感知できたからよかったが、そうでなければ怪我をしていたかもしれない。緑犬は動きこそ単調だが、ステータスからすると攻撃力は低くないし、かまれる場所によっては命の危険もある相手だ。油断してはいけない。

この先もこういう事が起きるかもしれない。ソロで生き残るには、複数をまとめて相手をする手段が欲しいところだ。

俺は緑犬を素早く回収し、再度町を目指す。随分深くまで入っていたのか、外壁が見えるまでに三十分もかかった。

「ガウッ」

「アイエエエ！」

外壁が見えたせいで気が抜けていたのか、不意打ちを許してしまった。

思わず妙な叫び声をあげてしまうが、速度があったおかげで緑犬は俺の背後スレスレを通りぬけた。

幸い、襲いかかってきたのはこの一匹だけだったので、すぐに岩の槍で処理した。緑犬殺すべし。慈悲はない。

どうやら索敵の方も考えなくてはならないようだ。

身分証を見せながら門をくぐり、やっと気を緩める。何とか無事に帰ってこられたようだ。

とりあえずギルドで戦利品を売却する事にしよう。……緑犬は黒焦げでも売れるのだろうか。

「こんにちは、ズナナ草の買い取りをお願いしたいのですが」

「こんにちはカエデさん。今日も大量のズナナ草を持ってきたのですか？」

ギルドに入ると、サリーさんがいつも通り笑顔で応対してくれた。この人たちはいつ休んでいるのだろう。

「そうです。遅くまでズナナ草取りに夢中になっていたせいで帰りは遅くなってしまいました。おかげでグリーンウルフの群れに襲われちゃいましたよ」

「群れ⁉　大丈夫だったんですか⁉　怪我とかは？」

サリーさんは俺の手を取り、前屈みになって不安そうな顔で問いかけた。

ただのいち冒険者である俺を随分と心配してくれる。いい人だ。

あとなぜか背後から殺気のようなものを感じる。

「ええ、五匹の群れでしたが、火魔法と土魔法で何とかしました。後は、この盾のおかげですね」

昨日買ったばかりの盾を見せる。この盾は何度か緑犬の攻撃を受けているはずだが、傷一つ見当たらない。

「あれ、その盾はもしかしてあのドヴェ……いえ、なんでもありません。いい盾ですね」

やはりギルドの人はあの鍛冶屋さんの事を知っているのか。

「ええ。でも、複数まとめて相手にするにはもうちょっと火力が欲しいですね、魔法を撃つのにも時間がかかりますし」

「いえ、魔法使い一人でこの戦果はすごいですよ！　少なくともGやFといったランクの冒険者が出せるものではありません。そもそも、魔法使いは一人で魔物の集団を相手にするような職種ではないはずですが……どうやって戦っているんですか？」

どうやら、魔法使いのソロというのは珍しいらしい。パーティーでも組むべきだろうか。

……いや、だれが信用できるかもわからないし、俺はレベル三にもかかわらず、今までに見た大体の冒険者よりステータスが高いのだ。置いて行ってしまう可能性もある。

この町にはBランク以上の依頼がなかったくらいだから、あまり強い冒険者はいないのかもしれない。だったらなおさら、安易にここでパーティーを組むべきではないだろう。一旦保留にしておくか。

「えと……普通にかわしたり、盾で魔物をはじいたりしながら魔法を発動して、ササッと」

「それは普通とは呼びません。そもそも魔法を使う時には、三秒程度は止まって意識を集中しなければならないはずです。盾で戦いながらできる訳がないでしょう」

そういえば、そんな事をドヴェラーグさんが言ってたっけ。俺の戦い方は魔法使いのものではなかったらしい。

言われてみればメイザードでも、近距離で戦う魔法使いはともかく、盾を使う魔法使いなんて見ない。盾を持つとしてもせいぜいヒーラーくらいで、火力重視の魔法使いが持つようなものではない。

まあ、近距離で魔法が使いやすい分には問題ない、チートのようなものだろうが、ありがたく受け取っておこう。

問題点は目立つ事くらいだろうが、そもそも、わざわざ自分から目立ちにはいかないというだけで、隠すために不便な道を選ぶ気はない。いっそ魔法剣士的な感じで行ってしまおう。

手数は火力であるし、火力はメイザードで最も大切にされるものの一つだ。他が多少適当でも、扱いが下手でも、火力さえあれば何とかなってしまう事が少なくない。その点魔法と剣を両方扱えれば、単純計算で二人分の火力だ。まさしく最強。剣と魔法が合わさって最強に見える。

……ちなみに、剣の扱いなどは【武芸の素質】任せの予定。

ともかく、今はサリーさんとの会話中だ。剣を入手した後の戦い方を詳しく考える時ではない。

「あー、【魔法の素質】と【武芸の素質】を両方もってるから、そんな感じになるんじゃないでしょうか」

「……確かに、その両方を持っている人というのは聞いた事がありませんね。それにしたってズナナ草といい、何かおかしい気がしますが……何か隠してませんか？」

「何も隠してませんよ！　あ、ズナナ草！　そうです、ズナナ草持ってきましたよ！」

この話題はできれば続けたくない。変なボロを出してしまったりしそうだし、流石に【異界者】とかは知られてはまずいだろう。

話題そらしのためにアイテムボックスからズナナ草の束を取り出し、カウンターに乗せる。

アイテムウィンドウにある写真の右下には『六九七』という文字が表示されており、一度では取り出しきれずに三度に分ける事になってしまったが、この事も話題そらしに貢献してくれたと思う。

サリーさんは不思議な生き物を見るかのようにこちらを見ていたが、薬草の束を見ると諦めたような表情になり。

「六九七本ですね、ツッコみませんからね。カエデさんと話す時には常識を投げ捨てる事にします。二十一歳でこれとか、数年も経つ頃にはどんな規格外になっているのやら……」

とか言いながらこの間薬草を調べる時に使った箱を持ってくる。

この前来た時にも気になったが、なぜ一瞬で本数がわかるのだろう。カウンターに魔法の薬草数え機でも入っているのだろうか。カウンターだけに。

「……ええ。全てズナナ草のようです。二万九百十テルになります」

かなりの大金を得てしまった。これだけ大量に売っても値段が下がらないとは、ズナナ草不足は結構深刻なのだろうか。

「ところで、Gランクではないものの、グリーンウルフの討伐も常時依頼になっています。死体の方も向こうのカウンターで買い取りをやっていますし、そちらも清算しますか？」

サリーさんは金をこちらに渡しながら、買い取り窓口を指さす。

まあ懐が潤ったとはいえ、グリーンウルフの報酬も、もらえるものはもらっておくべきだろう。

「あ、お願いします」

そう言ってギルドカードを差し出す。討伐系の常時依頼はギルドカードを使って清算するのだ。

「……六匹とありますが、五匹じゃなかったんですか？」

サリーさんがジト目になってこっちを見る。金髪碧眼の美少女っていうのは、ジト目でも絵になるものなんだな。

「あ、それは帰る時に、単独で襲いかかってきたんですよ」

そう言いながら、黒焦げの三匹を含め、七匹分の死体をカウンターに置く。

「……また一匹増えたようですね？」

ジト目が素敵だ。別にジト目フェチとかではないが。

「登録する前に倒したんですよ」

「……そうですか。この黒焦げのものは売れませんね。他は全てアイテムボックスに入っていただけあって新鮮ですので、一匹当たり二百テルで買い取らせていただきます。売れないものも不要ならこちらで処分しますが、どうしますか？」

「では、黒焦げのものは持って帰る事にします」

アイテムボックスにはまだ余裕があるだろうし、焼けば非常食くらいにはなるだろう。

「わかりました」

サリーさんは血の出ている死体を、特に気にした様子もなく適当に扱っているが、この世界の女性はそういうのを嫌がったりしないのだろうか。

「お金はこちらになります。そこそこの大金ですし、ギルドに預ける事もできますが……その様子では必要なさそうですね」

俺が受け取った硬貨をまとめてアイテムボックスに放り込む様子を見てサリーさんが言う。もうジト目ではない。ちょっと残念な気もする。

「ありがとうございました。ではまた」

「はい。またのお越しをお待ちしております」

飯屋への道を歩きながら、俺は考えていた。戦闘を軽視しすぎていたのではないかと。

いくら薬草取りしかしていなかったとはいえ、冒険者が依頼で行くような森に入るのだ。盾を買ったとはいえ、武器なしというのは、ちょっと森をなめていたのではないだろうか。

まあ、剣の方はいい。明日手に入る可能性があるし、手に入らなければ買えばいいのだ。

しかし、魔法は違う。今俺が使っているのは初めての戦闘中に即席で考えたものをそれ以降も使用しているだけで、全く練習などはしていない。そして今まで相手にしてきた敵はそう強くなかったとはいえ、次もそうである保証はないのだ。

魔法の特性や効果的な使い方、そしてその魔法の限界くらいは理解しておくべきだろう。

それと、現在俺のＭＰは二〇〇〇を超え、それに伴って一分間の自然回復量も二を超える事となった。別に何時間にもわたり連続で戦う訳ではないのだ。一回当たり一の魔力すら消費しない魔法ばかり撃っていても、もったいない。

魔力を食わない魔法もそれはそれで便利だが、ここは魔力を一気に消費してでも、グリーンウルフの群れ程度なら一撃で葬り去れるような魔法が欲しい。

という事で、どんな魔法が使えるのかを調べなくてはならない。森の浅い場所にでも行ってみようかと思ったが、外はもう暗いので明日にする事にした。

ちなみにテレポートなどが使えれば危険から逃れる事ができるかもしれないと少し思ったが、『＊いしのなかにいる＊』などという事故の心配があり、練習する気は起きなかった。

翌朝。今日も鐘の音で起きる。

今日は装備の準備と、魔法の練習に時間を費やす予定だが、とりあえずは、あのいかがわしい飯屋に行って腹ごしらえと昼食の準備をする事にした。

エロフの店にもそろそろ慣れてきた。無駄に意識せず、ナチュラルに対応する事を可能としたのだ。

店員が気を使ってくれているかもしれないが……考えないでおこう。

宿代もまとめて払っておいたので、これで安心して所持金を装備に使える訳だが、鍛冶屋に行くには時間が早すぎたかもしれない。

別にどちらが先でもいいので、魔法開発からやっておこうか。

ある程度火力のある魔法を作りたいので、町の近くでやったら迷惑になるが、あまり奥に入りすぎても魔物の危険がある。

結局、森に入ってから奥に歩いて五分ほどの位置にあった、比較的開けた場所を使う事にした。

一番欲しいのは、大火力の魔法や複数をまとめて相手にできるような範囲攻撃、それからできれば索敵あたりだろう。

だが、最初にテストに使うのは水魔法だ。戦闘の役に立つかどうかはともかく、火魔法の練習を安心して行うには必須と言えるだろう。

攻撃力が低そうなので、安心して意識を他に向けられるのも大きい。魔力消費を把握するために、できればステータスは出しっぱなしで行いたいのだ。

この魔力消費、少なければいいというものではないと思う。確かに同じ威力であれば魔力消費は少ない方がいいが、実際には当然ながら魔力消費が大きくなるほど威力は上がるようである。

たとえば一瞬のうちに俺の魔力総量を全て使った魔法を叩き込めるようなら、それこそ最強だろう。同じような魔力消費では岩の槍より火の玉の方が緑犬に与えるダメージは大きかったりするが、これは相性の問題だろう。火には良くも悪くも延焼という特性があるのだ。

また緑犬を倒した時のボヤを消したような放水を再現してみる。水勢はかなり強く、地球の消防車のホースを彷彿《ほうふつ》とさせるが、魔力消費は三秒当たり一といったところだろうか。俺の魔力からすれば燃費はいいと思うが、一般的に言うと微妙かもしれない。一般的な魔法使いで一分持つかどうかといったところだろう。

まあ、俺の魔力は一般的ではないので、この程度しか使わないのではもったいない。とりあえずパワーをあげてみようと思い、ホースが太くなるような想像をする。すると直径が二倍ほどになった。水勢は変わらず、魔力消費は約四倍だ。

限界を試すべく、どんどん大きくしてみたが、直径が最初の五倍半ほどになったところで拡大が止まり、それ以上はどうしても上がらなくなった。勢いを上げようとしても無駄だ。

この状態での魔力消費量は一秒当たり十ほど、やや不満が残らないでもないが、このあたりが限界とみるべきか。

一旦水魔法の実験を打ち切る事にしたが、魔力はまだ九割近く残っている。魔力がゼロになったところで魔法が使えない以外の弊害はないという話なので、護身ができるだけの魔力を残して、ほぼ全てを実験に費やしてしまっても構わないという事になる。

という事で、いよいよ本番の火魔法だ。形式としては水魔法と同じく、今まで使えたものを強化する形にしていく。

まずは通常サイズの火の玉を作成、そこにさらに魔力を込めるのをイメージする。【魔法の素質】のおかげか、魔力を込めるイメージはすぐにつかめた。

とりあえずは水魔法と同様に、消費が元の四倍になるように魔力を注入する。だが、水魔法とは違い、見た目には何の変化もない。……だが地面に放ってみると、普段のものより爆発の半径が広い気がした。

比較という事で、すぐ隣に普通の火の玉を着弾させてみると、確かに爆発の半径が普段の六割増しくらいになっている。

投入する魔力の量次第では、これで広範囲を一網打尽にできるかもしれない。

……しかし、試しに十倍ほどの魔力を注いでみたところで、この方法では広範囲の攻撃は困難だという事がわかった。

大量の魔力を注ぐと中心部の火力が上がるのだが、その代わりに範囲の広がり方は緩やかなのだ。

そのため、一撃の威力を上げれば上げるほど、同じ時間で攻撃できる面積は減ってしまう。

せめて相手の至近距離に発生させる事ができれば使い道がありそうなものだが、あろう事か体と魔法の発動場所が三十センチ以上離れると、魔力消費まで爆発的に増加し始めた。それも距離三十センチに比べて十倍近い魔力を使って、ようやく六十センチ程度だ。使い物にならない。

別のアプローチを考えるべきだろう。とりあえず威力は足りているのだから、面積当たりの魔力消費を増やさずに攻撃範囲を広げる事ができればいいのだ。

……そういえば地球にいた頃、誰かが言っていた。弾幕はパワーだと。

なるほど、確かに同じ魔力消費で火の玉を二つ別々の場所に撃ち込む事ができれば、単純に二倍の魔力で二倍の範囲を攻撃できる事になる。

試してみると、拍子抜けするほどあっさり行けた。爆発の威力は普段と変わらず、魔力消費はきっちり二発分だ。

着弾跡を見たところ、一発に多くの魔力を込めた火の玉の方が中心付近の火力は高そうだが、緑犬などを相手にするのであればこれで十分だ。

こちらも限界まで個数を増やしてみるが、同時生成が七個を超えると生成速度が落ちた。最高連射速度は半秒に一発といったところ。この時の魔力消費もおよそ一秒に十となるので、やはり魔力は一秒当たり十しか消費できないのかもしれない。

それを守っている限り、少なくとも試してみた範囲では、一発の炎の威力にも、同時生成する火の玉の個数にも限界はないようだ。流石に視界が埋まるほどの個数を作ったらどうなるかなどは試していないが。

ちなみに、岩の槍はほぼ同様であるが、こちらは火の玉と違い威力を上げるとサイズも上がるタイプのようだ。

攻撃魔法の検証が終わったので、次は索敵を何とかする事を考えようか。

やはり定番と言えば気配を読むとかではないだろうか。【情報操作解析】もある事だし、案外魔法など使わずとも成功するかもしれない。

まずは目を閉じ、周囲に意識を向ける。集中……見えた！

敵がいると感じた方向に向けて拳を振り抜くと、大きな手応えがあった。

その巨体は地面をがっちりとつかみ、俺の全力の拳を真正面から受け止めてなお微動だにしない。

それどころかその表面に浮き出た文様はこちらの手の皮を破壊し、その奥にある骨にさえダメージを与えようとしていた。

そのモンスターを俺たちはこう呼ぶ。『木』と。

……手が痛い、皮が剥けてしまった。そういえば回復魔法もあるとかギルドの人が言ってたっけ。試しに手が回復する様子を思い浮かべてみると、手はイメージ通り、怪我をする前のように戻っていく。便利だ。

ステータスによると、二ほど魔力を消費したらしい。これが回復魔法という奴だろう。

また新しい魔法を見つけてしまったが、とても練習してみる気にはなれないので、放置して索敵の実験に戻る事にする。

気配読みは失敗だ。何か別の方法を探さなくては。

気配以外にありそうな方法としては……魔力で探ってみるとか？

とりあえずダメ元で、自分の体からまっすぐ魔力が伸びて、さっきの木に触れるのをイメージしてみる。……成功した。確かに樹皮を触るような感覚が、頭の中に直接送り込まれている気がする。

さらに魔力を伸ばしてみる。距離を延ばすとまた消費魔力が増えてしまう可能性が高いため、ステータスを確認しながらだ。

が、消費魔力は一向に増えない。それどころか、魔力を消費するのは伸ばす時だけで、維持には全く魔力を使わないようだ。伸ばす時の魔力も微々たるもので、ほぼノーコストといえる。

ちなみに、感覚はあるが、基本的に魔力はものを貫通するので、別に表面をなぞったりはしていない。

振るだけで広範囲にわたって情報を得られるので便利といえば便利だが、今までにない感覚なので頭が混乱しそうになる。

それをこらえながら魔力を伸ばしていくが、長さは二十メートルほどで限界を迎えた。

壁を無視して直線的に探査できるのは便利といえば便利かもしれないが、これでは敵がどこにいるかある程度見当がついている時にしか役立たないだろう。

もう少し役に立つ事を期待して、魔力の範囲を線から面に広げてみる。触手ならぬ触板だ。

消費魔力は流石に今までよりは大きくなるが、それでも消費したのはフル拡張でせいぜい二十五といったところ。リーズナブルである。

しかし、範囲を広げすぎたせいか、情報がごちゃごちゃしていて何が起きているのかわからない。

というかちゃんと感覚を得られているのかすらもわからないレベルだ。

試しに大きな変化を与えよう、という事で火の玉を撃ってみる。

それが爆発した瞬間、頭の内側をフライパンで殴られたかのような衝撃を感じ、思わず地面に倒れ込む。

これは酷い。感覚はあるようだが、逆に戦いようがないだろう。

……整理されていない情報が大量に送り込まれるからいけないのだと思う。物は試しだ、ちょうど【情報操作解析】とかいうそれっぽい名前のスキルがあるので、試しにその情報をそのまま送りつける事をイメージする。

便利な事に、それだけで俺の周囲を輪切りにしたようなマップに変わった。だが惜しい、輪切りの形がわかったところで、それが生物かどうかを素早く判断できなければ利便性はかなり低いものになってしまうだろう。

敵が近くにいる状況で、断面が生物のものかを一々確認している時間はない。

そう考えたところで、輪切りマップが本物のレーダーに変わった。

常に表示されているのは俺だけだが、板を虫か何かが通り抜けるのか、時々小さな表示が現れ、そして消えていく。

虫の居場所を一々教えられても困るので、ある程度大きい生物だけを表示するように念じると、小さな表示が現れなくなった。

後は触板を足元から空中まで五十枚ほど配置して、簡易レーダーの完成だ。

維持に魔力を消費しないので、管理は【情報操作解析】に任せ、常時展開しておく事にした。

MPの量からするとまだ実験は継続可能だが、そろそろ昼である事だし、残ったMPは保険に残しておいて鍛冶屋に行く事にする。……ちなみに移動中、ウィンドウが目障りだと考えた瞬間にレーダーっぽい画面は消えた。至れり尽くせりだな。

ちなみにスキル群のレベルも上がり、今日やった魔法は全てレベル3になっていた。触板は【知覚魔法】というらしい。

町に近付くと、沢山の人の気配を感じた。目視で確認する限りでは、位置までほぼ正確だ。これはかなり便利かもしれない。

鍛冶屋に入ったものの、この間と同じくドヴェラーグさんは店番をしておらず、奥で何かをガンガンやっているようだ。

「すみませーん！」

「うるせえ！　黙って待ってろ！」

反応までほぼ同じだ。だがもし俺が声をかけていなかったら、あの人は俺の存在に気が付いただろうか。……おそらく気が付いていなかったと思う。

俺もこの間と同じく鍛冶仕事を観察しているが、今日はちゃんと焼き入れをしているようだ。剣も曲がっていない。

「おう。焼き入れってのはすげえな。最近出てきた炭鉄ってのは元々硬えんだが、焼き入れしたのは下手な特殊素材より強え」

炭鉄……鋼の事だろうか。それが最近出てきたという事は、以前使われていたのは錬鉄か何かなのかもしれない。錬鉄は焼き入れしても鋼のように顕著な影響は出なかったはずだ。

「剣をもってきてやるからちょっと待ってろ、昨日作った自信作だ。Bランク級の特殊素材が手に入るまでは使えるぞ」

そう言ってドヴェラーグさんは奥に入り、一本の剣を持ってくる。中々大きい。刃渡りは八十センチといったところだろうか。

「ちょっと振ってみろ」

剣を受け取り、まっすぐ振ってみる。……なんというか、安定感がある。

「……やっぱり、記憶を失う前は剣士だったみたいだな。剣を初めて持ったって動きじゃねえ、素振りでもやりゃあすぐに強くなるだろう」

【武芸の素質】恐るべし。

「扱いやすいですね。ありがとうございます」

「礼を言うのはこっちだ。前よりいい剣を、しかも安定して打てるようになったんだ。秘伝とかになってもおかしくない技術だろうな。いいのかこんなに簡単に教えちまって」

「ええ。むしろ広めてもらっても構わないくらいです。技術は使われてこそのものですから」

よい武器が安く普及すれば、戦力を増強できて俺が安全に暮らせるというのもある。特に何か損する訳でもない。

「若えのによくわかってるじゃねえか。まあ、これからもなんか必要だったら言ってくれ。……そういえばお前は鎧つけてないみたいだが、魔法使いだからか？」

……そういえば、防御の事を忘れていた。元々メイザードは火力偏重で、防御が軽視どころか無視される傾向にあったからだろうか。被弾があまりに少なかった事もそれに拍車をかけたのだろう。

「できれば軽めの鎧が欲しいですね。あまり動きが阻害されないくらいのやつが」

重さでロクに動けなくなるようなら、それは本末転倒というものだ。六人で狩りに行ったりするならともかく、一人で戦う際は防御より回避と攻撃に重点を置くべきだろう。大勢で戦えれば楽かもしれないが、ネトゲと違ってこの世界で知らない人と組むのは危なそうだ。なので、パーティーを前提にしたスタイルは取りたくない。

「それなら革鎧だな。うちで扱ってるのは板金鎧だけだが、腕のいい革鎧職人には心当たりがある。一万五千テルほどかかるが、その店を勧める」

普通の剣よりも鎧の方が高いのか。まあ、今の俺にとっては普通に買える額な訳だが。

「そのくらいなら何とかなると思います。どこのお店でしょうか」

「ギルド正面に向かって二つ左にある防具屋だ。展示してあるのは初心者用の安い鎧だが、ドヴェラーグからの紹介だといえばしっかりしたのを用意してくれるだろう」

「ありがとうございます、行ってきます」

職人というと、またドヴェラーグさんと似たような人なのだろうか。……初心者用の安い鎧も売ってくれているあたり、そうでもない気がする。いずれにせよ、行ってみるのが一番早いか。

防具屋は腕がいい職人の店との事だが、店構えはそんな様子を感じさせない。初心者用のセットなども置かれていて、なんだか親切そうな感じで、初めから普通の人に商品を売る気を感じさせないドヴェラーグさんの店とは大違いだ。

「すみませーん」

「あ、お客さんだね。新人冒険者さんかな？」

地味な作業服を着た、十五、六歳の店員さんが対応してくれる。髪は緑っぽいセミロングで、目は青い。胸に関しては……なぜだろう、殺気を感じたのでコメントを控えておく。異常な勘の良さだ。

触板の範囲内に他の店員さんは見当たらないので、恐らくその職人さんは外出中なのだろう。

「そうなんですけど、ドヴェラーグさんに防具を買うならここがいいといわれました」

ＡＡランクかＡＡＡランクくらいに見える店員さんはこちらを睨んでいたが、ドヴェラーグさんの名前を出すと今度はきょとんとしてしまった。

「明らかに新人冒険者なのに、ドヴェラーグさんの紹介？　ええと……何か証明できるものとか持ってるかな？」

「さっきドヴェラーグさんの店でもらった片手剣が」

そう言いながら、アイテムボックスから鞘に入ったままの剣を取り出す。

「もらった？　買ったんじゃなくて？　しかも剣を使うのにアイテムボックス……でも剣は明らかに本物だし……あ、ちょっと剣を見させてもらってもいいかな？」

「はい、大丈夫ですよ」

俺は鞘ごと剣を渡した。そういえばドヴェラーグさんが焼き入れした剣を作り始めたのはごく最近だ。以前のものとは作りが違うかもしれない。少し心配になってきた。

「ふむふむ、ボクが見た事あるのとはちょっと違うけど、確かにいい剣だし、ドヴェラーグさんっぽい作りだね。ちょっと試し切りしてみてもいいかな？　ドヴェラーグさんのだったら、そのくらいで消耗したりはしないと思うけど」

なんと、ボクっ娘だった！　体型と口調だけならおと……いや、問題はそこではない、試し切りだ。試し切りは構わないが、自分が的になるのはごめんなので考察はここまでだ。

「もちろん構いません」

「わかった、ちょっと待っててね」

店員さんはそう言いながら、奥に置いてあった、毛皮の端切れのような物をこちらに持ってきて剣で切り裂く。店員さんが勝手にそんな事をやってしまって大丈夫なのだろうか。それともこの店員さんもしや……。

少し考えてみる。この店にはおそらく店員さん以外の人はおらず、その店員さんは店のものを勝手に切ったりする事ができる。さらにドヴェラーグさんの剣かどうかを判別できる鑑識眼まで持つ。

……もしかしてこの人、店員さんとか見習いとかじゃなくて、この若さでこの店の職人さんなのじゃなかろうか。

「おおっ、よく切れるね！　ボクもここまでよく切れる鉄剣を見たのは初めてだよ！　……確かに、これだけいい剣があるなら、ちゃんとした防具がないともったいない。ボクがいい鎧を作ってあげるよ。おすすめはガルゴン革だけど、どんな素材の鎧がいいかい？」

どうやら認めてくれたようだ。この人が職人と聞くとなんだか頼りない感じだが、話を聞く限りドヴェラーグさんが認めるくらいの腕はあるのだろう。人は見かけによらないものだ。

「どのような素材があるのでしょうか」

「まずはさっき言ったガルゴン革。一万五千テルくらいになるけど、防御力もある上に金属鎧よりはずっと動きやすくて、これといった弱点もないから、ボクは気に入ってるね。安いのはグリーンウルフ革だけど、特に硬くもないうえ、火にとっても弱くて、炎系の魔法なんて一発でも食らえば大変な事になるからおすすめはできない。他の素材は今手元にないから、すぐには用意できないかな」

なるほど、確かに緑犬は、俺の火魔法一発がかすっただけで全身に炎が回って息絶えていた。あれを人間で再現する事になるのか。

「つまり、実質的にはガルゴン一択って事ですか」

「この辺りにいる弱い魔物だけを相手にするような初心者なら、グリーンウルフも悪くないんだけどね。そんな感じじゃなさそうだし、素材の持ち込みもないとなるとかなり珍しいパターンなんだよ。何百万と予算があるなら他の素材もできなくはないけど、預けてもらって集める形になる。……ここは初心者用の装備がメインだから高価な装備をストックするほどのお金はないのさ」

えっへん、とない胸を張る店員さん改め職人さん。

ガルゴン革にしようか、と決めかけたところで、なぜか店に置いてあった服が気になった。

日本であればコスプレのような服だが、中々カッコいい。

関節など一部に金属が使われているようだが、基本的には布なので軽そうだ。

「……これも鎧ですか？」

「あーそれね。人が持ってる魔力の一部を勝手に使って防御魔法を張る事で、軽い鎧で防御力を確保する……ってコンセプトで作った鎧のはずだったんだけど、思ったより燃費が悪くて。流石に魔力を吸われすぎて病気に、なんて事はないんだけど、三十分もすれば普通の服になってしまうんだよ。おかげで今は店の飾りさ」

まるで俺のためにあるような鎧じゃないか。

試しに【鑑定】してみたところ、消費魔力は一時間でおよそ二十ほどのようだ。

俺の魔力が回復する方がはるかに速い。見れば見るほど俺向きの鎧だ。

「ちなみに、防御力はどのくらいですか？　それから値段も」

「んー、ガルゴン革の鎧より少し強いくらいかな。値段は同じでいいけど……まさか、買う気なの？」

当然だ。

この鎧の消費魔力は、俺の魔力回復速度の二割にも満たない。

その程度の代償で、強く、軽く、そしてカッコいい装備を使えるのであれば、そうしない手はない。

「ええ、そうしようかと。魔力には自信があるんですよ」

「おすすめはできないんだけど……」

店員さんはあまり乗り気ではないようだ。職人として自分が欠陥品だと思っている物を人に売りたくはないのかもしれない。

「とりあえず試してみて、もしダメだったら新しく革鎧を買う事にしますよ」

「……了解！　それじゃあ採寸するから、ちょっと腕伸ばしてね」

店員さんは少し迷ったようだが、とりあえずは理解してくれ、採寸をしてくれるようだ。

俺が言われたとおりにすると、店員さんは俺の腕から肘の長さやウエストなど、あちらこちらのサイズを測り始めた。

後ろから手をまわして採寸用のひもを当てられると、胸が当たりそうで心配になるのだが、残念ながらそれは杞憂に終わったようだ。流石にAランクを超えるだけの事はある。

「動かないでね……」

なぜかプレッシャーを感じ、俺は直立不動の姿勢をとる。普通の口調なのに、尋常ではない圧力のようなものを感じたのだ。

「終わったよ。素材が変わったから一万六千テルになるけど、大丈夫かな？」

口調が怖い。これは絶対に素材変更のせいではない気がする。ランクについて考えていたのがバレてしまったのだろうか。だが千テルは中々の大金だ。プレッシャーなんかに負けたりしない！

「え、でもさっき、ガルゴン革鎧と同じって……」

「大丈夫かな？」

店員さんがさらに近付いてくる。普通の人だったら、胸が当たる事を心配しなくてはならなくなりそうな距離だ。……そんな事を考えていたせいか、さらにプレッシャーが高まるのを感じる。ちなみに胸部装甲からのプレッシャーは一パスカルたりとも受けていない。

「いちまんご……」

「大丈夫だよね？」

「はい！　大丈夫であります！」

俺は金貨を二枚差し出す。プレッシャーには勝てなかったよ……。

「それじゃ、明日の夕方にはできるだろうから、夕の鐘が鳴った頃に来てね」

こうして雑念に敗北して千テルを失った俺は、すごすごと防具屋を後にし、ギルドに向かったのだった。

「あ、カエデさんこんにちは、話があるんですが、大丈夫ですか？」

ギルドに入るなり、サリーさんの方から声がかかった。そのバストは比較的豊満であった。

「なんでしょう」

話とはなんだろうか。思い当たる節など何もない。薬草の乱獲が問題になったとか、値崩れしたとか以外には。

「ランクアップの事なんですが」

「ええ、薬草ですよね。もう……あれ、ランクアップですか？」

どうやら思い違いだったようだ。薬草に関するこの町のキャパシティは案外大きいのだろうか。

「はい、ズナナ草とグリーンウルフの件で、あなたの実力とギルドに対する貢献度は昇格に十分だと判断されました。ですが冒険者にはそれだけでなく、多方面の経験が求められるため、初回のランクアップには、最低一度の雑用系依頼の達成が必要な事になっているんです。という事で、ランクアップを希望されるのでしたらそちらについても考えておいてください」

なるほど、そういうシステムなのか。いくらランクが上がると戦闘が増えるとはいえ、ただ強いだけでは務まらないらしい。

「見繕ってみます」

断る理由もない。Gランクから手っ取り早そうなものを見に行くと、ゴミ掃除やら荷物運びやらの中に、一つ興味深いものがあった。鉄鉱石運搬という事だが、量が自由に決められて、報酬が一キロ当たり二テルなのだ。運ぶ距離も五キロ程度と比較的お手頃であるうえ、アイテムボックスの限界が試せるかもしれない。

一応他にも全て目を通してみたが、これ以上に受けようと思える依頼は存在しなかった。

「これを受注します」

俺は五枚重ねになっていた板のうち一番上のものを手に取り、颯爽とサリーさんに手渡す。

「また変な依頼を……これも雑用ではありますから問題はありませんが、アイテムボックスの無駄遣いでは？　ズナナ草と並んで、人気がない依頼なんですよ。重さと距離を考えると、もっと楽に稼げる仕事はありますから。切羽詰まってくれれば報酬が上がるかもしれないんですけどね」

ズナナ草と同じ、割に合わない系依頼か……だが、俺のアイテムボックスにかかれば宝の山、な気がする。多分。

「アイテムボックスがあるので大丈夫だと思うのですが、そういえば容量ってどうやって決まるんでしょう」

「カエデさんのものがどの程度かはわかりませんが、初めてアイテムボックスを使った時の魔力量と、使う時の最大魔力量が関係しているみたいですよ」

枠数と初回起動時にあった魔力が等しかったのは偶然でなかったという事だろうか。使う時の最大魔力量はレベルなどによって変動するので、枠数に変化がないところを見るとこちらは一枠当たりの容量か、合計容量に関係してくると見た方がいいだろうな。

まあ、この依頼で鉄鉱石を限界まで詰め込んでみればわかるだろう。

……今日は依頼を受けないつもりだったのに、結局依頼を受けてしまった。まあ休んだところで、宿の部屋にはテレビもネットもないから暇なのだが。

とりあえず、精錬所の場所を確認し、町から草原側に出た。いい風景だ、一面緑の草原には所々丘があり、道はその頂上から頂上へと、できるだけ高い場所を伝うように道が作られている。

開拓したら簡単に良い農地になりそうなものだが、それが放置されているばかりでなく、わざわざ高低差の激しいルートにしてまで高所を道にしているのは魔物とかの関係だろうか。

今のところ魔物の類《たぐい》は見当たらないが、いざ実際に索敵し戦うとなれば、高いところからの方が有利そうだ。そういう意味ではこの道の引き方も納得はできる。移動は大変だが。

このまま景色を眺めていても仕方がない。とりあえず盾だけ装備して、移動を開始した。剣は鞘から抜いた状態でアイテムボックスに入れてあるので、戦闘になった時に取り出せばいいだろう。

ペースは薬草取りの帰りに疲れない事がわかった時速二十キロほどだ。オリンピック選手にマラソンで勝てるな。

こう考えると、今使える魔法の速度である時速四十キロというのは、この世界において、そう速いとは言えないのではないだろうか。

一般公道を走る自動車程度の速度と考えれば、ホーミングなしで距離のある敵に当てるのは中々難しいだろう。やはり杖くらい持っておくべきかもしれない。

それか、杖を使わなくても速度が出そうな魔法を使うのもいいかもしれない。ちょっと思い立った魔法を試すべく、走りながら地面にあった小石を一つ拾ってみる。

決まっているのはあくまで魔法自体の速度。つまり、その魔法によって飛ばされた物体の速度までは左右されないという事だ。たとえば小石に片側から圧力をかけるイメージで魔法を使ってみたら、小石が高速で飛んでいくのではなかろうか。

手が巻き込まれたらおそらく痛いので、小石を軽く投げあげてからそこに圧力を集中させるのをイメージ。

バスッ、という音とともに魔法が発動したが、石は飛ばなかった。というか、魔法が発動した時点で石はすでに地面に落ちる寸前だった。発動までのタイムラグを計算に入れ忘れていた。

今度は魔法を発動させるイメージを固め、そこに向かって石を投入すると、さっきと同じ音とともに石が飛んでいった。速度は元の倍といったところか。石が小さいため、手間がかかる割にはかなり微妙な性能だ。というかこれをわざわざ使うくらいなら、ちょうどいいサイズの石を投げればいいと思う。

魔法として使えない訳ではないから一応付近にあった小石をアイテムボックスにいくつか放り込んでおくが、使うような状況が正直思い浮かばない。

とはいえ新しい魔法を使い始めたのでステータスを確認しておくと、【圧力魔法1】と書かれていた。風魔法とかじゃなかったのか。

とりあえず、恐らくは使わないスキルなので隠蔽しておく事にする。今更な感じはあるが、あまり低ランクで持つスキルが多いと怪しまれるかもしれない。もうちょっとランクが上がるまではこれでいいだろう。

薬草採取などの、利益が出る過程で目立つ状況はともかく、意味もなく目立つ趣味はないのだ。

走るうち、だんだんと鉱石置き場らしきものが見えてきた。移動した距離的にも、あれがおそらく目的地だろう。

鉱山と聞いてイメージされるものとは違い、草原に盛り上がった場所があって、その側面に穴が開いているだけだ。その辺りに大量の石が積まれているので、恐らく何らかの鉱山だという事はわかる。そこに一人の男、恐らくはドワーフが洞窟から出てきて、さらに石を追加する。色からして鉄鉱石だろう。

ちょうどいい、あの人が依頼主かもしれない。

「すみません、冒険者ギルドで鉄鉱石運びの依頼を受けてきたものなのですが」

『すみません』はどんな異世界語に翻訳されているのだろう、などとどうでもいい事を思ったが、それは今関係ないな。翻訳のシステムがよくわからなくとも、実際に通じればそれでいい。

「ああ、じゃあギルドカードを見せろ」

ドワーフらしい、ぶっきらぼうな対応だ。

「よし、依頼に問題はねえ。問題はねえが……随分ひ弱そうじゃねえか。運べるのか？」

「アイテムボックスがあるので、それに入るだけ運ぶ予定です」

ドワーフの表情はよくわからないが、炭鉱夫が驚いたように見えた。

「そういう事なら、持てるだけ持っていけ、鉄鉱石はそこにある。……でもなんで鉱石運びなんてしてんだ？」

指を指した先にあったのは、ついさっき追加されていた赤っぽい石の山だ。

近くに来てみると大きさがよくわかるが、鉱石の山は高さが五メートルほどもあった。

これなら容量に対して足りなくなる心配はないだろう。安心して鉱石を詰め込む事にした。

……が、いつまで経ってもアイテムボックスが埋まる気配はない。そして三百キロほど入れた頃だろうか、炭鉱夫の方から声がかかった。

「アイテムボックスってのはそんなに運べるもんだったか？　せいぜい運べて二百キロと聞いたが」

相場はそんなものなのか。これ以上入る事を隠そうかとも少し考えたが、毒を食らわば皿までだ。隠すなら入れ始める前に判断するべきだったのだ。

「ええ、なぜか容量が大きいみたいで。まだ底が見えませんよ」

「そうか、それならまあ入るだけ持っていけ。色々あって運び手が足りずに困ってたんだ、これからも続けてくれると助かる」

「はい、いつまでこの町にいるかはわかりませんが、私にとってこの依頼は割がいいので。……と、埋まったみたいです」

二トンほどの鉄鉱石を入れたところで、ようやく一枠が埋まったようだ。

右下の数字は二〇一一になっており、それ以上投入しようとしても反応がない。

「おお、埋まったか。異常な量入ったな……って、なにしてんだ？　まだ入るじゃねえか」

鉄鉱石の収納は一度止まった。しかし隣の枠への投入をイメージすると、収納が再開される。

「え？　はい、一枠埋まったのですが、まだ枠はありますし」

他の枠に投入すれば、まだ普通に入るようだ。継続して山を切り崩す。

「お前、アイテムボックスの化身か何かか？」

「一応人間のつもりですけど……」

ペースを崩さず、岩山を削っていく。アイテムボックスの四枠が埋まり、五枠目も残り少なくなったところで向こうから声がかかった。

「その辺でいい。どんだけ入るのかはわからねえが、それ以上運ばれても精錬所に置き場所がねえよ。多分もうしばらくは依頼を出す必要もねえが、とにかくさっさと行ってこい。原料が運べないせいでペースが落ちてんだ」

……一発目で、割のいい依頼がなくなってしまったようだ。まあ今回だけで十分稼げそうなのでよしとするか。

意気揚々と町への道を駈ける。アイテムボックスはやはりいくら中に物が入っていても重さや速度に関係しないようで、十トン以上もの荷物を運んでいるにもかかわらず、十五分ほどで町についた。

精錬所はレンガ造りで飾り気のない建物だ。

中に入ると、かまどのような道具の周りで沢山の人やドワーフが作業をしているのが見えた。どちらかというとドワーフの方が多い。

たたら製鉄か何かに見えるが、それにしては道具が小さい。

それから気になったのは、作業をしている人たちがなんとなく暇そうというか、のんびり働いているように見えるのだ。

そういう文化なのだろうか。まあ、忙しくされているよりは話しかけやすくて助かる。聞く相手としては、ドワーフじゃない人の方がいいだろう。

「鉄鉱石を持ってきた冒険者なのですが、どこに置けばいいのでしょうか」

「ん？　冒険者かい？　鉱石を持っているようには見えないけど」

俺が話す相手に選んだのは、作業服を着ているが体の線が細く、いかにも理系って感じの人だ。眼鏡をかけていたらよりその印象は増すだろう。それと、やはりこういう依頼でのアイテムボックスは、存在を想定されない程に影が薄いらしい。

「アイテムボックスが使えますので、それで運んでるんですよ。ほら」

アイテムボックスから鉄鉱石を一個取り出してみせる。素手だと重さで角が食い込み痛かったため、すぐにしまった。

「うーん、そんなに報酬出してたかな。まあありがたい事はありがたいけど」

そんな事を言いながら案内されたのは、精錬道具よりも高い位置にある、穴のような場所だ。理系の人はそこに鉄鉱石を入れてほしいと告げるなり、元の場所にもどってしまった。

それを見届けて、穴の中に鉄鉱石を放出し始めた。中々の速度で穴が埋まっていく。

と、一枠分ほど放出し終わったところで、大事な事を忘れていたのに気が付いた。この鉱石、どうやってカウントしているのだろう。

慌ててギルドカードを確認する。

すると、依頼達成履歴にはすでに『鉄鉱石運搬二〇一一キログラム未清算』と書き込まれていた。どんな原理だ。

なんだか釈然としないが、とりあえずカウントされていたようなので、安心して残り四枠も放出。鉱石置き場の容量はギリギリといった感じだが、足りなくなる事はなかった。あの炭鉱夫さん、ここまで読んでいたのだろうか。

ギルドカードには「鉄鉱石運搬九九七二キログラム未清算」と書かれていた。約二万テルだ。十分すぎるだろう。

「随分遅いじゃねえか、一体何を……っ!? どっからこんな大量に持ってきた！」

ドワーフが見に来たと思ったら、なんだか変な質問をされた。違う坑道もこの辺りにあるのだろうか。

「町から五キロほど離れた、坑道からです」

「場所を聞いてるんじゃねえ」

理不尽だ。場所を聞かれたはずなのに。場所でないなら、運び方を聞かれたのだろうか。

「アイテムボックスで運んできました」

「いくら重さがないからって、この量は何往復したんだよ……今そんな事はいいか」

何やらブツブツ言っているが、俺は一往復しかしていないぞ。

そんな事を考えている俺を尻目に、ドワーフの人が大声を出す。

「てめえら鉄鉱石が来たぞ！ さっさとフル稼働の準備しろ、もたもたすんな！」

「親方！ 一人や二人で運べる量ではフル稼働させても……いたっ！」

若い感じのするドワーフが返事を返すが、他のドワーフに頭をはたいて黙らせられていた。

「鉱石の量を見てから言え！ 言ってる暇があったらさっさと動かせ！」

その声に、さっきまでのんびりと動いていた人たちもあわただしく働きだした。

「よくやった冒険者、ちゃんと報酬は出るから安心しろ。もう帰っていいぞ」

そう言って、ここの人たちが働く様子をぼんやり眺めていた俺はすぐに追い返されてしまった。

ドワーフってのは例外なくせっかちな生き物なのだろうか。それとも人を追い出したがる習性でもあるのか。

俺があった人だけ、たまたまという可能性もなくはないが、なぜか違う気がした。


ギルドに戻り、報告をする。これで晴れてランクアップという訳だ。

「こんにちはサリーさん。依頼を達成してきました」

「はい。ギルドカードを渡していただけますか？」

サリーさんはいつも通り笑顔で対応してくれる。こちらも笑顔を返しながら、ギルドカードを渡す。

サリーさんの笑顔が引《ひ》き攣《つ》った気がした。

「突っ込まないぞ、ツッコまないんだからねっ……。はい、こちらが報酬になります」

何やらブツブツ言いながら奥に入っていく。それから戻ってきたサリーさんが硬貨とギルドカードを手渡してくれた。二万テル弱あるが、まとめてアイテムボックスに放り込んでおく。ギルドカードに書かれたランクはFになっていた。ランクはちゃんと一つずつ上がるようだ。

そのままギルドを出る。またちょっとした小金持ちになってしまった。とはいっても、まだ冒険者生活に必要なものを集めなくてはならないので、すぐに消えてしまう金なのだろうが。

まずは真っ先に目についた雑貨屋に入る。入り口は地味だが、中は学校の教室ほどの広さがあり、ギルドの隣なので目に付いたのは当然と言える。

「いらっしゃい」

話しかけてきたのは老婆だ。随分といい立地の店だが、俺の探知できる範囲に他の店員はいないようだ。

いくつかの棚に商品が陳列してあるが、コンビニなどとは大分違った雰囲気だ。レジも冷蔵庫もないのは当然だが、他の違いは防犯対策があまり必要ないからだろうか。

また、ジュースの代わりに置いてあるのはポーションたちだ。種類によって容器のキャップが違うが、基本的にはコップにふたをしたようなものだ。

値段は決して安いとは言えないが、今は普段より若干安くなっているので買い時だなどと書いてある。老婆がぼけて仕入れすぎてしまったとかだろうか。

値段と鑑定でわかる効果を見比べてみる。やはり高い。

HPを二回復するらしいポーションが一本で千二百テル、なんと二日分の宿代と同じ額だ。

それとも普通の人間の体力の十五分の一も回復できる割には安いとみるべきなのだろうか。

何をもってHPとするのかは知らないが、まあこれだけの値が付くという事はこれでも役に立つのだろう。

回復魔法が使えないような状況になった時のため、五本ほど買っておく事にする。お守りみたいなものだ。

ガブ飲みするなら沢山必要だが、一本使ったら三十分は同系統の薬の効果が出ないと書いてあるので、あまり沢山持っていても仕方がない。

魔力を回復するポーションもやはり高い。

ＭＰを七回復するだけのポーションで千テル、こちらは俺にとってはお話にならない。

どうしてカップラーメンができるのを待つ時間で回復するＭＰを、そんな値段で買わなければならないのだろうか。

と、そんなポーションたちの棚の中で、ホコリをかぶった容器が二十個ほど置いてあるのを見つけた。

値札には百テルと書いてある。安い。どうせロクでもない効果なのだろうと思いながらも鑑定してみる。

魔力回復加速ポーション
説明：魔力の自然回復速度を十倍に高める。効果時間は三時間。魔力ポーションとの併用不可。

どうせロクでもない効果だとか言ってごめん。俺のためにあるようなポーションだった。むしろ買うしかない。

俺は棚にあった魔力回復加速ポーションを全て掴んで手や腕の上に載せ、ＨＰポーションとともに慎重にバランスをとりながら老婆のもとへ向かった。

「それは魔力ポーションじゃなくて、魔力回復加速ポーションだよ。それであっているのかい」

「はい、むしろこれがいいんです。むしろこんなものがこんな値段でホコリをかぶっていた事が信じられません！」

まあ、大方普通の人のMPが少ないせいであろうが。

「そりゃあお前さん、そのポーションは高い材料を使わないから安いが、ただ安いだけのポーションさね。即効性がなきゃ冒険者の役には立たないし、そもそも魔力ポーションを連続で飲んだ方が回復量も多いんだ。せいぜい安全な場所で魔法をつかって仕事をする連中が、たまに使うくらいじゃないかねぇ」

老婆が薬の欠点を並べ立てているが、いずれも俺以外の魔法使いであればの話だ。その中に俺にとってデメリットといえるものは存在しない。

「そうなんですか、もったいない。まあそういう事なら、ありがたく買い占めさせてもらいます。……ところでこのふたは、どうやって開ければいいのでしょうか」

近くで見てわかった事だが、これらのポーションのふたは容器の本体に接着されているようなのだ。

まさか戦闘中に一々叩き壊す訳にもいくまい。

「そんな事も知らないのかえ。【生活魔法】でも火魔法でも、何か魔法を持っていさえすれば開封と唱えるだけで開くよ」

便利だ。

「わかりました、あとこれもお願いします」

銀貨八枚とともに、HPポーションも差し出す。魔力回復加速ポーションの本数を正確には数えていないため、もしかしたら足りないかと思ったが、魔力回復加速ポーションはちょうど二十本だったようだ。

「ありがとうよ、また来ておくれ。……お互い、生きていられたらだけどねぇ」

そう言いながら老婆は笑みを浮かべる。あまり笑えない冗談はやめてほしい。反応に困る。

俺はその冗談を、日本人にとって【生活魔法】の一部である【愛想笑い】で受け流しつつ、薬をポケットに突っ込むフリをしながらアイテムボックスに放り込み、店を後にした。【愛想笑い】はステータスにこそ表記されていないが、かなり利用頻度の高いスキルであると思う。

次は杖だ。ドヴェラーグさんの店にはなかったはずだし、おすすめもされなかったから、自分で探す事になる。とりあえずという事で周りを見渡してみると、杖がいくつか置いてある店が見つかった。ギルドの近くなので穴場の店という可能性は低いが、逆にここで生き残っているという事は、変な店でもないとだろう。

百二十センチほどある杖が目立っていたため気が付かなかったが、店に近付いてみるとここが杖屋というよりは魔道具全般を扱っているという事がわかった。ドアはなく、商店街にある古本屋のような感じであるが、この世界ではあまり防犯を気にする必要はないのだろう。

店先には長い杖の他にも六十センチほどの杖や、宿にあった明かりを少し小さくした感じの魔道具も置いてある。明かりには「魔灯」という名前がついているようだ。たった一のMPで八時間も動作すると書いてあるうえ、五百テルというお手頃価格である。

それらを眺めていると、店の奥から声がかけられた。

「魔灯に興味があるんですか？」

声の主は、いかにも魔法使い然とした女性だった。いかにもというのは鷲鼻で山高帽をかぶった老婆という意味ではない。ラノベとかで見るような、ロリ魔法使いの方である。青髪ショート、防具ではないものの薄い胸部装甲、そして手に持った身長よりも高い杖。日本にいるオタが十人いれば十人がこれは魔法使いだと答えるだろう。

「いえ、欲しいのは杖なんですが、ちょうどいい杖を探している時に目に入ったので眺めていただけです。このくらいの長さの杖なんですが」

そう言いながら、指で十五から二十センチほどの長さを示す。手に握ってもまず邪魔にならないであろうサイズだ。

「へ？　ふふ、おかしな事を言う人ですね。そんな杖、ある訳ないじゃないですか。それじゃ速度は三倍がいいところですし、いくらダンジョン用でも十倍くらいはないと使い物になりませんよ」

ロリ魔法使いはきょとんとしたかと思うと、笑いながら解説をしてくれた。かわいい。

「私は元々かなり魔法が速いので、そのくらいでも役に立つと思います。今まで剣と盾を持って魔法を使いながら戦っていたのですが、盾は手で持たないタイプなので左手が開くんですよ。それで邪魔にならない杖が欲しいなと」

「くく……剣を使いながら魔法？　ぷっ……今度は剣と魔法!?　ぷくくく……まあ、面白そうなので そのサイズなら二千テルくらいで……ぷっ。明日までにはつ、作りますよ。役に立たなくても責任はどうやらよほどおかしいらしいが、作ってはくれるようだ。でも、その辺にある杖を切り詰めれば、すぐに用意できるのではなかろうか。

「その辺にあるのを切り詰めるんじゃだめなんです？　多少高くなっても構いませんよ」

俺の視線の先にあるのは、六十センチほどで価格が四千テルの杖だ。

「切り詰めっ……!?　ぷくくく……っ、切り詰める……！　杖を……っ。くくく……」

どうやらツボってしまったようだ。俺はそんなにおかしな事を言っただろうか。

「杖、はっ、くく、部位によっ、ぷぷ、部位によって機能が、くくく、あるので、切り詰めても……ぷぷっ、意味がありません、くく……」

恐らく、杖は部位によって機能が違うから、切り詰めても意味がないと言いたいのだろう。

俺が言った事は、よっぽどおかしい事だったらしい。

「じゃあ、これでお願いします」

俺は、笑いのあまり倒れ伏してしまったロリ魔法使いが起き上がるのを待ってから銀貨を渡す。店を出る時、ようやく笑いから復帰したらしいロリが明日の昼までには作っておくと言っていた。これで明日の夕方には、当面の装備が揃う訳だ。

Fランク依頼には討伐依頼だとか駆除依頼だとかもあったし、そろそろそちらにも本格的に手を出してみようか。

鐘の音とともに起床し、あの妙な飯屋へ行って飯を食い、それから出発する。これが俺の生活の基本サイクルだ。

しかし、今日は普段より少しばかり早く目が覚めてしまったようだ。外はまだ薄暗い。

「今朝は早いんだね、まだ飯屋は仕込みをやってるはずだよ」

宿の一階へ降りると、掃除をしていた宿屋さんにそう声をかけられる。この人はいつ寝ているのだろうか。

「この時間でもやってる飯屋で、おすすめとかありますか？」

鐘にはそこそこの余裕があるし、ここの飯屋の特殊さにも少し慣れてきたとはいえ、たまには飯を落ち着いて食いたいというのもある。

「ギルド近くにある店だね。この時間にやってる店なんざ一つしかない。多少高いが、そこそこうまいと思うよ」

少しの後、俺はギルドの前まで来ていた。

なるほど、一軒の飯屋が営業している。外観もいかにも冒険者用といった感じだし、これは中々期待できるだろうと思いながら、俺は入り口をくぐる。

「いらっしゃいませー」

中へ入り、挨拶を受けた瞬間、俺はひと目でこの店は宿の飯屋とは違うという事を把握した。

ただし、露出が少ないという訳ではない。そういった点では、この店は宿の店と同じだ。

とはいえ俺はすでに宿の飯屋である程度慣れているため、冷静に状況を分析しながら席につく余裕がある。

宿とこの店の違いは、上と横、といった類のものだ。

すなわち、宿の飯屋は乳が上から露出していたのに対し、この飯屋のものは両サイドからその一部が露出しているのだ。

あちらはまだ服としておかしな構造ではなかったが、こちらは何かの弾みにずれたりすれば、一発でアウトになってしまいそうだ。ちなみに、デフォルトの状態ですでにアウトだという説も有力である。

「いらっしゃいませ」

そんな服が制服であるのだから、店員の中身もさぞぶっ飛んでいるのだろうと思ったが、接客の第一印象は宿の飯屋と違い、特徴の少ないチェーン店的なものだった。

メニュー表示は宿とほとんど変わらないが、少し字が綺麗な気がする。

テーブルやカウンターのデザインもまさに『ファンタジー風普通の飯屋』といった雰囲気で、違和感を感じさせない。

もしかしたら、異世界における普通の店というやつはこういうのを言うのかもしれない。

しかし、店員とその制服が、それらの普通さを台無しにしていた。

ここもエロフなのだ。なぜだ、この世界には飯屋の店員がエロフでなければならないという規則でもあるのか。

俺の心の中のツッコミにもかかわらず、店員さんが注文を取りに来る。

朝早いせいか他の客は三人しかおらず、店員も調理をしている人を含めて二人だけだ。

店の広さの割に人数が少ないおかげか、いそいそと歩いてくるうえ、制服自体もぴっちりしたものではないため、振動で大変な事になっている。

これでもポロリとなってしまわない制服は、魔法か何かで作られているのではなかろうか。

ちなみに俺はここまでの状況を詳細にレビューしているものの、別に視線を向けている訳ではない。

【情報操作解析】の力によって、正面を向いたまま側面を見る方法を開発したのだ。

ちなみに触板は流石に犯罪臭しかしないので、一時的に無効化した。

「ご注文はお決まりですか？」

うん、台詞だけを見れば至極普通だ。

ただしその質問の際に店員がとっている体勢は、ほとんどこちらを向いているものの、微妙に体を傾けて制服の欠陥を強調している。

「はい、この日替わり定食をお願いします」

俺は目線を完璧にメニューへやりながら、意識を店員の方へ向ける事に成功している。これが【情報操作解析】の力だ。

……この店に入った当初の目的である、落ち着いた飲食は望めそうにない。

しかし、それが悪い事だとも思えないあたり、飯屋の策略に完全に嵌《はま》っている気もする。

さては、このせいで普通の飲食店が消滅してしまったのではなかろうか。

こういう店と地球基準で普通の飲食店、どちらも似たような値段で似たような味のものが出てくるのであれば、外食の多い冒険者などに選ばれるのは、まあこちらであろう。男の性《さが》だ、仕方ない。

エロフの店が一つでき、そちらに客を取られた飲食店が対策としてエロフを採用し、そうでない店は消えていった。

そういった淘汰によって完成されたのが、この飯屋＝エロフという構図ではなかろうか。

だとすれば、俺が入った二つの店のみではなく、この町、いやこの国の飲食店のほとんどがエロフ飲食店である可能性が否定できなくなってくる。

そこで一つの疑問点が浮かび上がった。

料理がうまく、美人で爆乳のエロフを、どうして飲食店ばかりがこうも大勢用意できているのだろうか。

それだけの人数がいれば他でも見ていいはずなのだが、俺は町でエロフはおろか、普通のエルフさえもほとんど見た事がないのである。

まさか、あの乳とエルフ耳は……偽物!?

「お待たせいたしました、こちらが日替わり定食です」

そんな俺の思考とは関係なく、料理が運ばれてきた。

それと同時に俺は横乳を強調する制服の意味を、否応なく認識させられる事となる。

ここはカウンター席が多く設置されており、しかもカウンター越しにお盆をやりとりしたりはしないのだ。

カウンター席に対して正面から配膳をしないとなると、配膳は必然的に横から、客と同じ方向を向いて、という事になる。

それにより発生する状況と、横方向に対する防御力の低い制服。

この二つが作り出す相乗効果が、店の集客力を高めているであろう事は、もはや疑いの余地もない。

横乳の制服は、店のレイアウトまで考えて作られた、エロフの特徴を最大限に生かす叡智の結晶であったのだ！

……ここで、料理が運ばれてくる前に抱いていた疑惑を思い出す。

それは、あの乳が偽乳で、エロフが偽エロフであるという疑念である。

確かめる必要がある。そうでなければこの【情報操作解析】を俺が持っている意味がないではないか。

俺は目の前に置かれた、やや味の濃い目にできた料理に手を付けながら、鑑定を発動する。

流石に横乳を直接【鑑定】する訳には行かないので、その持ち主ごと【鑑定】する形になる。

しかし、隠蔽されているスキルまで表示してくれる【情報操作解析】の事である。偽乳ごときが見破れないはずはない。

……だが、【鑑定】の結果には、一つの誤植、なぜか『エロフ』であるはずの種族名が『エルフ』になっていた事を除き、偽乳の疑惑を抱かせるようなものは全く存在していなかった。

エルフ（【鑑定】にはそう書いてある）の種族名を【鑑定】しても、特殊な魔法に適性があるという事は書かれていても、飲食店だけに出現する理由は書かれていない。

どこからエロフが出てきたのか、なぜ飲食店ばかりがエロフ飲食店であり、推定Dランク程度のギルドはFランクを超えるエロフギルドに、まな板魔道具店はエロフ魔道具店になっていないのか。

結局、謎は謎のままであった。

ちなみに、店員と制服にばかり目が行っていたが食事自体も中々のものであった事と、肝心の【情報操作解析】が今回も録画機能を発現しなかった事を、ここに追記しておく。

発現したからといって、使う可能性は低いが。普通に犯罪だし。

そんなこんなで俺の『落ち着いた朝食計画』は頓挫を迎えたのだった。

なぜかあまり残念には感じなかった。

＊

気を取り直し、薬草採取へと出発する。戦闘系の依頼は捨てがたいが、防具がまだ完成していないのだ。

ゆえに今日も薬草取りである。スキルで薬草を発見し、そこまでダッシュで近付き、根元から折って収納しつつ次の薬草を見つける。この間約二秒である。作業には慣れている、いや、もはや熟練していると言って差し支えないレベルだ。

それなのに普段よりペースが遅い気がするのはなぜだろう、朝から精神的な疲労を蓄積させてしまったからだろうか。

ともかく、ひたすらズナナ草を採取するうち、少し気になるものを見つけた。

これだけズナナ草をとっていると、ただ見るだけでもドクズナナとの見分けはつくようになってくる。そのカンがこれはズナナ草だとは言っているのだが、マークは表示されていない。

【鑑定】してみたところ、『ズナナ草（未熟、有用）』と出た。これは有用らしいが、有用とわざわざ書くからには無用なものもあるのかもしれない。まあ、小さいものまで取ってしまうのは資源の保護的に良くないので、未熟なものは放っておく事にする。

そちらの事を意識しつつズナナ草を乱獲していると、また未熟なズナナ草を発見した。【鑑定】の結果は『ズナナ草（未熟、無用）』である。

その説明文は、ズナナ草というよりはドクズナナのそれと同じようなものだった。ギルドの方で十センチ未満のものを買い取っていない理由だろうか。

そうなると、ドクズナナがどこから生まれた草なのかも気になるな。そのうち調べてみよう。

考察をしながらも、手は休めていない。アイテムボックスは着実にズナナ草を蓄え続け、気付くと太陽はほぼ真上に上がっていた。そろそろ飯にしよう。

俺はその場に座り込み、アイテムボックスからパンを取り出す。やはり落ち着いた食事もいいものだ。

森はついさっきまで無粋な薬草取り魔によって荒らされていたとは思えないほど静かでリラックスできる。HPでも回復しそうなほどだ。

とはいえ、あまりゆっくりと時間をつぶす訳にもいかない。装備が俺を待っているし、その前に薬草を納品しなければならないのだ。

ギルドに入ると、今日もサリーさんは窓口にいた。この時間のギルドは随分とすいているようで、並ぶ事もない。

「こんにちは、薬草を納品しに来ました。今日は昼までなので、ちょっと少ないですが」

そう言いながらズナナ草をアイテムボックスから取り出し、カウンターに置く。アイテムボックスには二五二と表示されていた。

「ええ、少ないですね。普通の冒険者だったら半月ほど休みなしで集めてようやく集まるかどうか、といった量です。少ないですね」

サリーさんは諦めたように言いながらいつも通りズナナ草を処理し、硬貨を手渡してくれる。やっぱり少なかったな、もうちょっと持ってくればよかったかもしれない。

しかし、俺もズナナ草ばかりを取り続けるため冒険者になった訳ではない。そのために杖を入手するのだ。


「ぷっ、くくく……」

するのだが、ロリ魔法使いはこちらが話しかけるまでもなく、俺の顔を見るなり笑いだしてしまった。人の顔を見て笑うとは何事か。だが相手はロリなので不問に付す事とし、見なかったフリで普通に話しかける。

「あの、杖はもうできてますか？」

「あ、すみませんつい。杖はもうできてますよ、速度は二倍半くらいなので、実用に耐えない可能性がとても高いですが」

そう言いながらロリ魔法使いが取り出したのは小さい杖だ。いや、機能上は杖であっても、実際のフォルムは杖とすら呼べない。麺を伸ばす棒を、さらに短くしたような有り様だ。

「ありがとうございます、十分です」

意外にも、受け取った杖にはしっかりとした重さがあった。ただの木ではこうならない、鉄芯でも入っているのだろうか。

杖には継ぎ目があるので、そこから何かを入れているのかもしれない。

まだ防具の受け取りまでには時間がある。どうせだから、すぐにでもこの杖の能力を試してみようか。

追加の薬草を集めながらちょっと奥に入り、緑犬でも見かけたら魔法をぶつけてやろう。

という事で、俺は盾を装備し、新品の杖をつかんで森に逆戻りしていた。

試しに誰もいない場所に岩の槍を放ってみると、明らかに以前より速度が上がっていた。時速にして恐らく百キロほど。飛んでくるとわかっていなければ、距離があってもよけるのは難しいだろう。

もしロリ魔法使いが持っていたような杖を使ったら、発動した瞬間に着弾したりするのだろうか。

そう考えると、使うかどうかはともかくとして長い杖を持っておきたい気もする。まあそのうちでいいか。

しかし、今の短くて比較的軽いはずの杖でも、薬草取りの際に少しの動きにくさを感じる。慣れのせいだろうか。

薬草を集めながら奥に入るうちに、触板が一匹の魔物の反応をとらえた。緑犬だ。触板の範囲に入っているという事は、十二分に射程内であるという事だ。俺はそちらを向くと、すぐに岩の槍を放った。

幸い気が付いたのはこちらが先だったのか、緑犬がこちらに反応したのと同時に槍が頭に直撃した。

レベルアップ音が聞こえる。槍は案の定砕けてしまった。やはり威力に変化はなさそうだが、それで十分だったようだ。

ステータスの伸びは前回のレベルアップと同じくらいで、ＭＰ増加も五〇〇程度だ。

そろそろ防具が完成する頃なので、町に戻る事にしようか。

ＡＧＩが上がったせいか、町へと戻る速度も上がった気がする。薬草取りのせいであまり奥に入っていなかった事もあり、町へはすぐに到着した。

ちょうど防具屋に到着する直前に、鐘の音が鳴り始めた。ベストタイミングだ。

「こんにちは、防具を受け取りに来ました」

「はい、もうできてるよ。試着してみて」

言われるままに、防具を受け取る。

防具とは言っても外見はコスプレ衣装のようなもので、構造は普通の服とそう変わらない。

そのため装着方法に迷う事もなく、簡単に装備する事ができた。

見た目よりもずっと軽い。

「大丈夫です、しっくりきます」

「よし、それじゃあ、またボクのお店をよろしくね」

「はい、では俺はこれで」

防具を装備したまま宿に戻るが、本当に驚くほど邪魔にならない。ステータスのせいもあるのだろうが、ともすれば装備している事を忘れてしまいそうなくらいだ。

さらに装備した状態からアイテムボックスに収納でき、逆にアイテムボックスから直接装備する事もできるらしい。

試してみたところ、盾でも同じ事ができた。便利だ。


翌日、駆除依頼を受注しようとギルドに行ったのだが、なんと駆除依頼は一件も存在しなかった。

グリーンウルフやビッグマウスといった魔物の討伐依頼はあるようだが、討伐依頼は基本的に受注の必要がなく、場所などの指定もないので、ランクが低くても対象を倒せさえすれば達成できてしまう。

そのかわり報酬が安めになるとの事なので、できれば駆除依頼を受けたかったのだが、一件もないとは誤算だった。わざわざ駆除依頼を出すほどの魔物はFランクの手に負えないという事だろうか。

Cランクの討伐依頼やらに載っている魔物を倒して報告してみるのもそれはそれで面白そうだが、危険な上に万一成功したらそれはそれで面倒だ、地道に行こう。

という事で駆除依頼は一旦断念し、グリーンウルフかビッグマウスを探しに行く事にする。魔法弾幕の力を見せてやるのだ。

まあ、正直なところ、弾幕が活躍するような場面に出くわしたくはないのだが。

今日は昨日とは目的が違う。よって大量のズナナ草を黙殺しながら、一気に森の奥へと突き進む。

そうしてレベルアップで上がった脚力をフルに使って移動するうち、一匹の魔物に遭遇する。また緑犬だ。

装備をアイテムボックスからまとめて装着し、岩の槍をわざと急所を外すように放ってみる。レベルアップでどの程度まで威力が上がったか確認するためだ。

放たれた岩の槍は杖の効果によって高速で緑犬の胴体に直撃し、やはり砕けた。だが、心持ち深く刺さったような気がする。実際に緑犬は致命傷を負ったようで、少しの間足をぴくぴくと動かしていたが、すぐにそれも止まった。

俺はそれをアイテムボックスに収納し、先に進む。

緑犬を含め、魔物の体の中には魔石があるようなのだが、いつもこうしてアイテムボックスに入れてしまうせいで俺はまだ見た事はない。魔石のままの状態で一般に流通する事も少ないようだ。

少し見てみたい気持ちはあるが、わざわざ解体してみる気にはなれない。

そんな事を考えながら森の奥へ進んでいくと、緑犬の群れに遭遇した。今度は五匹だ。

しかし、複数の魔法をまとめて、しかも近距離ならかわされないだけの速度で放てるようになった俺にとっては一匹も五匹も大して変わりはしない。岩の槍をまとめて放り込み、無事経験値ゲットだ。

おかげで剣の出番が全くない。

回収に向かおうとしたところで、触板の左の方に大量の反応が入った。とっさに左を向くと、そこには緑犬の群れ。数など数える気も起きないほどだ。どうやって逃げようか……。

あまりに密集度が高く、火の玉を一発撃ち込めば延焼で全滅してくれそうなほどだが、そんな事をすれば山火事になる事は目に見えている。かといって撤退も困難だろう。この数の魔物を町までご案内とか、シャレにならない。

……戦うか。

数えきれないとは言っても、敵が畑から生えてきたりする訳でもない限りは有限だ。俺の魔力であれば数千匹は倒す事ができるから、現実的な選択肢であるとは言えるだろう。

まずはアイテムボックスから魔力回復加速ポーションを取り出し、適当に開けて一気飲みする。そして、全力で魔力を使っての岩槍射出を開始する。

緑犬の群れがバタバタと倒れていき、頭の中ではレベルアップのファンファーレが連続して鳴り響く。

それでも緑犬は何かに追われるかのように仲間の死体さえも踏み越え、俺の方に迫ってくる。

こちらは距離を詰められたくはないので、魔法を撃ちながらも触板で後方の障害物を察知しつつ、後ろに向かって走っている。

しかし数の暴力というのは恐ろしいもので、たまたま岩の槍を逃れたものが二、三匹ほど現れる。

そしてそいつらを処理している間にまた距離を詰められる。

こんな事を繰り返すうちに距離は縮まり、群れの先頭と俺の間の距離は二メートルほどまでになっていた。岩の槍を撃ち始めた時にはこの五倍はあったはずなのに。

そしてついに、緑犬の中の一匹が俺の顔めがけて飛び出してきた。とっさに右手で持っていた剣を突き刺す。

ずぶり、という感触があって、緑犬の首に剣が刺さる。剣を使うのは初めてだが、なぜだろうか。思いのほか簡単に刺さった。

その余韻を感じる暇もなく、剣をまっすぐに引き抜き上段に構える。

岩の槍は今も放ち続けているし、後退も進めている。

しかし緑犬の密度が減りこそすれ距離は広がらず、俺は相変わらず緑犬の射程圏内なのだ。

だが、いける。ややペースが落ちてきたファンファーレのBGMの中で、なぜかそう思った。

俺はそのカンに従い、後退をやめてその場に踏みとどまる。今まで近付いてくる敵を撃ち落とすのに使っていた岩の槍を、敵の群れの中へまっすぐ突っ込ませ、最大の殲滅《せんめつ》効率を発揮させようとする。

近付いてきた緑犬を二匹まとめて斬り伏せた。レベルが上がった事による岩の槍の威力上昇はその貫通力までも向上させ、今や岩の槍は一撃で二匹をまとめて串刺しにするほどになっていた。

剣の方も同様に、戦闘開始時とは比べ物にならないほどのものとなっている。器用さに筋力に素早さ、その全てが上昇し、最初は一振りで一匹殺すだけで精いっぱいだった剣は、今や三匹をまとめて斬り裂いても勢いを失わない。

結果として最初はかなり困難に見えた緑犬との戦いは、今や若干の余裕を感じるまでだ。

死体が積もって戦いにくくなってきたため、少しずつ後退しながらひたすら緑犬を斬りつけ、岩の槍を撃ち込む。左から来た緑犬を叩き落としてから剣を振ってとどめを刺し、右から来ていた緑犬に岩の槍を叩き込むと、ついに襲撃が途切れた。

群れが来ていた方角を見てもそこには死体の山々が続いているだけで、触板にはもう自分以外の生物の反応は残っていなかった。

俺は勝ったのだ。

さて、戦いの後は片づけだ、こいつらを回収しなければならない。

死体の山を軽く踏みつけてアイテムボックスに収納する事を繰り返す。作業をしながら、自分のステータスを確認する。戦闘に夢中であったたし、ただのBGMくらいにしか感じていなかったファンファーレの回数など覚えていないが、レベルは十七まで上がっていた。

一レベル当たりの上昇量は最初とほとんど変わらないようだが、レベルの上がり方がおかしいので、ステータスの上がり方もすさまじい。最大MPなどに至っては九〇〇〇を超えている。

あれだけ戦ったにもかかわらずスキルのレベルは上がっていないが、こちらは魔法の開発で上がっていくのだろう。

MPは二〇〇〇ほどあったものが七五〇ほどまで減っているのを考えると、あの戦いはせいぜい三分程度だったらしい。もし長引いてMPが切れていたら危なかったかもしれないが、実りある三分だった事に間違いはないだろう。

そうこうしているうちに、回収が終わった。アイテムボックスを見る限り緑犬は五百匹だったようだ。一分当たり二百匹弱、一秒に三匹半を倒していた事になる。岩の槍の射出速度が秒速十四発である事を考えると、四分の一ほどしか倒せていない。無駄撃ちの多さは課題として残るな。

しかし、この数は異常だ。下手な村などが襲われたら、滅ぼされていたのではないだろうか。

俺は単独で勝てたとはいえ、流石に疲労感が酷いので、これ以上奥に進む事はせずに帰る事にすると、ここで手を見て気が付いた。俺、血みどろだ。

いくら服が簡単には汚れないからと言って、返り血をもろに浴びたりしていたのだから仕方がない事だが、流石にこのまま帰る訳にもいかないだろう。

一瞬水浴びをする川などを探そうとして、今は魔法があるという事を思い出し、頭から水魔法をかぶった。

武器は軽く水で流し、軽く乾かしてからアイテムボックスに収納し、手入れは専門家に任せる事にした。杖は特に手入れは必要なさそうなので、そのまま収納する。

服の方は驚いた事に、一度水を浴びただけで綺麗に汚れが落ち、しかもすぐに乾いた。便利だ。

他に問題がない事をざっと確認し、町への道を急ぐ。

景色が後ろへと飛んでいく速さも随分と上がっており、門につくまでに十分とかからなかった。

門番にギルドカードを見せる時にも特におかしな顔はされなかったので、服装にも問題はないだろう。

エインよ、私は帰ってきた！

……さて、まずはギルドへの報告が必要だろう。報酬の事もそうだが、これだけの数となると他にも問題があるかもしれない。

いつも通りにギルドのドアを開けたところ、サリーさんを発見した。

「依頼の報告に来ました。グリーンウルフ討伐です」

「はい、ではギルドカードを。今日は七百匹くらい倒しでもしましたか？」

サリーさんがギルドカードを受け取りながら、割と当たっている推測を口にする。だが実際には約五百四、誤差が三十パーセント弱もある。

「流石にそこまでは。五百十三匹ですね」

なんだか負けた気がする。後二百匹ほど探せばよかったかもしれない。

「は……？　はい、確かに五百十三匹ですね。ところでこのグリーンウルフ、一体どこで倒してきたんですか？」

俺の悔しそうな顔を見てか、サリーさんがますます笑顔になる。なんだか不自然というか、引き攣った笑顔な気がしないでもないが、気のせいだろう。

「森を十五分ほど入ったところでグリーンウルフの大群と遭遇しまして。魔法やら剣やらで襲い掛ってきたのを根こそぎ倒したら、このくらいの数になりました」

帰りに十分しかかかっていないのに十五分と答えたのは、一般的な速度はそこまでではないと考えたからだ。

しかし、俺の話を聞いたサリーさんはいぶかしげな表情になった。

「グリーンウルフがそんな群れを……？　その群れは一つですか？」

「はい、そうですが、それが何か？」

「グリーンウルフって、普通そこまで大きい群れは作らないんですよ。百匹程度であればごくまれにありますが、五百となると」

つまり俺はかなり運が悪かった……いや、良かったのかもしれない。結局勝利した訳だし。

「そちらは私が報告しておくとして、ともかく清算します。一匹十テルが五百十三匹ですね。ところで死体は売っていきますか？」

「はい、全部売ってしまおうと考えているのですが、向こうのカウンターでいいですか？」

「あ、今ここで全て売るのはできれば控えていただけると。どうしてもと言うならギルドの規則なので買い取る事になりますが、百匹程度でないと保管できませんので」

そりゃそうか。みんながみんなアイテムボックスを持っている訳でもないし、保管も輸送も大変だろう。

「わかりました、では百匹はカウンターで？」

「はい、こちらでお願いします」

俺がガンガンカウンターに載せている緑犬の死体を、サリーさんは足元あたりに片っ端から放り込んでいく。倉庫の投入口でもあるのだろうか。

受け渡しは何の問題もなく終わり、元のカウンターで金を受け取ってギルドを出る。次は鍛冶屋だな。盾や剣はかなり酷使してしまった気がするので、一応見てもらいたい。

店のドアを開けると、ドヴェラーグさんは珍しく店番をしていた。

「こんにちは、戦闘で剣と盾をかなり使ったので、メンテナンスをお願いしたいんですが」

「おう、見せてみろ」

「これです」

剣と盾を差し出す。ドヴェラーグさんは剣と盾を少し観察すると、感心したような顔をして俺に盾を返した。少なくとも俺にはそう見えた。

「盾の方は大丈夫だな。剣の方は研ぎ直しが必要だが、五百テルでいいか？」

「はい」

俺が銀貨を差し出す。

「三十分くらいで終わる」

「特にやる事もありませんし、見て行ってもいいですか？」

「おう」

短い返事とともにドヴェラーグさんは作業場に移動し、剣を研ぎ始める。

「お前、やっぱりかなり剣の腕があるな。剣と盾の様子からして、グリーンウルフでも狩って回ったのか？　だとしたら二日や三日で狩れる数じゃねえはずだが」

「わかるんですか？」

ギルドから報告が行ったならともかく、戦闘の事を報告したのはついさっきの事だ。まさか剣の状態だけでわかってしまったのだろうか。

「ああ、大体な。盾の細かい傷からしてグリーンウルフだし、剣も腕のいいやつが柔らかい魔物を二、三匹まとめて斬りはらった感じだ。使い始めはそうでもなさそうだが、相当なまってたんだな」

鍛冶屋ＳＵＧＥＥＥＥＥＥＥ!!

「え、ええ……その通りです。まとめて斬りはらえるようになったのは、ステータスが上がったからだと思いますが」

「そこまで上がるもんじゃないはずだが……っと、できたぞ」

渡された剣は新品同様の輝きを放っていた。実際には若干すり減ってはいるのだろうが。

「だが剣はそのうち変えた方がいいと思うぞ。いくら鉄にしては強いっつっても、所詮は鉄だ。優秀なモンスター素材や特殊金属に比べると耐久性も段違いだ。まあ、クソ高えから稼がなきゃならんがな」

素材と金が手に入れば、ぜひともそういった剣が欲しいものだ。ドラゴンの素材で作った剣とかロマンがあるし、その上強いのなら言う事はない。

「お前なら生きてりゃそういう素材の剣を使う事になるだろうが、その場合は他の土地に行く事になるだろうな。もしそうなったら、鍛冶はドワーフの店を探せ、はずれがいねえからな。俺はもちろんそんなかでも当たりだが」

そう言ってドヴェラーグさんは笑う。

「ちなみに、ドラゴンを素材にした剣とかはいくら位になるんですか？」

「亜龍の事なら、四十億テルからだな。刃にできる部分が少ねえんだよ。ほとんど鈍器みてえな、骨を使った頑丈なだけの剣ならもうちょい安いが、亜龍の意味ねえしな。ドラゴンの方は伝説上の生き物だし、現れてたらどっかの国でも滅んで大騒ぎだろうよ」

高い！　買えるかよ！

その上、本物のドラゴンは国を滅ぼすと言う。流石にドラゴンは格が違った。

「高いですね。それでは、どんな剣を目標にすれば？」

「まともに斬れる剣でそれから乗り換えるとなると、五百万テルからだろうな。適当に頑丈なもんを芯にして、刃をメタルリザードメタルにした剣あたりが適正だろう。総メタルリザードメタルの剣よりは安い」

メタルリザードメタルとかいう、名前が被っている金属を目標にすればいいのか。大事な事なので二回言いましたというよりは、メタルリザードとかいう生物から取れる金属っぽい名前だな。

「メタルリザードメタルってどんな金属なんですか？」

「Bランクの、全身がめちゃくちゃ硬え金属で覆われたでっかいトカゲがいてだな、剣士じゃ歯が立たねえから、ここみたいにまともな魔法使いが少ない町なんかだと酷い被害が出るんだよ。そいつをぶっ殺して剥ぎ取ったのがメタルリザードメタルだ。物理的な強さだけなら亜龍の剣以上だな、炎とかは出ねえが」

恐ろしい物もいたものだ。まあ、俺が出会う事なんて、まず絶対にないだろうが。

さらに亜龍の剣となると炎が出たりするらしい。

「……五百万テルなら、そのうち貯まりそうですね。頑張ります」

「その時にはいい店を紹介してやる」

そんな会話をして、俺は店を後にした。

店を出てもまだ明るかったので、いくらズナナ草を採取していく事にした。

今日はこれ以上魔物と戦う気はないので、森の入り口付近までしか入っていない。

……入っていないのだが、採取を始めてから五分と経たないうちに緑犬が出てきた。

俺はすぐに岩の槍を撃ち込んで黙らせ、採取に戻る。薬草の乱獲だ。

しかし数分すると、また緑犬が現れた。五秒後には死体となってアイテムボックスに収まっていた訳だが。

そんな調子でひたすら薬草採集を続けながら緑犬を倒していたのだが、なんだかやたら数が多い気がする。

まあ収入が多い分には問題にならないのだが、少し気になる。もしかしたら血の匂いとかに引かれて寄ってきたのかもしれないな。

そう思い、死体を一つ地面に置いてみる。しかし、特に出現率は変わらなかった。

そうこうするうちに暗くなってきたので、今日の狩りはおしまいだ。

いつも通りに日課を終え、ギルドへ向かう道を歩くが、何かが普段と違う気がした。どことなく町の雰囲気が変わっているのだ。

騒がしいというか、ざわざわした感じだ。

ギルドに入ると、その印象が正しいという事が判明した。

カウンターは全てしまっており、依頼板は全て取り外されている。受付嬢も冒険者もおらず、杖をついた男が一人立っているだけだ。

その代わりにカウンターの上に置かれているのは、「緊急事態発生、戦闘が可能な冒険者は直ちに森側の門前に集合する事」と書かれた板だ。何が起きたのだろう。

とりあえず指示に従おう。急いでギルドから出て、門までの道を駆け抜ける。他にも冒険者が向かっているようで、門につくまでに俺はかなりの数を追い抜かす事になった。

門も普段と違い、ギルドカードをチェックする門番はおらず、かわりにサリーさんを含むギルド受付嬢と、ある程度戦えそうな感じの冒険者たちが武器を持って立っている。

その周りには新人などだろうか。あまり体格も良くなければ、立派な武器も持っていない冒険者たちが緊張した面持ちで門の方を見ていた。

門の前、少し外れた位置には幅二メートル半ほどの細長いマットのようなものが置かれ、二人の魔法使いらしき男がその近くに立っている。

「何が起きたのでしょうか」

話しかける事ができそうな雰囲気だったサリーさんに質問する。状況から察するに、モンスターの襲撃とかだろうか。一万匹単位の緑犬とか？

「昨日のグリーンウルフの報告を受けて調査に出た冒険者が、この町の方向に向かう魔物の群れを発見しました。報告がなければ発見が遅れ、被害が拡大していたでしょう。ありがとうございました」

こうしてあらかじめ集まれたのは、不幸中の幸いという事か。つまりこれからエイン防衛戦が始まる訳だな。

「つまり、門を守ればいいんですか？」

「いえ、ガルゴンなどの、突進力に秀でた体重の大きい魔物も多数確認されていますので、門だけを守っていても塀が破られてしまいます。ですから門は新人たちに任せて、カエデさんたちは前線で魔物を沢山倒してください。もちろん報酬は出ますよ」

前に出て戦えばいいという事か。しかし、俺も新人だという事が忘れ去られていないだろうか。

「俺もつい先日ギルドに登録したばかりなんですが、新人には入らないんですか」

「確かにそういう意味では新人ですが、戦力的にこの町では恐らくトップクラスです。エインは周囲の魔物が強くないせいで、弱小支部ですので。戦闘の準備はできていますか？」

高ランクの依頼がない事から薄々気付いてはいたが、ここのギルドって弱小だったのか。ならば仕方がない。

「はい、アイテムボックスに一式入っているので、いつでも行けますよ」

俺は剣と盾と鎧をまとめて装備し、最後に短い杖を握る。

この町にきてからの時間はそう長くないが、それでもこの町には思い入れがある。少なくとも町に対する襲撃を、全力で迎撃する程度には。

「わかりました、あなたは今回の作戦ではほぼ主力となりますので、怪我をして戦線離脱などはやめてくださいね」

「はい、行ってきます」

そう言いながら駆け出す。

前に出て、怪我もするなとは無茶を言う。それだけ期待されているという事なのだろうか。

まあ、レベルアップも見込めるし、見敵必殺《サーチアンドデストロイ》しながら森の奥に入ってしまおう。多少の怪我なら治癒魔法で何とかなるのだし。

そう考えながら、魔力回復加速ポーションを飲む。元々多い魔力に薬の効果が加わり、かなりの魔力量になるが、無尽蔵とはいかない。温存できる魔力はできるだけ温存しておいた方がいいだろう。何しろ全力を出し続ければ、二十分すら持たないのだ。

準備が整った頃、まずは五匹のグリーンウルフを発見したので、すかさずそちらに走り込み、剣で薙ぎ払う。

右にいた二匹は一太刀で上半身を大きく引き裂かれ、次の一太刀で左から飛びかかってきた二匹も真っ二つになる。

そうして最後に残った一匹にとどめを刺し、俺はまた駆け出す。何しろ前に出なければいけないのだ。

前方に凶悪な豚のような顔をした魔物が現れればすれ違いざまに切り裂き、緑犬の群れが現れれば盾と剣を構えて突っ込んだ。

剣の届く範囲は剣で殺し、届かない位置にいる危険な魔物は岩の槍で処理する。

そうして魔力を節約しながら敵の数を減らすうち、レベルアップの音が響いた。戦力が上がるのはありがたい。

さらに前に出るうち、今度は若干大きい魔物、高さ一メートル半ほどの猪だ。森の中を走りながらでも、触板の範囲に入る前に気付く程度には大きい。

大きい上に中々の速度だが、巨体からして機敏に曲がれるとは思えない。

【鑑定】している暇はない。敵の戦力がわからないのに魔力を惜しんで轢《ひ》かれては話にならないので、岩の槍を七本まとめて生成、さらに追加で半秒ほど魔力を込め、距離が五メートルほどになったところでそれを放つと同時に右に向かって跳ぶ。

やはりこいつは曲がるのが得意ではないようだが、見た目通りタフなようで、岩の槍を全て被弾しながらも俺の左を駆け抜けていった。その隙に【鑑定】してみる。

ガルゴンという魔物のようだ。ＩＮＴやＤＥＸはゼロに近く、ＳＴＲは二五〇ほどもある、脳筋タイプのようだ。ＨＰもＭＡＸで三五〇〇あり、さっきの攻撃で削れたのは三割といったところ。緑犬なら七匹から十四匹は殺せる魔法なのだが。

もう一度向かってきたところに岩の槍をぶつけてやろうと準備を始めたが、カルゴンの様子がおかしい。俺は見ているだけだというのに、ガルゴンはモタモタと方向転換しようとし、足をもつれさせて倒れてしまった。

死んだフリか何かだと思って【鑑定】してみるが、ＨＰもゼロになっている。

一気にＨＰを三割持っていかれるような攻撃は致命傷になるだろうか。

ガルゴンをアイテムボックスに収納し、さらに進む。ここからはガルゴンの出撃を想定し、九本生成した岩の槍のそれぞれに一〇ほどの魔力を込めて浮かべての移動だ。

少し速度を緩めて上に向かって跳躍し、獲物を探す。高所から見た方が、触板で探すよりも範囲が広いのだ。

その甲斐あって獲物を発見した。二匹のガルゴンだ。

ガルゴンは塀を破壊できる魔物のようなので、優先度は高い。素早く先回りして、通常の十四倍もの魔力が込められた槍を一本ずつプレゼントする。通常の槍が削ったHPの量から、一撃で動きを止められると推測した魔力の量だ。

そして槍は狙い通りに一撃でガルゴンの頭部を破壊し、死に至らせた。その証拠に、頭の中でレベルアップの音が響く。

飛んだ時に見た限りではガルゴンほどのサイズの魔物はもういなかったが、今考えてみると魔物たちはみんな多様な方向からまっすぐ走ってきた気がする。そちらに行けばさらに効率的な殲滅ができるだろう。

その推測は間違っていなかったようで、少し方向を変えると魔物たちがまっすぐこちらに向かってくるような構図になった。

緑犬や豚は剣や普通の岩の槍で殲滅し、ガルゴンには大きい岩の槍をプレゼントする。

しかし、そうするうちに行き過ぎてしまったのだろうか。相変わらず俺は魔物が来た方向に走り続けているが、ここ五分ほどは魔物の姿を見ていない。

そろそろ戻ろうかなと考え始めた頃、「ギョアアアァァァァ……」という不穏な音が聞こえた。

声の大きさや低さからして、明らかに今まで見てきた魔物とはスケールが違う。もしかして町を襲ってきた魔物は、この声の持ち主から逃げてきたのではないだろうか。

というか明らかに咆哮だ。

ソロで倒しにかかるのは得策とは言えない、敵がなにかだけ調べて、一度報告しに戻った方がいいだろう。

音源の方を向きながら、まっすぐ上に向かって飛び上がると、何やら太陽の光をにぶく反射する銀色の塊が、こちらに向かって進んできているのがわかった。すかさず【鑑定】を発動する。

魔物はメタルリザードだ。鍛冶屋で話を聞いた時『出会う事はないだろう』などと考えていたが、あれがフラグだったのか。

肝心のステータスだが、中々にアンバランスなものだった。

ＩＮＴ、ＤＥＸは皆無だが、ＳＴＲが一二〇〇もあり、ＡＧＩも一六〇を超えている。所持スキルは金属装甲のみ。ここまでは見た目通りだ。しかし、あれだけの巨体でありながらＨＰは二八〇〇しかない。ガルゴン未満だ。

恐らく装甲のせいでダメージが通らないのだろう、そうでなければあの巨体では、走っていて木にぶつかっただけでも致命傷を負ってしまいそうだ。

そんな事を考えながら落下し始めた俺と、メタルリザードの目が合った。

「ギャアアァァァァ……」

ヤバい、バレたかもしれない。尖ったステータス構成のメタルリザードだが、ＡＧＩは俺よりも大分高いのだ。逃げ切るのは厳しいだろうか。

まあ、ものは試しだ、とりあえずダッシュでの離脱を試みる。

……俺がとった進路は今までのメタルリザードのものとは全く違う方向にもかかわらず、メタルリザードはバッチリついてきた。速度差から言って、逃走は無駄だろう。

変なのに絡まれてしまった。ドヴェラーグさんは確か、強い魔法使いが少ないこの町では倒すのが厳しいと言っていたはずだ。

強い魔法使いの基準はよくわからないが、この点に関しては俺でも対応が可能かもしれない。何しろ普通の魔法使いの五百倍近い魔力だ。

問題はそれをどう使うかだ。幸いな事にＨＰは多くないから、装甲さえ抜ければ勝てると見ていいだろう。だがそれが難しい。色々試してみるか。

メタルリザードの外見は、巨大な銀色のずんぐりしたトカゲといった感じで、特に見える弱点はないように思える。

とりあえず剣士殺しとの事だから、物理的な攻撃力を持つ魔法は諦め、炎系の魔法からいってみようか。

まだ距離は大分あるので、それをフルに活用して走りながら魔力をチャージする。

爆発に巻き込まれなさそうなほどまでに距離を詰められるまでおよそ一分。俺はほぼ目前に迫ったメタルリザードに、今までに使った最高威力の火の玉を放ち、右サイドへ離脱した。

「ギョアアァァァァ……」

いつの間にか森を抜けていたようだ。草原へ移った戦いの舞台に、メタルリザードの咆哮が響く。

着弾地点は土埃などで見えないが、特におかしな音は聞こえない。やったか!?

……と、俺がフラグを建てた次の瞬間、煙の中からメタルリザードが飛び出してきた。全く効いている感じがしない。

突進はギリギリで回避できるだろうと踏み、斜めに全速力で駆け抜ける。

しかし、服のどこかが引っかかったのだろうか。回避した直後に引っ張られるような感覚を覚え、俺は宙に投げ出された。

ほぼ水平に飛ばされ、受け身を取る事もできず、背中から地面に叩きつけられる。

肺から空気が吐き出されたばかりか、肋骨が折れたのだろうか、胸が痛み、息ができない。

幸いな事に敵がUターンするのは遅く、何とか回復魔法を使ってから立ち上がる。

しかし直撃していたら即死していた可能性もないとは言えない。そうでなくとも気絶すれば魔法は発動できないし、同じ結果になるだろう。恐ろしい。

逃走が不可能である以上、この状況を打開するには倒す方法を見つけるしかない。

ようやくこちらに向き直り、突進してきたメタルリザードを側面に回り込むようなダッシュでかわしながら、貫通力のありそうな魔法、すなわち雷のような魔法をイメージするが、発動はしなかった。

特大の炎も効かない、水に弱そうでもない。魔法使いが持つ剣士と違う特性は、これで全て使い切ってしまった。というかレパートリーが少ない。

――いや、もう一つだけあった。単発の威力だ。

剣は所詮切れ味と、それを振る腕力や、高いところから振り下ろす重力程度の威力しかない。

それに対して魔法は、魔力を放出し、一つの魔法に込める事により、持てる魔力の分だけ威力を出す事ができる。

戦車に対し使われる砲弾の中で最も貫通力が高いものは、弾の硬さや爆発でなく、速度と重さによる圧力で装甲を貫くものらしい。

メタルリザードだって硬い装甲と、それを貫かれた場合のHP的な脆さを持つ。戦車と似たようなものじゃないか。

そして極めて高い圧力を実現できる可能性を持つ魔法が、俺にはある。名前はそのまま圧力魔法、石ころを飛ばせないか実験した時に使った魔法だ。

どうせギャンブルなのだ。勝てる確率を上げるための魔力をケチる気はない。現在残った魔力、およそ九〇〇〇をほぼ全部突っ込んでやる。

そのために必要な、約十五分の時間稼ぎが、作戦のキモとなる。

直径五センチほどの円形に発動させる圧力魔法のために魔力を込め始めた俺だが、敵がそれをゆっくり待っていてくれる訳はない。

突進をかわし、姿勢を崩した俺に、メタルリザードが振り回した尻尾が迫る。

俺はそれを盾で受け止めるが、金属でできた尻尾と、その質量を振り回す筋力は圧倒的だった。抵抗する事すらできずに、パワーの差で吹き飛ばされてしまう。

だが吹き飛ばされるのは最初から予定のうち。受け身をとった俺は、腕こそ痛むものの、機動性が損なわれる事はなかった。

もはや無用の長物と化した剣はアイテムボックスに収納し、腕につけていた盾を手に持ち替える。

ついに【武芸の素質】が、攻撃面以外で役立つ時が来た。

メタルリザードの突進はすでに見切り、かする事すらなくなった。

追撃に繰り出される尻尾も盾で受け止め、腕で衝撃を吸収しながら吹き飛ばされる事でほぼダメージなく受けきる事ができる。

ＩＮＴの低いメタルリザードは俺がすでに受けきった攻撃を繰り返すばかりで、こちらはほぼ万全の状況で時間を稼ぐ事ができた。

そして、ちょうどいいタイミングで突撃してきたメタルリザードに対し、俺はまっすぐ上に向かって跳躍した。装甲が薄い場所があるとしたら、普段は攻撃にさらされる事のない背中だろうと踏んでの事だ。

メタルリザードは俺の足元を通過し、俺は敵による攻撃の死角となっている真上から、背中の一点に狙いを定める。

そして敵が俺を撃ち落とすべく振り回した尻尾が迫るよりも早く、今までに使ったものとは比べ物にならないほどの魔力を宿した圧力魔法を発動させた。

ガイィィイン、という爆音とともに、メタルリザードの装甲が、魔法を発動させた範囲より明らかに広く、そして深く陥没する。

メタルリザードは叫び声を上げながら尻尾をこちらに叩きつけようとしたようだが、狙いが全く定まっておらず、盾で受け止めるまでもなく尻尾はあさっての方向に飛んでいく。ＨＰに違わず装甲が抜かれると打たれ弱いようだ。

追撃は来ず、代わりに頭の中に鳴り響いたのはレベルアップの音だった。

……ソロで勝ってしまった。

メタルリザードによって倒された木や、えぐられた地面を目印にしながら、町へと戻る道をたどり始める。もちろんメタルリザードの死体はまるごと回収してからだ。

坂を登り始めてすぐ、触板の届かない程度の距離ではあるが、前方に五匹のガルゴンが現れた。

以前にガルゴンを倒した時と同程度の魔力を込めた岩の槍で頭を貫くが、岩の槍は敵を予想外に深く貫いた。

もちろん倒す事はできたが、これでは無駄に死体を傷めてしまうだけだ。レベルアップによる威力差を考え、同じ敵に使う魔力は減らしていった方が良さそうだな。

さらに走っていくと、今度は豚みたいなのが五匹現れた。明らかに家畜ではなく魔物といった見た目なので、手始めに一匹に岩の槍を当てたが、その魔物が一撃で倒れるや否や残りの四匹は散り散りになって逃げていった。

さらに五分ほど走ると今度はグリーンウルフの群れが見えてきたが、こいつらに至っては俺を見るなり大きく迂回し始めた。何もしていないのにだ。

その後の魔物たちも、みんな俺を見るなり迂回してしまい、町につくまでに戦闘になるような事は一度もなかった。

正直なところ無駄に戦闘せずに済むのはありがたいが、この納得行かない感じは何なのだろう。

「カエデさん！　生きてたんですか！」

サリーさんが駆け寄ってくる。まるで死んでいたかのような扱いだ。

「だって魔物たちが撤退を開始して、冒険者たちが帰ってきたのにカエデさんだけ帰ってきませんし！　他の冒険者からカエデさんらしき人が森の奥へ走っていったという報告が上がっていますし！　何やってるんですか、心配したんですからね！」

サリーさんは目に涙を溜めながら、こちらに詰め寄ってきた。少し震えているようにも見える。

ここまで心配してくれるとは、本当にいい人だ。

「え、でもできるだけ前に出て戦えと言われましたし」

「誰が言ったんですか、私は言っていませんよ。前線に加わって維持してくださいと伝えただけで、一人で突出するだなんて自殺行為をお願いした事など一度もありません」

「ええ……」

そんな事を言っていただろうか。言われてみればそんな気もする。

「で、魔物が撤退し始めた後、カエデさんは何をしていたんですか？」

「ええと、森の奥に入って行ったらメタルリザードと遭遇して……」

「メタルリザード！　早く魔法使いを集めないと、でもこの町じゃ数が、援軍を」

俺がメタルリザードと言うなりサリーさんがうろたえ始めた。そういえば被害が出るとか言ってたっけ。

「あー、それで倒したんですけど」

「近隣ギルドの魔道具の備蓄は、いや新人でもいいから魔法使いを……はっ！　今なんと？」

サリーさんはまだブツブツ言っていたが、俺が倒した事を宣言するとともにビジー状態から復帰したようだ。

「メタルリザードは倒しました。魔物が撤退したのはそのせいだと思います」

魔物のくせに、親玉が倒されたという情報が伝わるのは随分と早いようだ。少なくとも俺が帰りに出会った敵は、全員撤退中だった程度には。

「ああ、カエデさんは剣を持った魔法使いなんでしたね。火魔法も使えますし、あの非常識ぶりなら一人でも……あれ、カエデさんって風魔法使えましたっけ？」

「風魔法？」

そんなものを使った覚えはない。

「はい、風魔法で空中に浮きながら、炎で焼いたんでしょう？」

「普通に背中の装甲を強い魔法で撃ち抜いたんですけど」

炎で焼くのが正解だったのだろうか。一度しか試さなかったが、魔法使いの人数が必要だという事は継続的に焼かなければならなかったのかもしれない。

「ちょっと何言ってるかわからないですね、メタルリザードの装甲を撃ち抜ける訳ないじゃないですか」

「ええと、アイテムボックスに死体ありますけど、もしかして普通のメタルリザードじゃなかったとか？」

「見てみましょう。その辺りに出していただけるとありがたいです」

俺はメタルリザードを地面に置く。

「これを収納って、どんなアイテムボックスですか……」

そう言いながら、サリーさんはメタルリザードの背中に登ろうとし始めた。しかし魔物の背中はそもそも登るために作られてはいない。苦戦しているようだ。

「ちょっと失礼」

「きゃっ！」

見ていられないので、抱えてジャンプで死体の背中に飛び乗り、サリーさんを下ろし、メタルリザードの背中に開いた、綺麗な円形の穴を指さす。

「ほら、これが穴です」

「こんなものを空ける魔法など、聞いた事がありません。あと勝手に持ち上げないでください」

サリーさんは顔を赤くしている。

「すみませんでした。でもわかっていただけたでしょう？」

おこなの？

「あなたが魔法使いとは別の何かだという事なら、理解しました。あと降りるのは自分で降りられます」

そう言いながらサリーさんは、メタルリザードの背中を尻尾に向かって降り始める。確かに危なっかしさを感じる事はない。

「そういえば、風で浮いて倒すって言ってましたけど、それって継続使用できるほど魔力消費が少ない魔法なんですか？」

俺が使う魔法の魔力消費を考えると、明らかに普通の魔法使いが長時間使用できるほど少ないものではない。

それどころか、全力であれば二秒すらもつかどうかだろう。

「いいえ、むしろ多いくらいです。ですのでランクC以上の火魔法使いと風魔法使いを沢山用意して、装甲の温度を少しずつ上げて中身を焼き殺す方法が一般的です。もし頑丈な中身か、空中への攻撃手段を持っていたらAランクに近い魔物になるでしょう」

それは大変だ。魔法使いのCランクがどの程度かはわからないが、Cランクの依頼すらほとんど存在しないエインでは数人用意するだけでも苦労するだろう。

「次があれば、その方法を使ってみたいですね」

その前に風で浮く方法を学ばなければならないが、普通の魔法使いが使えるのなら何とかなるだろう。なにせ魔法使い数百人分の魔力を持っているのだ。

「飛べるんですか？」

「何とかなりそうな気がします」

「……そうですか。では支部長に今回の件を報告に行きましょう」

俺の答えにサリーさんは呆れたような顔をすると、ギルドの方に走って行ってしまった。

「お仕事がんばってください」

俺はそれを、メタルリザードを収納しながらにこやかに見送る。

「何を言っているんですか、カエデさんも来るんですよ？」

あれ？　俺も？

そして五分ほど後、俺はギルド二階にある支部長室の前に立っていた。サリーさんがノックをする。

「入れ」

サリーさんがドアを開け、俺は促されて中に入る。サリーさんの方は中に入ってこず、そのままドアを閉じた。

部屋の中にいるのは老人だ。ただし目の辺りに傷があり、しかもスポーツ選手と見まごうような筋肉をしている。その老人が不意に動いた。

「すまなかった！」

なぜか頭を下げられていた。もちろん頭を下げられるような事をした覚えはない。

「え、あの、よくわかりませんが、頭を上げてください。何も変な事をされた覚えはありません」

ムキムキの老人、しかも偉い人に頭を下げられるのは居心地が悪い。

「……魔物たちの異常行動は少し前から報告されていた。強力な魔物が襲来する予兆だという可能性を想定して動けなかったのはこちらの責任だ。もしお主がいなければ、多くの死者が出ていたはずだ。ありがとう」

確かに、メタルリザードを倒すのは骨が折れた（物理的にも）。だが予算の問題などもあるだろうし、多少の異常行動くらいで動けないのは仕方がない事だと思う。

「それで報酬の件だが、他の魔物も含めて十万でいいか？　もちろん、素材については売ってくれるなら別途買い取らせてもらう」

大金だ。Bランク魔物討伐の相場などはしらないが、満足できる額である事は確かだ。

「もちろんです、ただ素材の方は剣を作りたいので、とりあえず持っておこうと思います」

「その方がこちらとしてもありがたい。ところで一つ頼みがあるんだが」

売らない方が向こうとしてはありがたいのか。そもそもランクからしてそんなに強い武器を使う人がこの町にいないのかもしれない。そしてそれ以外にも頼みがあると言う。

「なんでしょう」

メタルリザードの倒し方を教えてくれとかだろうか。『まずは普通の魔法使い五百人分の魔力を持った魔法剣士を用意します』などといった説明をして、役に立つとは思えないが。

「メタルリザードの件は黙っていてくれないか。混乱の原因になる」

「群れたり、まとまって出てきたりするような魔物なんですか？」

だとしたら恐ろしい。あれを複数なんて考えたくもない。

「いや、まとまって現れた例は存在しない、ただの一度もだ。だがそれを説明して、一般人が納得してくれるかどうかは話が別なのだ」

状況がよくわかっていない一般人が騒ぎ立てるのはどこの世界でも同じか。

「ドヴェラーグさんもダメですか？　メタルリザードから武器が作りたいんです」

「彼は大丈夫だ。口が堅い上に一般人と接点がない。いずれにしろ今回の件に関してはギルドから報告する事になるだろう。この町には設備がないから加工はできんと思うがな」

熱して叩いて焼き入れして終わり！　じゃないのか。

まあ、あのクソ硬い金属を簡単に成型できるとも思えないが。

「では、どこに頼んだらいいんでしょう」

「特殊な鍛冶の設備はエレーラに集中している。ドワーフの鉱山街だ。死体を収納できるほどのアイテムボックスがあるなら、自分で行った方が金も時間もかからないかもしれんな」

この町を離れるのか。

まあ、普段からこの町にいる魔物はガルゴンまでという話だし、そろそろ移動する頃合いかもしれない。それに宿代を納めたのもちょうど今日までだ。

「……はい、行ってみる事にします」

俺は、この町を出る事に決めた。

鍛冶の町　エレーラ

その後少し情報を集めてみると、この世界において宿のない場所を少人数で旅をする場合、夜に移動し昼に寝るという事がわかった。

出発の夜までには少し時間があるので、お世話になった人たちへの挨拶をしていく。

宿の人や飯屋の人は別れに慣れているようで、悲しんだりせずに送り出してくれた。

ドヴェラーグさんは俺が移動する事をすでに予想していたようで、支部長同様、武器製作ならエレーラがいいと教えてくれた。

そして最後はギルドだ。サリーさんには特に心配してもらったので、挨拶はしておきたい。

とはいえギルドにただ挨拶に行くのも不自然なので、軽く外に出てズナナ草を百本ばかり集めてからギルドに入る。

タイミングのいい事に、ちょうどサリーさんがカウンターに着いたところだったようだ。

「こんにちはサリーさん。ズナナ草を持ってきました」

俺はそう言いながらズナナ草をカウンターに出すが、サリーさんは俺の口調に何かを感じたのか、ズナナ草を受け取りながら問いかけた。

「はい。清算は大丈夫ですが……もしかして、支部長室で何かありましたか？」

「支部長室で問題が起きた訳ではありませんが、この町を出る事にしまして」

「……えっ？」

サリーさんは、信じられないというような顔をしている。町を出る冒険者は、そんなに珍しいのだろうか。

「この町では手に入らない武器を作るために、エレーラに行くんですよ。冒険者の移動って珍しいんですか？」

「いえ、それは普通の事ですが、カエデさんがこの町を……」

ああ、戦力低下の事を心配しているのか。

その事なら問題はないはずだ。

「心配しないでも、グリーンウルフの異常発生はメタルリザードの影響ですし、もう私がいなくても大丈夫でしょう」

「……わかりました」

俺が説明すると、サリーさんはなぜか落ち込んだような、諦めたような表情になり、ズナナ草を機械に投入した。

そして清算が終わり、ズナナ草の代金を受け取ってサリーさんとはお別れとなる。

サリーさんのような優しい受付嬢に出会えた事はラッキーとしか言いようがない。

できれば、また俺の受付を担当してほしいものだ。

「ありがとうございます。……またどこかで会えるといいですね」

そんな思いを込めながら俺が別れの言葉を告げると、暗い顔をしていたサリーさんは、少し明るい顔になって返事をしてくれた。

「あっ……はい！　また会いましょう！」

＊

こうして俺はギルドを後にして、草原側から町を出る。さらばエイン。

エレーラまではここから馬で十日ほどだそうだ。馬の速度はよく知らないが、イメージ的には俺が走るのとそこまで変わらない気がする。

三日ほど行った場所にあるツバイという町までは道があまり整備されておらず、そこからエレーラまでは大分整備されているとの事だ。それでも途中に他の町はなく、代わりにある宿も割高な上に食事は保存用で、塩味がかなりキツイらしい。

エインとツバイの間には宿すらないと言うから、それに比べれば大分マシだが。

ツバイはこの辺りでは特に大きい町で貿易拠点ともなっており、もし俺がメタルリザードを討伐できていなかった場合に援軍を呼ぶのも、恐らくここになっていたとの事だ。あくまでも『この辺りでは』だが。

と、ここまでが俺の旅に関する知識のまとめだ。

出発が夜になる理由は、一人または少人数で旅をする場合に最も危険な時間となる野営を、魔物の活性が低い昼のうちに終わらせるという工夫で、この国ではかなりメジャーなやり方らしい。

その夜の闇にかすかに見える、街道と呼ぶのもおこがましいような舗装されていない道を、俺は地球にいた頃なら短距離走でも出さないような速度で移動し続ける。

とはいってもAGIが強化された俺にとって、今の速度はせいぜい早歩きといった感覚だが。

明るくなるまで走り続け、腹が減ったら飯を食い、昼になったら眠る。なんともまあ見事に昼夜が逆転した不健康な生活習慣だが、一応睡眠中に日光を浴びてはいるので、わざわざ干しシイタケを食ったりせずともビタミンD不足になりはしないだろう。

寝る時に枕代わりにしたのはその辺りの草だ。しかしいくら服の汚れなどが問題にならないと言っても、微妙に湿った感じの枕など快適とは程遠かった。

マントか、いっそ寝具でも買ってきてしまえばよかったかもしれない。

しかしそんな不健康な生活は、長くは続かなかった。俺は馬よりも大分速かったらしく、二度目の野営をするより先にツバイへ到着してしまった。

特に用がある訳でもない町だが、草の枕を回避できるのは大きい。泊まっていく事にしようか。

ガイドブックなどは持っていないが、おすすめは衛兵さんに聞いておけば間違いないだろう。

「すみません、おすすめの宿とかありますか？」

「一泊の予算は？」

……ここからはしばらく町がないのだから、多少奮発してもいいだろう。

「千テルでお願いします」

「じゃあ、そこをまっすぐ行って左、草枕亭だな」

「ありがとうございます」

草枕が嫌だから宿に行こうというのが元々の理由なのに、結局草枕とはこれいかに。

しかし当然と言うか、草枕亭は別に本当に草枕だとかではなく、ちゃんとした三階建て石造りで、幅も広く頑丈そうな宿だった。

「いらっしゃいませ、宿泊ですか？」

中に入るとホテルのフロントのような場所があり、そこで店の人に挨拶をされる。

フロントというよりは、ギルドの方式を真似て作られているのかもしれない。

「はい、泊まりです。一人で、明日の昼まで」

「でしたら本日の夕食、明日の朝食込みで八百五十テルになります。昼食もお付けしますか？」

「わかりました。昼食はいりません」

「承りました。先払いですが、大丈夫でしょうか？」

相手は生きて帰ってくるかもよくわからないような冒険者なのだ、先払いは当然だろう。

「これでお願いします、それからマントなんかを買える場所を知りませんか？」

代金を差し出しながら、さっきまで気になっていたマントの調達先を聞いてみた。

アイテムボックスがあれば大きなテントと布団と枕を持ち込む事も不可能ではないだろうが、流石にちょっとそこまでする気にはならない。

「はい、確かに頂きました。鍵はこちら、部屋は二〇五号室になります。冒険者用のマントでしたら、ここを出て二つ目の道が交差する場所の左側にあるお店が人気ですね」

「ありがとうございます、行ってみます」

早速行ってみる事にする。地球での旅行と違って、宿で荷物を降ろしたりする必要はないのだ。

左を見ながら少しまっすぐ進むと、毛皮がいっぱい置いてある店が見つかった。多分ここだろう。

「すみません、野宿する時に使えるマントを買いたいのですが、四千テルほどで買えるものはありますか？」

「四千ならそこそこいいのが買えるよ。……そうだな、これなんておすすめだ。本来は四千二百テルだけど、まけてあげよう」

四千テルはそこそこいい値段なのか。

評判のいい店との話だが、変なものを勧められていないか、念のため【鑑定】で確かめておく。

「外側が比較的柔らかめのガルゴン革で、裏地は柔らかめの毛だから、頑丈なのに感触は悪くないんだよ。厚みと重さがあるからあまり戦闘時には向かないけど、寝具代わりにするには一番と言ってもいいかもしれない」

言っている事と【鑑定】の結果を照合してみるが、間違った事は言っていないようだ。アイテムボックスのおかげで多少の荷物は苦にならないし、俺向きな装備だろう。

「それでお願いします」

銀貨を四枚取り出し、マントをその場でつけてもらう。

確かに少し重さがあるが、つけていても負担になるほどではないな。

他に必要な物は思い浮かばなかったので宿に帰り、マントをアイテムボックスに収納してから俺は眠りについた。

ちなみに明かりの魔道具はここでもエインと似たようなものを使っているようだ。

昼夜逆転の旅行のせいだろう、夕方の鐘で目が覚めてしまった。

だが、ここからの道中には宿があるので、昼夜逆転生活をする必要はない。

このまま寝続けてもいいが、少し腹が減ったので、町を見るのも兼ねて外にでる事にした。

周囲を見回すが、衛兵さんなどのおすすめを聞けそうな感じの人は見当たらなかった。まあ、たまには適当に目に入った店に入るのもいいだろう。

少し歩くと、酒場っぽい感じの店が見つかった。ここにしよう、ファンタジーの冒険者といえばやはり酒場だ。

注文したのはパッと目についただけの、エスタードなる料理だ。

店内に大した特徴はなく、普通のファンタジー風酒場といった感じだ。

今まで行った料理屋の特殊さ（主に店員の）を考えると、特徴がないのが特徴と言えるかもしれない。

エインにいる時、気になって衛兵さんに聞いてみたところ、料理屋はみんなあんな感じだとの事だが、酒場は別枠なのかもしれない。落ち着いて食事をしたい時には酒場に来る事にしようか。

適当な席に座り、良くも悪くもない感じの料理を食っているうちに、周りが騒がしくなってきたのに気が付く。

辺りを見回してみるが、騒ぎの中心は俺ではなく、その斜め後ろ辺りにいた酔っ払いの男たちらしい。冒険者らしきその男たちは、互いを睨みつけている。せっかくの静かな食事を邪魔しないでほしい。

そう考えた矢先、片方の男がもう一人に殴りかかった。

そしてそれを受け止めたもう片方は勢いを殺しきれず、バランスを崩してこちらに倒れ込んでくる。飯がまだ残っているため俺は動けないのに、こちらに倒れられてはたまらない。その男を押し返すべく、俺は手を伸ばして力を込めた。

その結果、バランスを崩しかけていた男たちは二人まとめて反対側に吹き飛ぶ事となった。レベルアップの影響は伊達ではないらしい。

ギャラリーから拍手が上がったが、俺としても余計な因縁をつけられるのはごめんだ。少し対応を考えるが、結局は何もなかったような顔をして食事を続ける事にした。

しかし、酔っ払いたちはそれがお気に召さなかったようだ。

「なんだてめえ!」

「俺たちのケンカに口出すんじゃねえ!」

……おこなの？　なんで喧嘩の相手が目の前にいるのに、自衛しようとしただけの俺に怒りをぶつけてくるの？

押し返されたのは明らかにあちらが悪いだろう。まあ、酔っ払いにそんな事を言っても仕方がないか。

「そちらが倒れ込んできたからですね」

しかし、俺の反論も空しく、というか向こうは聞いてさえいなかったようで、片方の男が俺の話す間に殴りかかってきた。

しかし、あまりに動きが遅い。緑犬にも劣る、カタツムリ級の速度だ。

対人戦の練習などした事もないが、これなら全く問題はない。俺は殴りかかってきた拳をつかみ取って、腕をねじりあげた。特に古武術や戦闘術が使える訳ではないが、酔っ払い鎮圧には十分だろう。

技術は力でカバー、多少の怪我は襲いかかってきた方の自業自得だ。

と、片方を押さえつけていたら、もう一方まで殴りかかってきた。この世界に「敵の敵は味方」という法則は存在しないらしい。

腕が塞がっているので、仕方なく蹴りを入れる事にした。

向こうのパンチをかわしながら出した足は、みぞおちにクリーンヒット。

「ぐ……がっ……」

多少無理な体勢からの攻撃だったが、それでも威力は十分だったようで、男は地面に倒れ伏した。

いつの間にかできていた人垣から歓声が上がる。

こいつらをどうしようかと考えていると、衛兵が店に入ってきた。誰かが呼んでいたようだ。

衛兵さんは三人おり、そのうち二人が酔っ払いどもを引っ張って行った。残りの一人は俺に向かって歩いてくる。

「ちょっと詰所まで同行してもらえないか」

「えっ、正当防衛じゃないんですか」

巻き込まれた上に連行とか、あまりに理不尽じゃなかろうか。

「俺も多分そうだとは思うが状況を見ていないのでな、一応ついてきてほしいんだが」

「いや、この客は普通に飯食ってて巻き込まれただけだ。やたら強かったけどな」

店主の人が擁護してくれた。周りの人もそうだそうだと騒いでくれている。

「わかった。ではギルドカードを見せてくれ」

名前と身分の確認……いや、盗賊になっていないかどうかの確認か。ギルドカードの性能は異常だ。

衛兵さんは予想通りにギルドカードを確認すると、懐から取り出した板に名前をメモし、ギルドカードを俺に返して立ち去った。

「おう、兄ちゃんその体格で随分強えんだな。冒険者って服装でもないが、なんでなんだ？」

「Eランクの冒険者なんですよ。装備は宿に置いてきましたが」

「いつの間にEランクの基準が上がったんだ？　まあいい、お礼に一品サービスしてやる。何か希望あるか？」

薄々気付いてはいたが、俺は普通のEランクの冒険者よりは強いらしいな。

「ありがとうございます、おすすめとかありますか？」

店主のおすすめだった『ホメド』は中々うまかった。だがエインにあった定食の味付けを若干変えただけといった印象で、あまり町ごとの違いなどは感じない。

そこまで遠くもないので、当然といえば当然だが。

そうして腹も膨れた事だし、今日はさっさと宿に戻って明日に備える事にした。

酒場は料理こそまともなものの、客層の都合であまり安心して食事がとれないようだ。これでは飯屋に行ってしまうのも仕方ない。不可抗力だ。

不可抗力なのだ。

朝、鐘の音でまた目を覚ます。

昼夜逆転の弊害が出るかと思ったがそんな事はなく、スッキリとした目覚めだ。異世界に来てからというもの、俺の体は適応力まで高くなったらしい。

近くにあった飯屋で朝食をとってからエレーラへの道を聞き、出発する。飯屋はエインと同じようだったが、スカートの丈が少しだけ短かった気がする。

エインからツバイまでは軽く流す感じで走っていたが、少し限界を試してみたいのがあり、メタルリザードと戦った時と同じ全力疾走、いやステータスが上がった分それよりも速く走る事にした。

息が切れたら休憩しよう。

……俺はそれから疲れる事なく、一時間以上も走り続けた。

速度はオリンピック選手を軽く超えているだろう。念のために言っておくが、比較対象は短距離走の選手だ。

商人やその護衛が速度を見て目を剥こうとも、ほぼ一時間が経過しようとも気にせずに走り続けた。

その結果、驚くべき事実が発覚した。

俺、疲れないわ。

結局、俺はあれから昼飯の時間まで、休憩をする事も速度を落とす事もなく走り続けた。

途中で『もしかしたら荷物とか背負ったりしたら疲れるんじゃね？』などと考え、鎧を装備し剣を持って走ったりもしたが、それでも疲れを覚える事はなかったのだ。

その後も速度を追求してみたり、わざと道の横の地面を走ったりしてみたが、そのどれも俺に疲労を感じさせる事はなく、気付けば辺りが暗くなり始めていた。

そしてちょうどいいタイミングで『ツバイエレーラ九号店』と書かれた宿が見えてくる。

最も大きな特徴は、宿を中心とした広い空間が柵で囲われており、その中に馬車が一台置かれている事だ。

ここに来るまでにも似たような建物を何度か見たし、番号付きである事からしてもチェーン店の類《たぐい》なのだろう。

店に入った俺を出迎えてくれたのは、カウンターの前に座った一人の老人だった。

「いらっしゃいませ、部屋はどうしますか？」

「どの部屋、とは？　料金はいくらでしょうか」

大して大きい宿でもないのに、でかい部屋があったりするのだろうか。そんな俺の疑問に答えて、老人が料金表と書かれた白い板を指さす。

料金表
個室一泊二千テル、二食付き
雑魚寝部屋一泊四百テル、食事なし

食事一食二百テル
駐車場一台、一泊五百テル

ああ、別に宿とはいっても、個室である必要はないもんな。

それどころか人によっては駐車場に馬車を駐めて、そこで寝るのかもしれない。そのための柵だろう。

俺は金に困っている訳でもないし、個室を選んでおいた。

宿は、値段の割にそう質がいいものとは言えなかった。

ベッドは安っぽいし、飯に至っては硬いパンと、これまた硬い肉だった。

恐らく輸送なんかにコストがとられて、飯の質なんかに気を配る余裕はないのだろう。

とはいえ、野宿よりはずっとましだ。正直なところ寝ずに二日くらいは走れる気もしたが、とりあえずは眠りについておく事にした。

翌朝、俺の目を覚ましたのは普段より大分高い鐘の音だった。朝起きる手段については考えていなかったが、宿でも鐘は鳴らすらしい。

宿で夕食と全く変わらない朝食を取ってから走り始めると、そう長い時間が経たないうちに、辺りの木が増え始めた。

それから平坦だった道も、わずかに上りの傾斜がつき始めたようだ。

今更少しの傾斜程度で疲れる事もない。日が暮れるまで速度をほぼ維持しながら走り続けると、数時間で傾斜は緩やかだが、はっきりとした上り坂になり、そこから山につながっている様子もくっきりと見えるようになった。

そして、そこにあった『ツバイエレーラ二十号店』で一夜を明かし、翌日。

俺の速度はなおも衰えず、緩やかな坂が急坂となり、山の斜面もそれに対して斜めに道が作られるほどになっていた。

そんな中、触板が妙な反応をとらえた。

恐らく、というか明らかに人であるが、なぜか道ではなく森の中を、道から離れるように移動している。

冒険者といった移動速度でもないし、【情報操作解析】が伝えてくれる触板の反応も、六人の大人が一人の子供を運んでいるような雰囲気だ。

しかも、道からわざわざ離れるように。

もしかしなくても、盗賊じゃなかろうか。

盗賊に対する対処は聞いている。とりあえず殺すか捕縛して、いずれにしろギルドに報告するというのがその対応だ。他の場所への報告はギルドがするらしい。

触板で見る限り、集団の動きには子供を運ぶ事まで含めてかなりの慣れを感じるが、基本的なスペックが俺より大分低いようなので、不意打ちで殲滅《せんめつ》するのは難しくないだろう。

が、とりあえずは集団の全員を、盗賊であるかないか確認しなくてはならないだろう。

倒してみたら普通の人で、逆に自分が盗賊になってしまったなど笑い話にもならないし、仮に一人が盗賊だとしても全員がそうだとは限らない。

対応を考えているうち、集団の最後尾が触板の範囲を出ようとしたので、とりあえずは圧力魔法を六つ用意しつつ追跡する事にした。

消費魔力は増えるが、離れた場所に直接攻撃できるという点で圧力魔法が向いていると考えたのだ。

そして森が薄くなった辺りに連中がさしかかると同時に、俺は跳躍した。上にだ。

すると狙い通り、男たちの姿が目に入った。落下しながら一人を【鑑定】すると、予想通り盗賊だという事もわかった。

俺が盗賊を明らかにすると同時に、盗賊たちも音を聞いて俺に気が付いたようで、こちらを囲むように動きだした。

子供は一旦下ろされたようだが、他は動きからして盗賊とみて間違いないだろう。

一応ズナナ草の時の【鑑定】を応用し、盗賊に▼マークをつけておく。

向こうは隠れながらこちらを包囲しているつもりのようだが、触板と▼マークの前では逆効果でしかない。

様子を見ながらわざわざ襲ってくるのを待っていた俺に、盗賊が襲いかかる。

前から一人、わずかに遅れて斜め後ろから二人。続いて残りの三人が距離を詰め、こちらの隙を狙う。綺麗なコンビネーションだ。

しかしそれが効果を発揮するのは、気付かれていなければの話だろう。

俺は襲いかかってきた六人に対し、用意した圧力魔法を発動させた。

ターゲットは制圧力が高く、その割には頭と比べて致命傷になる可能性の低い部位。

すなわち、金的とか、急所とか言われる部位である。

頭を狙わなかったのは、できれば生け捕りにしておきたいという現代人らしさの残る考えだったの
だが、少しばかり威力が高すぎたかもしれない。

魔法が発動するとともに男たちの象徴の辺りが物理的に陥没し、哀れな盗賊たちはそのまま崩れ落ちた。

おそらく内臓破裂だろう、様子を窺ううちに盗賊たちの頭上の▼が消えていく。ＨＰがゼロになっている事からみても、盗賊たちは『盗賊』から『盗賊だったもの』に変化したのだ。

俺は初めて人を殺した訳だが、不思議と罪悪感を感じる事はなかった。

盗賊を人ではなく魔物と同列に扱うこの世界の感覚に、なじんできたのだろうか。

いずれにせよ、日本のように安全とはいかないこの世界ではいずれ必要になった事だろう。

そして自分の命を狙ってきた盗賊どもの健康を心配するより大切な事が他にあるのだ。

地面に置かれていた子供を拾い、【鑑定】と共に様子を確認する。

スミサという名前の、綺麗な女の子だ。ドワーフ族で、ＤＥＸが六〇を超えている。身長が低い事以外、ドワーフと人族の女性に大きな差はなさそうだな。

盗賊になっている事もなく、むしろ健康そうに見える。最近さらわれてきたのかもしれない。

ただ、ステータスには『強制睡眠』とやらがついている。さっきから女の子が眠ったままでいるのは、このせいだろう。

【鑑定】してみるが、魔道具によって強制的に眠らされているという事がわかるだけで、治し方はわからなかった。HPは減っていないので下手にいじらず、この子がさらわれたであろう町で、俺の目的地でもある、エレーラへ連れて行く事にした。

こうして俺は女の子をお姫様抱っこしながら道に戻り、坂を上り始める。

俺が道に出る直前に馬が一頭通り過ぎたのを除き、誰もいない道を一時間ほど走るうち、景色が変わり、一気に視界が開けた。

しかし、町ではない。一面の禿《は》げ山だ。

木という木はことごとく切り倒され、そのかわり地面には枝やら切り株やらが捨て置かれている。

町に何かあったのだろうかと心配になったが、十分ほどでそれが杞憂だという事がわかった。

禿げ山の中に建っていたのは、金属と石でできた大きな門だ。エレーラと書いてある。

ちゃんと人もいた、というか、いすぎるような気がするのだが、気のせいだろうか。

……気のせいではなかったようだ。門に走り寄る俺を見て、遠くの門番の一人が何かを叫ぶ。

それからほどなく十人近い男たちが門から飛び出し、俺は囲まれてしまった。その半分ほどは衛兵だ。

盗賊ではないし、武器を突きつけられている訳でもないが、みな一様に緊張した表情をしているので、とにかく居心地が悪い。

「冒険者だな、ギルドカードを見せてくれ」

そうしたいのは山々だが、俺の手は二本しかない。アクロバティックに片手で女の子を支えながら、

もう片方の手でカードを取り出せと言うのだろうか。

「その前に両手が塞がっているので、この子を誰か預かってくれませんか。盗賊に運ばれていたようです」

俺がその事を伝えると、衛兵の一人が丁寧にその子を受け取り、どこかへ連れて行ってしまった。

それと同時に、周りの人たちの表情が少し和らいだのを感じる。

「協力に感謝します。盗賊の討伐履歴がありますが、これがその盗賊ですか？」

衛兵さんも、なぜか俺に対して敬語を使い始めた。まあ、理由は明らかにあの女の子を助けた事だろうが。

「はい。盗賊が運んでいるのを見つけて救出したのですが、強制催眠をかけられているようです」

「それは幸運です。強制催眠は薬でとても簡単に治りますから」

ここまできて、俺を囲んでいた人たちは本格的に安心したようだ。最初の包囲網以外にも結構な数の人が集まってきていたが、みな一様にほっとしたように笑みを浮かべる。

「安心しました。後はお任せしてもいいですか？」

「もちろんです。報酬は後ほどお渡しする形になると思いますが、他に何か要望などは？」

「私は武器を作りにきたのですが、どこに頼めばいいのかを教えていただければありがたいです」

「それならば斡旋所で、用途や素材に応じて、無料で適切な店をご紹介しています。この道をまっすぐ行って突き当たりですね」

なんと、鍛治の町だとは聞いていたが、まさかそんな観光案内所のようなものが存在しているとは。

「ありがとうございます。では、私はこれで」

エレーラは活気があり、町の人口密度はツバイを大分超えそうだ。

そして、見かける人々のうち、六割ほどはドワーフである。

そんな通りを眺めながら歩くうちに到着した斡旋所は、ギルドのカウンター部分だけを持ってきたような、小さい建物だった。

三つあるカウンターには人族の受付らしき男がいるが、ドワーフは一人も見当たらない。

「メタルリザードの装甲を剣と盾に加工したいのですが、どこに行けばいいでしょうか」

「あー、メタルリザードですか。スミズさんの工房で扱っているのですが……」

歯切れが悪い。スミサちゃんと名前が似ている気がするが、もしや。

「杖に使う木を取りに行っていた娘さんがさらわれまして、引き受けてもらえる状況だとは思えませんよ」

関係あるどころの騒ぎではなかった。しかしそれなら問題はない。

「娘さんは先ほど救出されましたよ。強制催眠をかけられていただけのようです」

「おお！　運がよかったんですね。この辺りは森が多いので、見つからないかもしれないと思っていたのですが」

ちょうどそのシーンに俺が遭遇したというわけか。

「そうですね。ところで、その工房で装備を作ってもらうには、どのくらいお金がかかるんでしょうか」

俺の今の予算は鉄の剣を買うにはかなり潤沢だが、特殊素材の装備は文字通り違う。下手をすれば金が足りず、加工ができない可能性もある。

娘を助けた事を盾にタダを迫るような、チンピラみたいな真似をする気もないし。

「どんな物を作るかにもよると思いますが、材料持ち込みで片手剣一本百万ってとこですね。両手剣などならもう少し高くなります」

やはり、高い。俺の手持ちは十万とちょっと、だいぶ足りない。

「ええと、手持ちの素材を売却したりできる場所はありますか？」

「ギルドでも可能ですが、加工をやっている場所の方が高く買い取ってくれると思いますね。メタルリザードメタルでしたら、一キロ当たり三百万ってとこです」

素材の方はさらに恐ろしい値段になっていた。一匹分丸々って、一体何キロになるんだろう。もしかして、亜龍の剣が買えてしまったりしないだろうか。

まあ、亜龍の剣は炎が出るらしいが、炎なら自分で出せばいいので予定通り金属の剣を作るが。

「わかりました、ありがとうございます」

いずれにせよ、たかりをせずにすむようだ。

教えられた道をたどり、工房へ入ると、人族の男が近付き、話しかけてきた。ドワーフの町だというのに、まだ一度もドワーフと話していない気がするぞ。

「ようこそスミン工房へ。何かご用でしょうか」

スミン工房か。名前が似ているし、スミズさんの先祖か何かの名前だろうか。

「はい。メタルリザードメタルの買い取りと、加工をお願いしたくて」

「おお、ちょうど最近、品薄になっていたところなんですよ。何キロありますか？」

「ええと……何キロかはわかりませんが、アイテムボックスに死体が一匹まるごと入っています。何キロくらい取れるのでしょうか」

俺がそう言うと、にこやかだった男の表情に、疑うようなものが混じる。

「私が知る限り、メタルリザードはアイテムボックスに入るようなものではないのですが」

「私のアイテムボックスは、人よりもちょっとだけ容量が大きいみたいなんです。嘘をつく理由もないでしょう？」

「た、確かにそれはそうですが……。もし、メタルリザードが本当に一匹あるのでしたら、千四百キロ近い重量になると思います。しかし、流石に一括買い取りは無理ですし、何よりも先ほどスミサちゃんが見つかったとの連絡が入ったので、今日一日は仕事にならないと思います。明日以降に……」

そこまで男が言ったあたりで、目を覚ましたらしいスミサちゃんとともに、ドヴェラーグさんの雰囲気を若干柔らかくした感じのドワーフが入ってきて、大きな声を出した。

「スミサが助かったぞ！　宴会だ、酒もってこい！　……ん？　客か？　悪いが今日は店じまいだ、また明日あたりに来てくれ」

そんな言葉とともに、俺は問答無用で工房の外に追いやられてしまった。

女の子を助けたら、その親である店主に店から放り出される。不思議な事もあったものだ。事案が発生する現代日本よりはましか？

いずれにしろ話を聞いてもらえる状況ではないようだったので、宿を探そうか。いつも通りの衛兵さん頼りだ。

門へ行くと、衛兵さんが先に話しかけてきてくれた。雰囲気もフレンドリーだ。

「装備の調達は、うまくいきそうかい？」

「あー……、多分明日以降になると思います。工房から追い出されちゃって、今宿を探しているんですよ」

「追い出された？　値切るか何かしたのかい？」

値切りはおろか、交渉さえしていない。

「いえ、スミサちゃんの親御さんの工房だったみたいで、『宴会だ！』とか言って追い出されちゃったんですよ」

「スミン工房か、魔法素材の加工かな？　とにかくそれなら都合がいい。ちょうどその宴会に、君を誘っておいてくれと言われたんだ。お礼がしたいらしい」

「追い出して、招待するんですか？」

「ドワーフは、衛兵やギルドみたいに一々人を確認しながら話したりはしないのさ。それで、どうする？」

ドワーフの宴会か……。

ゲームなんかのイメージだと、ドワーフってやたらと酒に強いイメージがある。俺は酒に強くも弱くもないが、疲れない体になった今はどうなのだろうか。これぱかりは試してみないとわからない。

まあ、誘いを断ってから加工を頼みに行くのもおかしな話だ。とりあえず参加してみるか。

「行きます」

「わかった。場所はわかるね？　名前は伝えてあるから、適当に酔っ払ってなさそうなやつを捕まえてギルドカードを見せればいい」

随分とアバウトだな……。

魔法素材がどうとか言っていたが、メタルリザードの装甲は魔法関連の素材なのだろうか。思いっきり物理系な気がするのだが。

工房に再度入ると、入り口の隣の部屋から人の声が聞こえる。覗いてみると、ちょうどこちらを向いたスミズさんと目が合った。

「宴会に誘われてきたのですが……」

「あ？　お前はさっきの客じゃねえか……ん？　もしかしてカエデってのはお前だったのか？　確かに聞いたとおり、冒険者にしちゃ華奢だな」

できれば追い出す前に聞いてほしかったものだ。

「魔法も使いますし、体はそんなに鍛えていませんので」

そう言いながら、ギルドカードを見せる。

「魔法使いがウチに？　まさか、スミサ目当てか？」

やましい理由で来たのと勘違いされてしまったかもしれない。慌てて弁解する。

「いえ、メタルリ」

「確かにスミサの杖は良質だが、それならわざわざ工房に来る必要はねえはずだ。それとも何か特殊なのがいるのか？」

……スミサちゃんは杖を作っているようだ。いや、俺は別に、スミサちゃん目当てと聞いてやましい想像をしたりはしていませんよ？

「剣も使うんですよ。ここに来たのがそれが目的です。メタルリザードの死体がアイテムボックスにあるんですが」

「その話は聞いたぞ、買い取りと加工だってな。もちろん大歓迎だ。まあとりあえず飲め！」

そう言いながらスミズさんはどこからか取り出した、酒がいっぱいに注がれたジョッキをこちらに渡す。

言われるままに、一気飲みなど論外だと思われるほどに強い酒を一瞬のうちに、飲み干してしまった。

だが俺は、倒れるどころか酔っ払う様子すらも全くない。

その様子を見て喜ぶ周囲に勧められ、俺はさらに大量の酒を飲んでいった。大丈夫だろうか。

……数時間後、部屋は酔いつぶれた人たちが死屍累々となっていた。立っているのは俺だけだ。

本格的に体調のヤバい者はいなさそうなので、俺も眠りにつく事にする。

この世界の住民の体質なのか、誰も吐かなかったのは非常に助かった。

翌朝、俺が鐘の音で起きると、すでに他の人々が働きだしていた。この世界に二日酔いは存在しないのだろうか。

工房の方からも、金属を叩くような音が聞こえる。

スミズさんもすでにこの部屋にはいないようだったので、工房の方を見に行ってみると、他の人に指示を出しているところが見えた。

一段落ついたらしいところで声をかけてみる。

「すみません、メタルリザードはどうすれば」

「おう、メタルリザードか。死体まるごとなら、まずは大処理場だな。ついてこい」

そう言って歩きだすスミズさんの後を追う。他にも五人ほどがついてきているようだ。

七人で歩く事五分弱、スミズさんが立ち止まったのは、周りを低い壁で覆われた、だだっ広い空間だった。

地面は石造りだが、あまり整備されていないらしく、所々から雑草が顔を出している。

「ここが大処理場ですか？」

「でかい魔物を処理するために作られたんだが、ここまで運ぶ手段が考えられてなくてな。今はほとんど使われちゃいねえ。まあとりあえず死体をそこに置いてくれ」

そう言ってスミズさんが指さした辺りに、俺はメタルリザードを設置する。

するとスミズさんはその口を手でこじ開けながら、俺に問う。

「すげえアイテムボックスだ。もしかして火魔法も使えるか？」

「もちろん使えますけど、どうするんですか？」

「こいつらの装甲は結構細かく分かれてるんだが、剥がすのは無理だからな、内側を燃やして装甲だけにするんだ。って事で適当に燃えるまで、口の中に突っ込め」

死んでいても、まともに解体すらできないのか。すさまじい装甲だな。

見た目なら五百キロ近い金属が取れると言われても驚かないような重厚さだから、ある程度は予想していたが。

しかしそんな装甲も体を内側から焼く炎には無力なようで、俺が適当に作り出した火の玉を五十個も口の中に突っ込むと、体はしっかりと燃え始めた。通気性が悪そうなのに、随分な勢いだ。

「すげえ魔力だな。威力と連射力だけならBランク以上、一人でメタルリザードを倒したって言われても驚かねえくらいだ。なんで剣や鎧が必要なんだ？」

「確かにどちらかというと魔法がメインですが、基本ソロ活動なので、剣でも戦えた方が何かと便利なんですよ。魔法と併用できるので単純に火力も伸びますし、杖も二十センチほどなので邪魔になりません」

「聞いた事ねえスタイルだな。嘘には見えねえが、二十センチとは随分短い。どんな材質だ？」

「えーと、普通にエインの魔道具店で注文しました」

「エインって事は、初心者向けの鉄心で銅皮のやつだろうな。金をかければもっと速いのが作れるが……と、焼けたみたいだぞ」

言われてそちらを見るとメタルリザードはすでに焼け崩れて灰となっており、金属の部品が地面に積まれたような形になっていた。

ＨＰの低さも関係あるのか、思っていたよりもずっと速い。

装甲も、死体の時よりは小さく見えた。それを水魔法で冷やしながら、話を続ける。

「材質によって、速度が変わるんですか？」

「そうだ。詳しい事はスミサにでも聞いてくれ、俺は魔法関係の素材は扱っても、魔法自体は専門外だ」

そういえば、そんな事を言っていた気がする。メタルリザードのどこが魔法的なのだろうか。

「装甲に魔法的な要素は見当たりませんけど、これも魔法関係の素材なんですか？」

「そのままじゃ叩こうが熱しようが曲がりもしないからな、魔法で魔力を抜いた水にさらして、装甲にある魔力を抜くんだ。そんで加工した後で魔力を込めて、また硬くするのさ」

魔法的なのは、素材じゃなくて加工の方だったのか。熱しても曲がらない素材とは、熱膨張はどこへ行ったのだろうか。

「道理でコストがかかる訳ですね。私としては、代金の代わりに素材で支払いたいんですが……。ところで杖を作るとしたら、そっちもメタルリザードメタルで大丈夫ですか？」

「こっちとしては、現金よりそっちの方がありがてえな。装甲は加工までに三日くらいかかるから、杖が欲しいならその間にでも説明してもらえ」

「わかりました。あと、そろそろ装甲が冷えたと思います」

スミズさんの言う通り、炎で焼かれた後で水で急冷したにもかかわらず、装甲板の形は少しも変わったようには見えなかった。

帰りに聞いた限りでは、加工費含めて装甲板一枚でもおつりが来るらしいのだが、切断したりはできないので、六十センチ四方ほどのものを一枚まるごと預けておいた。

魔力を抜いた後は、余計な魔力が入らないための管理が難しいらしいので、余った部分は現金での受け取りとなる。

装備の構造に関しては魔力抜きが終わってから決めるそうだから、その間に杖の調達だ。

「こんにちはスミサさん、杖が欲しいんだけど、作れるかな？」

スミサちゃんもすでに起きていたようだが、他の人たちほど忙しそうな感じはしなかったので、すぐに話しかける事ができた。

「あなたがカエデね？　記憶にないけど、助けてくれてありがと。それで杖が欲しいって、どんなのがいるの？」

「二十センチくらいの長さで、長い杖と同じくらいの加速ができる杖」

「無理よ。何のために杖に長さがあると思ってるの？　あなた杖の構造わかってる？」

一蹴されてしまった。

「わかってないけど……どんなの？」

「一度しか説明しないから、よく聞きなさいよ。杖の構造ってのはこう……」

それから始まった長々しく、わかりにくい説明が終わったのは、一時間後の事だった。

説明をまとめると、要するにこういう事だ。

杖は魔力を受け取る部分、加速させる部分、放出する部分、それから外殻に分けられる。

加速させる部分は二重構造になっていて、その外側部分にある魔力密度が高いほど、また芯の部分が魔力を通しやすいほど加速がよくなる。

込められた魔力は、金属ごとに決まっている最大密度を超えると抜けていき、一時間とせずに最大密度まで落ちてしまうので、実質的には最大密度が外側部分の魔力密度だ。

そして普通の杖はコストを重視して外側を銅で、内側を鉄で作ってあるため、そこをよりよい材料にする事で性能上昇が見込める、という話だ。

ちなみに外殻はそれ以外の部分を保護できさえすれば、基本的になんでもいいらしいが、魔法使いが鎧や剣を使わないのと同じ理由、つまりは集中を邪魔しないための軽量化で、木が一般的に使われるらしい。

俺の場合は剣を振り回しながら魔法を使ったり、使わない時にはアイテムボックスに収納したりすればいいので、金属でも問題はないな。

……という部分を理解するための説明に、一時間だ。残りの部分は地球人には理解できない謎理論に使われた。

しかし意味はあった。これならば俺が求めていた杖、いやそれ以上の何かを作れるかもしれない。

「よし、すごく長い杖くらい魔法を加速できて、剣としても扱えるような杖を作ろう！」

「ちょっと何言ってるのかわからないわね」

それはそうだろう。俺も同じ状況で同じ事を言われたら、こいつは頭がどうかしてるんじゃないかと思う自信がある。

しかし俺は至ってまじめだ。クソまじめだ。

俺が考えた杖は、使うたび加速部に魔力を込め直し、燃費と引き換えに高い加速力を得るというものだ。

さらに外殻にメタルリザードメタルを使って強度を確保し、刃をつけて剣としてもつかえるようにする。

重さと魔力は気合でカバーだ。

……この事を説明したら、スミサちゃんはイギリスのとんでも兵器であるパンジャンドラムの構想と、その設計図を見せられた技術者のような顔になった。

つまり、『何言ってんだコイツ頭おかしいだろ、でもなんか面白そう』というような表情だ。

「この構造で八十センチの杖に対抗しようとしたら、杖に込める魔力だけで魔法が百発撃てるわよ？三人がかりで魔力枯らしてやっとよ？」

そうだろう、普通の魔法使いならな。

だが俺の魔力は現時点でも普通の魔法使いの五百倍を超える。回復力も五百倍、薬を使えば五千倍だ。

それに普通の魔法百発分の魔力など、俺が全力で使えば十秒ともたない。大して負担とは言えないだろう。

「大丈夫だ、問題ない」

「金がかかるし、結果に責任も持てないわよ？　それでよければやってみるわ」

「メタルリザードの装甲一枚までなら出そう」

俺がそう言うと、スミサちゃんは本格的におかしいものを見るような、でも面白そうな表情をした。

「きっとおつりがくるわ。ちょっとまってね、経理の人を呼んでくるから」

経理の人が見積もりを出してくれたが、コストは装甲板一枚でまず足りない事はないそうだ。

問題は役に立つかどうかだと言われたが、そこはこっちの問題だという事で、装甲を先払いしておいた。

「おめでとう、これで史上初、一発目を放つ前に魔力切れになった魔法使いの地位は約束されたわ」

「そうならないように、せいぜい魔力量を増やすよ」

……さて、武器関係の用事はこれで済んだと言っていいだろう。

冒険者の本分、依頼の時間だ。できれば討伐依頼がいいな。

念のため、衛兵さんに聞いておすすめされた宿で七泊分の宿代を払い、エインと同様にギルド横の雑貨屋でホコリをかぶっていた魔力回復加速ポーションを買い占めてからギルドへ向かう。ちなみに、どちらも店員は人族だった。

俺の現在のランクは、前回の件で一つ上がってEだ。その付近を見て回っていると、手頃な感じの駆除依頼を見つけた。

Eランク依頼、付近のレッドウルフ駆除。場所が指定されているため、討伐ではなく駆除なのだろう。報酬は一四五十テルだが、数は殺せるだけいくらでもだ。

道の付近には多分いないから森へ入れと書いてある。こういう依頼のおかげで、街道には魔物が出にくくなっているのだろう。

名前からして緑犬の親戚っぽいし、ランクと報酬からしてもそう強い魔物ではない。悪くない依頼だ。

受付は残念ながら男だったが、受注のシステムはエインとほとんど変わらず、スムーズに受ける事ができた。

町に来る時に通った道を逆行し、禿げ山を越えて周囲が森になった所から少し進み、それから左折で道を外れて森へ入る。まだ触板には反応がないようだ。

少し速度を上げる。今回は討伐依頼ではないので、あまりに遠くへ行くとカウントされない可能性があるが、この程度なら大丈夫だろう。

目当ての魔物を見つけるまでには、五分ほどしかかからなかった。

外見は緑犬をそのまま赤くしたようなもので。前方二十メートルほどの距離に三匹だ。

勢いのままに十メートルほどの距離にまで突っ込み、岩の槍を三本まとめて放つ。

ランクの差か、敵の反応は緑犬に比べると大分速かったが、短いとはいえ杖を持って放った魔法を、十メートルの距離でかわすにはいたらない。

体の端の方に当たったたものもいたようだが、こちらの魔法も威力は十分であり、全員が一撃で死ぬ事となった。

魔物がいた事で、奥に入るのはこの辺りまででいいだろうと判断し、道と平行に近い角度で獲物を探しまわる。

見つければ倒し、禿げ山に移動するか、禿げ山と反対側にある森に移動したら少し奥に入り、さらに獲物を探す。

こんな動きをしばらく繰り返すと、合計二十四ほどのレッドウルフを討伐する事ができた。

そのうち触板でなく目視で見つけた一匹は距離が遠かったのか、槍の一本目を回避する事に成功した。

もちろんすぐに近付いて倒したのだが、やはり速度はもうちょっとあった方が便利だな。

そんな事を考えながら三十分ほど狩りをしていると、触板に妙な、見覚えはあるが狩りで見るものとは違う反応が現れた。何の反応なのかを考えると、すぐに思い出した。人間、それも二人だ。

こんな場所で止まっているなど、普通のものではない可能性が高い。

念のため見つからないように、こっそりと陰から確認すると、その二人ともが盗賊だという事がわかった。

草に近い色の服と帽子に、見つかりにくい低姿勢で辺りを監視している。俺も触板がなければ見つけられなかったかもしれない。

その背後に、見た目には隠されているものの、触板に引っかかる穴があるので、それが根城だろうか。

いずれにせよ敵が何人いるかもわからないし、一人で喧嘩を売るのは得策ではないだろう。

慎重に、音をたてないように後退し、道へ戻る。そして、そのまま盗賊が山へ入っていくのを見つけた辺りに出た。

俺はその位置と触板の情報、盗賊の根城までのルートを頭で整理しながら、ギルドへ戻った。

窓口で『盗賊のアジトらしきものを発見した』と告げると、すぐに支部長室へ呼び出された。

「山の中で、アジトを見つけたというのは本当かね？」

「はい、隠されていましたが穴のようなものがあり、そこを二人の盗賊が守っていました。服も穴も森に近い色で、自分でもよく見分けられたと思いますよ」

「ふむ……最近、やけに逃げ足の速い盗賊がいると思ったが、山の中にアジトができていたか。しかもやり口が、大きい組織かその指導を受けた者のようだ。……報告ご苦労。情報提供への報酬は、確認が取れたら支払う」

盗賊がみんな隠れているという訳ではなく、組織的な盗賊集団なのか。

なんだか厄介な話になってきそうだな。

「それから、この話は内密にな。ステータス上盗賊になっていない人間が協力している可能性もある。討伐隊の編成はギルドから指名で行う事になるだろう。君も入る可能性があるから、明日の朝にギルドに寄ってくれると助かる。以上だ」

支部長室を出て、それ以外の依頼を報告すると、やる事が思い浮かばなくなってしまったので、工房に寄ってみる事にした。

すると、スミサちゃんが暇そうにしている。

「杖はどう？　できそう？」

「まだメタルリザードメタルの魔力抜きが済んでないから無理よ」

そういえば、杖の方もメタルリザードメタルを大量に使うんだったな。

「早く終わってほしいもんだね。……そういえば、この辺の木はみんな切られてるけど、あれは盗賊対策か何か？」

どこかの軍が、ゲリラ対策で似たような事をしていた気がする。

「違うわ。金属の製錬で木炭を沢山使うのよ。それで周りの木は大体切ってしまったわ」

「石炭とかは出てこないの？」

「あれも掘ってるけど、暖房用にしか使えないわ。製錬なんかに使ったら、質がガタ落ちよ」

「あー……」

地球でも、確かそんな事があったという話を聞いた覚えがあるぞ。

どうやって対策したっけ。確か現代では石灰石とコークスを……。

あ、これだ。

「コークスを作ればいいんだよ。空気が入らないように焼いて、邪魔なものを抜くんだ」

「それじゃ燃えちゃうじゃない。石炭は燃料よ？」

「空気を抜けば、そうはならないと思う。炭だって原料は燃料にもなる薪だけど、燃え尽きたりはしないだろ？」

俺がそう言うと、スミサちゃんは少し考えたようだが、すぐに首を振った。

「……よくわからないわ、燃料は専門外。使えて、質がよければどう作られていても別にいいのよ。まあ、後の事は保証できないけど、質のいい炭を作ってるところなら紹介できるわよ。話してみたら？」

なんというか、職人らしいスタンスな気がする。

そうしてスミサちゃんが教えてくれた道に従って歩き、到着した先は小さな店だった。角のテーブルに炭などが置かれているが、量からしてサンプルといった雰囲気だ。倉庫や炭焼き窯《がま》が別の場所にあって、そちらの方が本体だったりするのかもしれない。

「すみません、イグニさんの燃料屋はここであっていますか？」

「はい、そうですよ。炭を買いに来たんですか？」

対応してくれたのは、やはり人族の男だった。

「いえ、新しい燃料の作り方を知っているのですが、製法が木炭に似ていると言ったらここに行けと言われまして」

「新しい燃料？」

「はい。石炭から作るものなんですが、それを作れば町の周りを禿げ山にしなくても済むうえに、火力も木炭より高いです、もちろん製錬にも使えるはずですよ」

話し終わると、炭屋さんの表情が微妙というか、疑うようなものになってしまった事に気が付く。

……確かに、我ながら胡散臭い事を言っている。補足が必要だろう。

「技術として完成し、それを使う場合にはお金をいただきますけど、実験に必要な費用は人件費なども含めて私が出します」

この国、というかこの世界では、新しい技術に関する権利はそこそこ強く保障されているので、ギルドカードのシステムとも相まって、横取りのような事はほとんど起きないらしい。

だから俺もこんな提案を、安心して行える訳だ。

「それなら……一応、親方に聞いてみます」

またドワーフか、追い出されないだろうか。

などと考えていた俺の前に現れたのは、予想に反して人族のがっしりした男だった。

「石炭から製錬用に使える燃料が作れるというのは、本当か？」

「やり方がいまいち完全でないので、確実にとは言えません。ですが可能性はあるかと」

「……変に保証されるよりはよほど信用できる、生産力にも少し余裕がある。さっき伝えられた条件なら断る理由はないな。成功しても失敗しても、こちらは損をしない」

全くその通りだ。

「もちろん成功して、その技術を使う、という場合にはお金をいただきますよ？」

「ああ、わかっているさ。じゃあその方法とやらを聞こうか」

炭屋の親方はこの話に興味を持ったようだ。口調こそ落ち着いているが、話を聞きたくてたまらないという顔をしている。

「はい。石炭をまとめてレンガなどで覆って、空気に触れさせないようにして周りから加熱すればいいんです。一緒に油のようなものやガスが出てきますが、ガスは有毒なので気を付けてください」

「がす……？　がすとはなんだね？」

「燃える空気のようなものです。そのまま排気すると危ない上にもったいないので、石炭を加熱するための燃料として使います」

「燃える空気という話はどこかで聞いた事があるな。そんな名前がついていたのか」

「あまりメジャーな呼び方ではないようですけどね。とりあえず、当面の予算はこれで足りますか？」

そう言いながら、大金貨を一枚差し出す。手持ちの金はあらかたなくなってしまったが、いざとなった時には大量に余っているメタルリザードメタルを売りに出せば問題はないだろう。

「大金貨か、豪勢な事だ。早速今日から実験を始めさせてもらうよ」

……はて、冒険者とはこんな仕事だっただろうか。

＊

翌日、盗賊退治の問題でギルドを訪れると、受付嬢が手招きをしているのが見えた。今日は女の子だ、かわいい。

「ギルドカードの提示を……はい、カエデさんですね。依頼達成の報奨金と連絡板が届いています」

俺がギルドカードを見せると、その受付嬢は金貨三枚と、依頼板を二枚重ねて蝶番《ちょうつがい》で閉じたようなものを渡される。

見える面には、でかでかと『秘密保持のため、周囲に人がいない事を確認する事』などと書かれている。

この警告自体が全力で『私は秘密を運んでいますよー！』と主張しているが、大丈夫なのだろうか。

そんな疑問を抱きつつも板をアイテムボックスに入れ、礼を言って宿に戻る。

自分の部屋なのだから当然だが、部屋に誰もいない事を確認し、板を開封する。

中に書かれていたのは、依頼板と同じようなフォーマットの文章だった。

ランク：E
依頼内容：盗賊討伐
報酬：基本報酬として、五万テルを参加人数で等分、また討伐一人につき五百テルの追加報酬
数量：盗賊団の全員
備考：十五の日の朝の鐘が鳴った一時間後にギルド集合、受付でこの板を閉じた状態のままで見せる事。集まった戦力により作戦を決定する。

十五の日、というのは明日の事だ。随分と大ざっぱな依頼だが、電話などないこの世界で気付かれにくいように冒険者を動かすとなると、このくらいになるのかもしれない。

いずれにしろ、明日まではまだ長い、というか丸一日ある。工房の魔力抜きは明らかにまだ終わっていないので、行って意味があるとすれば炭屋だろうか。実験を始めてから時間はさほど経っていないが、開始直後というのは完成間近と並んで、短時間に問題が起きる可能性の高い段階だ。

「こんにちは。実験はどうですか？」

「試しに石炭をいくらか焼いてみたら、穴だらけになってしまったんだが、素晴らしく火力の高い燃

料が出来上がったよ。製錬に使えるかは他所で試してもらっているが、この火力だけでも商品になるだろう」

もうコークスの作り方とパワーがわかったのか。異常な早さな気がするぞ。

炭屋さんのやる気のせい、と見ていいのだろうか。

「後は量産、という事ですかね」

「一番の問題はそこだな。ミスリルか何かで外枠を作って、燃える空気で外側から温めるのがいいかもしれない。製錬用に大量使用できるかはともかく、ある程度の量産は可能になるだろう。それから石炭の仕入れだね」

「順調ですね。ちなみに、資金はどのくらい残っていますか？」

「まだ、金貨一枚も使っていないはずだ。これから設備を作るとなると、一気に使う事になるが」

「わかりました、必要になったら教えてください」

かなり順調なようだ。この調子なら実用化は難しくないかもしれない。

それから先は町から盗賊のアジトと逆側に出て、そちらでレッドウルフ狩りをしていた。

レベルは一つ上がったようだが、魔法のレベルなどが変わる事はなかった。

そして盗賊狩りの当日が来る。

集まったメンバーは俺以外にEランク二人、Dランク二人、Cランク一人、Bランク一人の、計七人との事だ。

装備からみて、魔法使いは俺とBランクのみのようだ。

被害の規模から考えると盗賊は推定三十人から四十人程度との事だが、BランクやCランクがいれば何とかなるという考えだろうか。

「俺はBランク、風魔法使いのマジスだ。今回のリーダーを務めさせてもらう」

Bランク魔法使いからはじまって、ランク順に自己紹介が進んでいく。

予想通り、残りの五人は戦士、それも剣士ばかりのようだった。

そして俺の番がやってくる。

「Eランク魔法剣士、カエデです。魔力の量とアイテムボックスの容量が大きいです」

「ちょっと待て、魔法剣士とは何だい？　アイテムボックスって事は【魔法の素質】を持っているようだけど……」

俺の自己紹介が終わるや否や、Bランク魔法使いが口を挟む。

「魔法も使いますし、剣も使うんです。剣を振り回しながら魔法を撃ったりもします」

「動きながら魔法なんてBランクでも珍しいのに、それでEランク？　ちょっと想像がつかない。戦力把握のために、ちょっと訓練所で、見せてもらっていいかな？」

「わかりました」

わざわざ無駄に目立ちに行こうとは思わないが、冒険者として必要な事であれば渋るつもりはない。それよりも戦力を隠していて、それで被害が出た場合の方が最悪だ。

マジスさんに連れられて、ギルドの裏手に入る。そこは町の外壁ほどではないが頑丈そうな壁に覆われており、入り口に『訓練所』と書かれているが、俺たち以外に利用者はいないようだ。

「とりあえず、戦う時みたいに剣を振りながら、魔法を二回撃ってみてくれ。本番に響かないように、消費は軽めの魔法で」

言われたとおり、剣を振り回しながら岩の槍を七本発動させ、続けて火球を七本放つ。

魔力消費もおよそ七、秒間二連射というお手頃さだ。

「な、なんだ今のは……全く動きを止めず、半秒ほどで十発以上を撃ち切ったように見えたが……」

やっぱり速かったか。

「初段を放つのに半秒ほどかかるので、実質的には一秒に二発ってとこですけどね」

「防御面と、魔力の持続は？」

「剣士でもあるので、戦闘時には防具を着用します。それから回復魔法があるので骨折くらいなら数秒もあれば軽く治せますね。魔力は魔法をフルに連射して、十分や二十分程度なら切れる事はありません」

「っ……すごいのもいたもんだな。特に魔力量はあり得ない気がするが……なんでランクEなんだ？」

「色々あって、ギルドに登録してから一月も経ってないんです。ランクと力があっていないとすれば、そのせいかもしれません」

「魔法使いとして、自信をなくしそうだが、戦力になる事に間違いはないな。突入の時には、前衛いけるかい？」

前衛か。前に立つのが怖くないと言ったらウソになるが、俺の防御力は回復も含めれば、まず他の人に劣る事はないだろう。明らかに俺が前衛をやるのが最適解だ。

「わかりました、前衛いきます」

「よし、作戦は決まったぞ」

結局、俺はCランク戦士バレンと二人で前衛、その後ろにマジスさんがついて、三人でメインパーティーをやる事になった。

残る四人は偵察時に発見された裏口を封鎖し、逃げられないようにする班だ。

具体的な作戦としてはこうだ。

まず俺が見張りを倒し、同時にマジスさんが裏口の見張りを不意打ち。それから裏口はサブパーティーが火を焚くなどして封鎖し、入り口にメインパーティーが集合して制圧する。

このタイプの作戦は、この世界で盗賊退治に使われるものとしては、かなりメジャーなものだそうだ。

もちろん普通の前衛は魔法剣士でなく、普通の剣士なのだが。

話しながら移動するうち、盗賊のアジトが近くなってくる。マジスさんの指示に合わせ、俺たちは配置につく。

今のところは気付かれていないようだが、流石に自衛隊のようにハンドサインのみで動くという訳ではないので、気付かれるのは時間の問題だろう。その前に素早く制圧を行う必要があるのだ。

岩の槍を四本生成し、息を凝らすうち、視界の隅にいた、冒険者の一人が合図を出す。

俺は生成していた岩の槍を、二人いる見張りの頭と重心にそれぞれ一発打ち込む。

見張りはそれに気付けず、各々二発の槍を受け、静かに倒れた。

裏口の方もうまくいったようで、マジスさんが走ってくるのが見える。あまり速そうな走り方には見えないが、風魔法使いとの事だから、魔法でも使って加速しているのだろう。マジスさんはあっという間にこちらに到達した。

俺が先頭となって突入する。洞窟は入り口が曲がっていて視界は狭いが、人のいる位置は触板が教えてくれる。【情報操作解析】で盗賊をマーキングしておく事も忘れない。

さらに頭の辺りには盾をかまえ、岩の槍を大量に展開しながら進む。マジスさんが目を見開いていた気がしたが、今更だ。

突入後三十秒ほどで、最初の盗賊が現れた。三人ほどで何か話していたようだが、誰かがいる事は視認する前からわかっていたので、盗賊かどうかの判別だけして、岩の槍をまとめてプレゼントしたところ、無事に死亡してくれたようだ。

次の槍をすぐに生成し、進んでいく。後ろの二人もちゃんとついてきているようだ。

今のところ分岐がないので、楽に進む事ができた。その上、人とほとんど出会っていない。

しかし、今度はそうも行かないようだ。洞窟を塞ぐようにドアがついている。鍵がかかっているかどうかはわからないが、閉まっている事は確かだ。

また、中から聞こえる笑い声などからして、明らかに大人数が中にいる。

息を殺しながらの作戦会議の結果、俺が魔法でドアを破壊した後、全員で突撃していく事になった。

俺は突撃時に最大の火力を発揮するため、視界がほとんど塞がるのも構わず、大量の岩槍を用意した。

　そして合図とともに、ドアの蝶番や、その反対側に向けて数本を放つ。

　支えを失ったドアを蹴破り、その内部に、視界を埋めつくすほどの岩槍を全て乱射した。一応、視界に一般人は存在しなかったはずだ。

　そのまま武器を構えて部屋に入り、攻撃にかかろうとするが、様子がおかしい。静かだ。

　周りを見てみると、二十五人ほどの盗賊が体に大穴を開けて倒れている。

　とっさに椅子を盾にしたものもいるようだが、岩の槍は椅子ごと盗賊を破壊してしまったようだ。

　触板も俺たち以外の人間を捉えてはいないし、【情報操作解析】のマーキングも敵を捉えてはいない。

　念のため辺りを捜索し、生き残りがいない事を確認してから奥へ進み、三人だけ残っていた盗賊を討伐すると、サブパーティーが焚いたであろう炎の辺りに到着した。

　分岐がないのを確認しながら洞窟から出て、裏口付近でサブパーティーと合流する。誘拐された人はすでにどこかに売られてしまったのか、一人も見当たらなかった。討伐した盗賊の人数も推定の範囲内に入っている。

　……あれ、これで終わり？

　そんな俺の心の声に答えるように、マジスさんが口を開く。

「随分あっけなかったが、盗賊は全滅した。罠にかけられたという訳でもなさそうだ、単純にカエデが強かっただけだろう。戦利品の回収に移るぞ」

「Eランクなのにそんな強いんスか？」

「ああ、俺もこの目で見なければ、話されたとしても信じなかっただろうな。だが、俺を含めて俺が知る魔法使いの中に、カエデより強い奴はいないな。完全にランク詐欺だ」

俺は魔法使いでなく魔法剣士のはずなのだが……。

「カエデの実力の事は後で支部長に話しておくとして、バレンが表口、カエデが裏口を見張り、残りの全員で回収。俺はアイテムボックスを持ってるから、回収したものはこっちに回してくれ」

俺が返事をしようとした時、触板に反応が出た。位置は背後の森、数は七人、そのうち一人は背負われた子供で、集団の組んでいる隊列がスミサちゃん誘拐事件の時と全く同じだ。

「後方に人が七人！　誘拐犯かもしれません」

向こうはこちらに気付いた様子はないが、本当に盗賊だった場合には先手を取るべく警告を出す。

「カエデとバレン、前衛を」

マジスさんがすぐに反応し、手早く指示を出す。

「七人のうち、子供が一人います。人質かもしれません」

「了解した！　できるだけ被害者に気をつけて攻撃してくれ！」

俺が子供の事を伝えると、マジスさんは人質に配慮する事を指示した。

余裕のない戦闘ならそんな事はしていられないだろうが、現状の戦力であれば問題はないと考えたのだろう。

そして実際、それは正しかった。

森の中でもお互いが視認できるほど近付いてからやっと俺たちに気付いた盗賊たちに、俺たち前衛が突撃する。

俺は先頭にいた盗賊に魔法を撃ち込み、中央にいる、女の子を背負った盗賊を圧力魔法で制圧する。

左右や後方にいた盗賊たちは、他のメンバーが素早く倒してしまった。

この間十秒足らず、もはや戦闘とも呼べないレベルだ。

「人質を保護しました！」

後方にいたマジスさんたちに報告しながら、女の子を鑑定する。スミサちゃんと比べると随分と幼く、外見は幼稚園から小学校低学年ほどに見えた。

盗賊団はプロらしく商品価値を重視するタイプだったのか、縄で縛られてこそいるものの、ＨＰは全く減っておらず、他の状態異常も全くない。

さらに、大きな宝石のついた髪かざりをつけている。よく取られなかったものだ。

名前はリアというらしく、種族は『エルフ系特殊種族』となっている。確かに耳などはエルフっぽく少し尖っているが、飯屋などにいるエロフとは似ても似つかない。顔立ちも美しいというよりかわいい感じで、エロフとは雰囲気が違うし、巨乳どころか完璧な幼女体型だ。いや、これからエロフのようになっていく可能性もあるのか？

……想像がつかない。なんとなく、そうはならない気がした。

ちなみに年齢は不詳となっている。【情報操作解析】、仕事しろよ。

しかし、それ以上に特徴的なのは、そのステータスだった。

——MPが存在しない。

MPがゼロであるというのならまだわかる。

だが、この子のステータス表示には、そもそもMPという欄が存在しないのだ。

スキルも【外部魔力適性】【魔力制御17】と、見た事のないようなものがついている。

【魔力制御】のレベル『17』がおかしいのは言うまでもないが、【外部魔力適性】もチートじみている。

周囲にいる人の魔力のうち、制御が弱いものを自分のもののように使えるというのだ。

制御の強さというのが何なのかはわからないが、もし【魔力制御】のレベルの事だとしたら、抵抗できる者はいないだろう。

一体どうやって、こんな子をさらってきたのか……。

そんな思考を子供のような声、いや子供の声そのものが断ち切った。

「おにいさん、だれ？　すごい魔力なの」

よく考えて見れば、この子には状態異常が全くかかっていなかった。

強制催眠も含め、一つもだ。つまり、この子が目を覚ます事には何の不思議もない。むしろ最初から起きていたのかもしれない。

「俺はカエデだけど……君、さらわれてたんだよね？」

「カエデ！　うん、さらわれてたの！」

女の子は嬉しそうだが、縛られている事を怖がる様子も、盗賊から解放された事で安堵した様子もない。ステータスのみならず、性格的にもかなり変わった子のようだ。

「人質は無事かい？」

後ろから声がかかる。マジスさんだ。

「無事みたいです。ただ、ロープで縛られています。なにか切るものは」

「自分でほどけるから、いらないの」

ロープを外す手段を考えようとしたところで、不意にリアが立ち上がった。

その足元には、さっきまでリアを縛っていたロープが、綺麗に解かれた状態で落ちていた。

「もしかして、自分一人でも逃げられた？」

「魔力ないから、むり！」

「今は、あるって事？」

「カエデの魔力は、いっぱいあって、かんりがてきとー。使いやすいの！」

……これは、気付かないうちに魔力を持っていかれていたという事だろうか。

しかもこんな小さな女の子に、適当と言われるとは。確かに【魔力制御17】と比べたら適当かもしれないが。

「この子が何を言っているかわからないんだが。カエデの魔力とこの子の魔法に、何の関係があるんだ？」

「私にもよくわかりません」

魔力を使われたかもしれない、などと言っても、証明する手段も知った理由も説明できない。

「……とりあえずギルドで、どこからさらわれたのかを調べてもらおうか。君、お兄さんがお母さんたちのところへ連れてってあげるから、こっちへおいで」

マジスさんがリアに向けて、手招きをする。ランクからしても、後衛だという点からも、適任だと言えるだろう。

「……いや」

しかし、リアはそれがお気に召さないらしく、俺の後ろに隠れてしまった。

確かにマジスさんは三十そこそこで、お兄さんなどと呼べる歳ではないが、嫌われるほどの事だろうか。

「なんで嫌なんだ？」

俺が問うと、年齢不詳の幼女リアは当然のような顔をして答える。

「おじさんの魔力は、かたいの！　だからいや！」

魔力が硬いとは、また不思議な表現が出てきた。俺に対する評価も考えると、管理がしっかりしているという意味だろうか。

「なつかれているようだから、カエデが預かってギルドまで連れて行ってくれるか？」

マジスさんは、この幼女の話の意味を理解する事を放棄したようだ。俺も恐らく、【情報操作解析】を持っていなければそうしていただろう。

しかしこの幼女、ステータスやスキルが異常だというだけでなく、どこかただの幼女ではない気がする。

ギルドで故郷か何かが見つかって一件落着、となればそれが一番なのだが、そうはならない気がするのだ。

しかし、いずれにしろ俺がこの子をギルドに届けるという事には変わりない。親が見つかるか見つからないかなどは、その後の話だ。

「わかりました。リアちゃん、捕まっててくれる？」

「うん！」

俺がリアを抱え上げると、リアは何が嬉しいのか笑いながら返事をし、俺の肩につかまった。

ＳＴＲのおかげで軽く感じる事を差し引いても、軽い。

周辺の警備を（自分も触板で警備をしながらだが）他の冒険者たちに任せた俺が抱えて移動する間、リアはずっと大人しくしてくれていて、助かった。

しかし大変なのはその後、リアをギルドに引き渡す時だった。

「いや！」

離れないのだ。

俺がリアを降ろすところまではよかったが、ギルドに預けようとすると俺の足に捕まり、そこから離れなくなってしまった。

俺やギルド受付嬢などが、何とかリアをギルドに預けようと奮闘しても、なぜかうまくいかず、第一次リア引き剥がし作戦は中止が決定されてしまった。

そして戦利品や報酬の分配を終え、宿へ戻る道すがら。

「お母さんたちが見つかるまでだからね。見つかったらちゃんと、そっちへ行くんだよ」

ついに俺は、リアを預かり、宿へ連れて行く事になってしまっていた。

リアは基本的にいい子で、俺たちが子供からしたら面白くないであろう話をしている時でも、大人しく、ニコニコしている。

宿で事情を説明すると、追加の宿代はいらないとの事で、リアは俺と一緒の部屋で寝る事になった。

リアは終始ニコニコしていたが、流石に疲れたのか、ベッドに入るとすぐに寝てしまった。

結果として、昨日まで一人で宿暮らしをしていた俺は、今日は幼女と同じベッドで寝る事となったのだった。

……どうしてこうなった。


翌朝目を覚ますと、隣に見慣れない幼女がいた。

いや、見慣れない幼女ではない、リアだ。盗賊から救出したらなぜかついてきた、謎の幼女だ。

流石に置いていくのはまずいだろう。どうしたものかとリアを見ながら考えていると、なぜかリアの大きくまるい目と、俺の目が合った。

「リア、起きてたの？」

「カエデがおきて魔力がうごいたから、おきたの」

本物のエスパーかよ。

いくらリアがエスパーでも、流石にこの子を連れて戦闘には行けないだろう。何かあったら大事件だ。

とりあえず、炭屋や武器屋へ行ってから、対応を考えるか。場合によっては少しの間、戦闘に出るのを控える必要が出てくるかもしれない。宿屋で留守番でもしていてくれれば一番なのだが……。

「これから燃料屋へ行くけど、どうする？」

「ついてく！」

ですよねー。

並んで歩いている限り、リアは普通の女の子だ。

辺りを見回しているうちに遅れそうになったり、逆に俺より先を歩き、道がわからないと言って戻ってきたりしている。

救出した時には若干落ち着いた感じがあったが、特殊なスキルやステータスなど全く感じさせない。

いくら魔力制御ができても、冒険者と一緒に戦闘させたりはできないだろう。

考えるうちに、炭屋に到着する。その中でも俺が向かうのは、実験用スペースとなっている、店の裏手だ。

「こんにちは。コークスの実験は順調ですか？」

「おお、カエデ君か！　ちょうど試作した制作設備の試運転が一度終わって、二回目が始まったところだ。見ていくか？」

「ええ、今日は時間がありますから」

そう言いながら、リアの方を視線で指す。

なにか危ない事がないかと、触板を使ったりしていたが、リアは大人しくコークスの欠片（おそらくは試作品だ）を眺めていた。

「カエデ君の娘……って歳でもないが、どうしたんだ？　まさか冒険者が誰かの子供を預かってる訳でもないだろう？」

「依頼中に、盗賊にさらわれていたところを救出したんですが、離れてくれなくて。身元がわかるまで俺の方で預かる事になったんです」

「そりゃ大変だ。それまで冒険者稼業はお休みか？」

そんなイグニさんの言葉に俺が返事をしようとした時、意外なところから反論が飛んだ。

「リア、たたかえるよ！　カエデといっしょにいれば、緑のおじさんより強いの！」

もちろん、そんな事ができる位置にいるのはリア以外にいない。声もリアのものだ。

緑のおじさんとは、リアを救出した時に緑系の服を着ていた、マジスさんの事だろう。

しかし魔力制御ができるとはいえ、所詮は少女……と呼ぶべきか幼女と呼ぶべきか悩む、むしろ幼女寄りの女の子。

その上、戦闘系の魔法スキルを一つも持っていないのだから、マジスさんより強いどころか、戦うのも無理があるだろう。

「魔物と戦うのは危ないんだよ、魔法で身を守りながら、火の玉で魔物を倒せるくらいになれば参加できるかもしれないけど、それまでは我慢しようね」

こう言えば、無理だと納得してくれるんじゃなかろうか。

リアが火魔法を持っていないのはステータスから確認済みだし、魔法で身を守るなど俺にもできない。

俺は実験しただけで魔法の属性を獲得してしまうが、俺以外の人が魔法を使うには、年単位の時間が必要だったはずだ。

まず俺が預かっている間に、可能になるとは思えない。

「できるの！」

リアが微笑ましい感じの嘘をついているが、【情報操作解析】の前にそんなものが通用するはずもない。

たとえ種族がよくわからなくとも、スキルだけはわかるのだ。

「はいはい。……こんな感じなので、少しお休みですかね」

「う〜……」

リアはまだ言いたい事がありそうだったが、華麗にスルーだ。

そんな会話をしているうちにコークス製造装置（コークス炉とか呼ぶのだろうか）は、ガスを使って燃え始める。

が、なんだか装置の形からして、ガスが出てくる予定のなさそうな部分からもガスが出ているのか、関係ない部分にまで火がついている。

「……なんだか、ガスが漏れていませんか？」

「あくまで実験だからな。この構造で行けるとなれば、鍛冶屋にもっとしっかり作ってもらうさ。ミスリルをちゃんと加工するのは大変なんだ」

「そうですか……」

なんだか、危なそうな気がするんだが。特に出て行く時に火がつかず、そのまま空気中に放出された場合とか。

そんな俺の雰囲気を察したのか、すねていたリアがまた元気を取り戻した。

「リア、とじれるよ！　空気、もれないよ！」

そう言いながら、コークス炉の方に走っていこうとする。

しかし、幼女の速度で俺の捕獲を回避できるはずもない。

「あぶないから、はなれてようね」

リアの後ろに素早くしゃがんだ俺が抱え上げた事により、リアは炉から三メートル以上離れた位置であえなく確保。

少しの間じたばたしていたが、やがて無駄だと悟ったようだ。そうだ、機械の事は職人に任せておけばいい。

「いいもん、ここからでもできるもん！」

……訂正。悟っていなかったようだ。

イグニさんも『大変だな』とでも言いたげな目でこちらを見ている。

リアは魔法でも使おうというのか、前に手を伸ばしているようだが、そうしている分には無害だ。

俺は炉の観察を再開した。

しかし、なんだか少しずつ炎が小さくなってきた気がする。

「なんか炎が小さくなってきましたが、こういうものなんですか？」

「違うはずだ。……いや、炎が小さくなってるというよりは漏れが少なくなっているようにみえるな」

確かにそうだ。本来火がつく設計となっているであろう部分の火の勢いは衰えておらず、配管のあちこちから漏れだしていた炎だけが縮んでいる。

そして数十秒後には全てのガス漏れがなくなり、炉は静かに燃え続けていた。

無駄がなくなったせいで余ったガスが余計に燃やされているが、これは仕様だろう。ガスがガスのまま辺りに撒かれるよりはよっぽどいい。

それよりも問題はこの現象の原因だ。一つしか思い浮かばないが……。

俺がそちらに目を向けると、リアはしてやったりというように、笑顔で言った。

「できたよ！」

……流石にこれは、リアのしわざだと認めざるを得ないかもしれない。

トリックにしても、いたずらを仕込めるような時間はなかったはずだ。

しかし前にも言ったとおり、ここから炉までの距離は三メートル以上。

無理ではなかろうか。しかし事実として目の前の炉は、少し前とはうってかわって少しのガス漏れもなく動作しているのだ。

「一体どうやって、ガス漏れをなくしたのかな？」

「ミスリルを溶かして、すきまをうめるように固めたの。かんたんだよ！」

少しも簡単じゃない。

それどころか使用中の機械の隙間をこの距離で溶接など、人間技とは思えない。エルフ技でもないように思う。

「ミスリルを溶かしたのは、魔法で温めて？」

「ぜんぶ魔法なの」

まずい、今もリアのステータスには、火魔法やその他、熱に関係しそうな魔法が書かれていないぞ。

まさか本当に、【情報操作解析】で発見できない方法で魔法スキルを持っているとでも言うのか？

「……マジで溶接されてやがる。お嬢ちゃん、マジか？」

「マジなの」

隙間のあった場所を覗いていたイグニさんも、訳のわからないという表情でリアに問いかけていたが、リアは当然という顔で答えている。

自分がすごい事をしたという認識も薄いように見える。子供が描いた絵を親に自慢しているようなノリだ。

救出時に考えた以上に、この子は非常識人かもしれない。

しかし幸いな事に、ここには疑いようもなく完璧な常識人たる俺がいる。俺が常識を教えてあげなければ。

「近くから力任せにプレス加工するくらいならともかく、遠くから綺麗に溶接なんて普通はできないんだよ。間違っても簡単じゃない」

「そうなの？　リアすごい？　たたかえる⁉」

しまった、そうきたか。

リアが力を見せようとした当初の目的を忘れていた。

「んー、ケガをしたらいけないから、まだ無理かな」

とりあえずお茶を濁しておく。

この上、身を守る魔法まで使われたら流石にお手上げだが、もしそんな事ができれば軽い依頼くらいなら見学させてやれるかもしれない。

「いや、力任せでミスリルを曲げるのも十分おかしいぞ」

イグニさんが何か言っているが、彼はおそらく魔法使いの常識を知らないのだろう。

メタルリザードメタルを撃ち抜くのは確かに巨大な魔力が必要だが、それよりはるかに強度の低いミスリル程度なら普通の魔法使いでも可能なはずだ。多分。

その後は炉に目立った動きもなく、退屈なので炭屋を後にし、鍛冶屋へと向かった。

こちらでも何か発見があるかもしれない。その前に注意はしておかねば。

「今回はよかったけど、今度からは勝手に人のものを加工しちゃだめだよ。邪魔になるかもしれないからね」

「はーい！」

良い返事だ。

鍛冶屋に入ると、スミサちゃんがテーブルに座って、暇そうにしていた。

杖の需要自体がかなり限られたものなので、普段は大体暇なのだと言う。

「こんにちはスミサさん。杖の製作は進んでる？」

「中身は完成ね。後はメタルリザードメタルを待つだけ。試してみる？」

結局そこなんだよな。後丸一日くらいのはずだが、魔力が抜けなければ作業ができない。

「外殻がない状態で触ってしまって、大丈夫なの？」

「メタルリザードメタルは加工が難しいから、ミスリルで作った外殻の上をさらに覆う事にしたわ。普通の杖としての構造なら、もう完成ね。試し撃ちなら訓練所でやりましょう」

そう言いながらスミサちゃんが取り出したのは、長さ一メートルほどの、細く青白い輝きを放つ杖だった。

上からメタルリザードメタルをかけて、武器としてちょうどいい太さにするのだろう。

重量と引き換えに刃の部分にまで杖を仕込めるので、加速力も上がりそうだ。

「じゃあ、いくよ」

訓練所に到着した俺が、杖を構える。

魔力を込めると、それが吸われていく感覚がしたが、量は全く大したことがない。

ある程度を超えると、杖から魔力が出て行く量が多すぎるのか、魔力をいくらでも吸われそうな感じがしたので、そうならない程度にとどめる。

「あはは、ヘンな杖！」

「知ってるわよ、注文通りに作ったらこうなったわ」

リアが杖を笑ってスミサちゃんに睨まれるのを尻目に、岩の槍を一発放つ。

次の瞬間、『ドス』という音とともに、五メートルほど先の地面に岩の槍が突き刺さり、そして砕けた。

「な……何、今の」

スミサちゃんが、信じられないといった面持ちでこちらを見ているが、俺も同じ気持ちだ。

速くなるとは思っていたが、ここまでとは思っていなかった。

俺自身は槍を目で追う事はできたが、かわすには相当の距離が必要となるだろう。

相手がレッドウルフ程度なら、距離一キロから狙撃しても当たるのではないか。

「長さと、込めた魔力があるからね」

ちなみに、今の槍を放つまでに消費した魔力はおよそ二〇〇。魔法使い十人が魔力を枯らしてやっとである。

魔力の込めすぎで無駄に使ったのを差し引いても、一〇〇は消費しているだろう。

今の状態で、すでに前の剣よりも重い事を考えると、普通の魔法使いにとってはただの鈍器かもしれない。

「わー、魔力がいっぱい！　変な杖！」

リアはよくわからない事で喜んでいる。

もしや、無駄に放たれた魔力が見えているのだろうか。

「……今の、一体どのくらい、魔力を使ったの？」

「魔法使い十人分くらいかな」

「あなた人間？」

なんだかとても失礼な事を言われた。

疑いようもなく完璧な常識人（当社比）である俺がミュータントか何かみたいに扱われるとは、心外だ。

「ちょっと魔力が多いだけで、紛れもなく人間だよ。ともかく、これはいい杖だね」

「リアが知ってる、ちょっとの意味と違うよ？」

「子供は黙っていなさい」

魔力ゼロで【魔力操作17】の幼女にまでツッコまれるとは。

「……まあ、それでいいならいいわよ。後は魔力抜き待ちね」

スミサちゃんに杖を返し、訓練所を後にする。

魔力抜きが終わっていない以上、鍛冶屋への用事もこれで終わりだ。

「次はどこいくのー？」

リアが問いかけるが、俺はそれに対する回答を持ち合わせてはいない。

まだ昼にもなっていないし、宿に帰るというのも無理があるだろう。

返答に窮した俺が何とかマシな回答を考えようとした結果が、こんなものだった。

「魔力抜きがおわるまで、待っているってのはどうかな？」

あまりに酷い回答だ。

付き合いが短いとはいえ、せいぜい数時間を待つようなノリの発言で、丸一日待たされてはリアが納得しない事くらいは予想がつく。

しかし幸か不幸か、俺はそんな事を気にしないでもいいらしかった。

「魔力抜きって、杖の人のとなりのへやでやってるやつ？」

「……どこでやってるかは知らないけど、どんなの？」

「魔力を抜いた水に、なにかつけてるみたい」

なぜ知っている。

「……多分そうだね」

「あしたまでかかりそうだから、それまで時間あるよ！　ぼうけんいくの？」

いい笑顔で言われてしまった。

もう、こうなれば適当な依頼でお茶を濁すしかない。

俺は諦めて、ギルドに向かう事にした。

ギルドの入り口で、依頼板を眺める。

いくら魔法が扱えようとも、自分の身を守れない、預かり幼女を危険にさらす訳にはいかない。

何とかして安全そうな依頼を探すが、こういう日に限ってGランクのおつかい的な依頼が見当たらない。いや、元々この町ではそういう依頼を見かけなかった気もする。

「どうしてGランクの依頼みてるのー？　ギルドのひとがカエデはEランクだっていってたよ！」

どうしてこんなに鋭いんだ。

……いや、考えてみればリアは、思考や知識の面では子供というレベルを明らかに逸脱していた。

年齢不詳でもあるし、精神と外見だけ子供で、知識などは大人並みという可能性も否定できないのか。

実際、リアを幼女だとなめてかかったごまかしは、今までほぼ全て失敗している。

しかし、どうしたものか。

「これとか、おもしろそう！」

リアが指し示したのは、Eランクのフィアロ草採取だった。薬草採取の割にランクが高いのは気になるが、他は全て討伐や駆除なので、最もマシな依頼な気がする。

「わかった、これにしよう」

「やったー！」

薬草の名前はフィアロ草というらしいが、場所が書いていないので、手近にいた受付嬢に聞く事にした。

「すみません、この依頼をやりたいのですが、大体どの辺りでとればいいんでしょうか」

「ドラニア側から外に出て、木がある場所とない場所の境を右折し、森に入った辺りに生えているみたいです。この依頼をやるなら、あちらの依頼も受けていくといいですよ」

そう言いながら受付嬢が指さしたのは、レッドウルフ討伐の依頼だった。

なんだか、この依頼のランクが高い理由がわかってしまった気がする。

「やっぱり、他の」

「やだー！」

リアが口を挟んできた。

受付嬢は戦闘に出るのが俺だけだと考えているのか、口を挟まない。

「……レッドウルフ以外は、出てこないんですよね？」

「それ以外の目撃報告はありませんね。ツバイ側と違い、ドラニア側は安定しています」

ツバイ側は安定していないのか。それでもドラニア側にはレッドウルフしかいないのであれば、仮にリアが普通の女の子だったとしても、俺ならば守れる程度の相手だ。

「わかりました、そちらも受けていきます」

レッドウルフは遠距離攻撃手段を持たない。要は近付かせなければいいのだ。

リアを連れて、ドラニア側の門を出る。

リアにもギルド発行の仮身分証（保護者は俺という事になっている）が発行されているので、町に入れなくなる事はないだろう。

しかし、楽しそうに俺の横をスキップしているリアからは、戦闘が危ないという認識がまるで感じられない。

まるでピクニックだな。

「危ないから、俺から離れちゃだめだよ」

「おまもりがあるから、大丈夫！」

……お守り？　もしや今までの根拠のない自信は、お守りのせいだというのか？

「お守りって、どんなものなのかな？」

「これ！」

リアが指さしたのは、なぜか盗賊たちに取られずに残っていた、大きな宝石の髪飾りだった。

【鑑定】してみると、それがアーティファクトではないかと思うほどの、チート性能を持った代物だという事がわかった。

込められた魔力を利用し、所有者にダメージを与える攻撃を無効化する。これだけでも十分に反則であるのに、自身または所有者に悪意を持つものからは認識されず、しかもこの手の防御装備にありがちな使い捨てですらない。減った魔力は、魔道具として魔力を込める事で再充填できると言うのだ。

確かにこんなものを持っていれば、危機感がないのも頷ける。というか本当にリア、何者なんだ。

「……じゃあ、あまり離れないように。……っと、ここを右か」

気が付くと、木が切られていない場所まできていた。結構な距離を歩いていたようだ。

とりあえず、薬草を一本見つけなければ話にならない。

ギルドで聞いた特徴を思い出しながら、リアと共に地面を観察して歩く。

外見はオジギソウのようなものだが、例によって偽物がある。

ブレバ草なるものがそれで、フィアロ草のように見える草のうち、およそ六割がブレバ草らしい。

まあ、ズナナ草の九割に比べれば大分有情といえるだろう。

五分ほど歩くうち、一本のオジギソウを見つけた。

根元から折って【鑑定】してみるが、結果はブレバ草だった。

ブレバ草は、毒にも薬にもならない葉っぱのようなので、そのまま足元に投げ捨てる。

「ポイしたのは、ちがうやつ？」

「はずれだったみたいだ」

さらに五分ほど調査を継続すると、今度はリアが声を上げた。

「みつけた！」

差し出された、見た目はブレバ草と変わらない葉っぱを【鑑定】する。

ビンゴ。リアが持ってきたものはフィアロ草だった。

「よくやった！」

「ふふー。かった」

負けてしまった。……こうなれば、せめて数では負ける訳にいかない。

「でも、数なら！」

【情報操作解析】の力で、周囲に存在するフィアロ草の位置を全て暴き出す。

さらに戦闘時のごとく全力で加速し、十秒ほどで七本のフィアロ草を集める事に成功した。

しかし八本目を摘み取ろうとした時、異変が起きた。

俺が手を伸ばす直前に、ターゲットとなったフィアロ草がひとりでにその根と切り離され、浮き上がったのだ。

そして、そのフィアロ草は今度は空中を移動していく。

俺が目で追っていくと、最終的にフィアロ草は満面の笑みを浮かべたリアの手に吸い込まれた。

「なん……だと……」

魔法で先回りされたのだ。

俺の視界にあった他のフィアロ草も、リアが手のひらを向けて少しの後、ひとりでにリアのもとへ向かった。

いや、遠隔で魔法を使えるのはまだいい。炭屋の時点でわかった事だ。しかし……。

「リアも、フィアロ草がどこにあるのかわかるのか？」

「カエデの魔力が集まってるところを、さがしてるだけなの。……あっ」

なんと、探知能力に便乗されたというのか。しかも驚きはそれだけではなかった。

リアが、次の標的へ手を向ける。しかし、リアが今までそうしていたのはフィアロ草だったが、今度の方向にフィアロ草は見当たらない。

違うのは、発動した魔法の種類もだ。リアがどこかに向けた手から放たれたのは、俺が普段使っている岩の槍を小さくし、形を綺麗な針状にしたようなものだ。色からして、材質は石だろう。

そしてそれは、俺が普通の杖を使ったのよりやや遅いかといった程度の速度で飛翔し、その先百メートル近くにある、ごく小さな影――おそらくはレッドウルフだ――に命中した。

一撃では倒しきれなかったようで、リアは数秒おきに、連続で針を放つ。おそらくはＩＮＴが一般人と変わらないのが問題なのだろう。俺ほど大量の魔力を一度に使えないのかもしれない。

いずれにせよ、レッドウルフは五、六発の針を受け、崩れ落ちた。

「……攻撃できるのはまだわかるけど、どうやって見つけたの？　俺の魔法じゃないよね？」

「魔物は、魔力が特殊だから、わかりやすいの。カエデはもっとわかりやすいよ！　魔物はかべがあるとわからないけど、カエデならわかる！」

……パッシブソナー搭載？

壁越しがわからないのなら、その点では触板の方が強いが、雑魚狩りに関しては俺より上かもしれない。

まあ、故郷が見つかったら、たとえリアが嫌がったとしても家に帰す事には変わりないのだが。

そうでなければ犯罪者だ。さらに今ならなんと、幼女誘拐犯などという、最悪の汚名までセットだ。いらない。

「時間をかけて連射してるみたいだけど、まとめて撃たないの？」

「カエデがおかしいから、まとめて撃てるだけなの。普通は無理だよ！」

そうだったのか。しかしこのチート幼女にまで普通を説かれるとは。

話している間に、またリアが針をぶつけ始める。やはりほとんど見えないほどの距離で、しかも遮蔽物も多いのに全弾命中だ。

「よく当てるね」

「ホーミングなの。カエデの撃った弾でも、できるよ？」

なん……だと……。

「ホーミング!?　っていうか、俺でも、ホーミング岩の槍を撃てるのか？」

「カエデの雑さじゃ、絶対無理なの。カエデが撃ったのを、リアが乗っ取るの」

乗っ取るって。

「試してみてもいいか？」

「もちろんなの。あっちに向けてくれると、敵がいるの」

リアが指さした方向に敵は見えないが、リアには見えているのだろう。

俺はその方向に向け、普通の岩の槍を一発用意する。

「普通に撃っていいのか？」

「撃たないでも、大丈夫なの」

その発言の直後、俺が撃とうとしていた岩の槍が、俺の意思とは無関係に俺の手元を離れ、遠くへと飛んでいった。速度は俺が普通に撃つのと変わらない。

そちらに目を凝らすと、ちょうど顔を出したレッドウルフに槍が命中するのが目に入る。

「おお。当たった」

「当然だよ！」

面白くなってきた。高威力な魔法にこれを使えば、もはやちょっとしたミサイルではないか。

「そんな事ができるなら、たとえばこんな感じの槍でも……」

言いながら、普段の数十倍の大きさを誇る岩の槍を生成する。

生半可な魔物なら、一撃で原型を留めない肉塊に変える事ができるだろう。

「そんな無茶な魔力の魔法は、とっても雑な魔力操作だからできる事なの。リアが乗っ取ろうとしたら、暴走しちゃうよ！」

俺の魔力操作って、そんなに雑なのか。

「魔力操作って、練習で何とかなるのか？」

「ふつーなんとかなるけど、カエデからは全く才能を感じないの。魔力が全くない世界からきたんじゃないかってくらい。……あきらめた方がいいかも？」

哀れむような目で言われてしまった。おまけに当たっている。

「そんなに酷いのか？」

「んー、たとえば木を切る時、リアたちがやる魔力操作が、刃物で切るような感じだとすると……カエデのは、土砂崩れを起こして山ごと押し流してる感じ？　だから、とっても乗っ取りやすいの！」

……とてつもなく乱暴で大雑把なやり方だという事だけはわかった。

「うん、諦めよう。それじゃあ、そろそろ薬草集めを再開しようか。どうせだから、倒した魔物を回収するようなルートで」

「わかった！」

二人がかりの薬草乱獲が再開した。

今までのように同じ薬草を二人がかりで取りに行くのは無駄だという事は自覚していたようで、自然と右の方を俺が、左の方をリアが回収する形となる。

移動はあるが、採取は一瞬の俺と、移動はないが採取に時間がかかるリアの、薬草集めのペースはほぼ変わらない。

ただ、採集を続けるうちにチームワークが育まれてきたおかげか、全体としての効率は上がってきたように思える。

たとえば、こんな状況だ。

「カエデ、右！」

リアが声を上げる。魔物を発見したのだ。

「了解、撃つよ」

俺が薬草を摘みながら、言われた方向に向かって岩の槍を用意すると、それは少しの後、ホーミング槍と化して遠くの敵へと飛んで行く。

扱える魔力の関係上、リアが自分で処理すると、どうしても効率が落ちてしまうのだ。

その魔力を使う部分を、キャパシティの余っている俺が使ってやる事で（リアが使っているのも、元はといえば俺の魔力なのだが）、リアも薬草集めの効率をあまり落とさず、魔物を処理する事ができる。

そこまでして効率化する必要があるかというと、別にないのだが、効率化そのものが楽しいのだから問題はない。

……ところで今ふと気になって自分のステータスを確認したところ、妙な事に気が付いたのだが。

「なあリア、俺の魔力を使うとか言ってた割に、俺の魔力が全然減ってないように見えるんだが」

岩の槍の分くらいの消費はあるが、数発を撃っただけであれば回復の方が早い。実質的には消費ゼロと見ていいだろう。

「カエデは、むだにいっぱい魔力を集めて、ほとんど放出してるから、それを使ってるの！」

「ほとんどって、どのくらいだ？」

「んーと、だいたいねー……全部？」

酷すぎた。

というか、魔力ってその辺に散らばってるものなのか。

「その俺が集めてる魔力を、リアも集めればいいんじゃないか？」

「あるのは魔力のもとみたいなものだから、リアには扱えないよ？」

当然のような顔で言われましても。

今まで何気なく使っていた魔力だが、何も知らないに等しかったからな。

だから大雑把だと言われるのかもしれないが。

あれ、じゃあなんで俺が【魔法の素質】を持っていて、魔法をすぐ使えるようになるんだ？　魔力の扱い、下手なんだよな？

「なあリア、俺は前から、使おうと考えただけで魔法が使えてたんだが、これってなんでだ？」

「ふつーはちゃんと魔力を操作しないとだめだから、練習が必要なんだけど、カエデは操作もしてないから、すぐにできるんだと思うの。リアもできるよ！」

質より量で、そんな事までできるのか。物量はパワーだな。

「……魔法じゃリアには勝てる気がしないな」

「カエデとはたたかいたくないけど、戦ってもたぶんリアは、カエデに勝てないの」

俺だってリアと戦うつもりはない。しかし、勝てない？

魔法の乗っ取り、ホーミング、遠隔で直接発動する魔法、どこからでも俺を発見できるだけの索敵能力を持った幼女に勝てるような能力を、俺は持った覚えはないが。

「やっぱり勝てる気がしないんだけど」

もしや、俺は自分でも気付かずに、今以上のチート能力を持っていたのだろうか。

「カエデが全力で魔法を使ったら、リアの力じゃおいつかないの。ふいうちなら、勝てるかもしれないけど」

ただの物量作戦だった。レベルを上げて魔法で殴れという言葉がピッタリだ。クソゲーかよ。

メイザードに沢山いた、ＩＮＴばかり高くて中の人が思考停止している魔法使いを思い出すな。

サーバー最高クラスのＩＮＴを誇る脳筋火力とは、これいかに。

いや、ネトゲの話は関係ない。

要するに、リアが器用さを極めたチート魔法使いだとしたら、俺は物量を極めたチート魔法剣士(忘れがちだが、俺は魔法使いではなく魔法剣士だ。ところで最近、剣の出番ってあったっけ？)といったところか。

ある意味、バランスのいい組み合わせかもしれない。

「おなかへったー」

その後も少し話しながら狩りを続けていたが、リアの言葉を聞いて気付く。そういえば、もうお昼だ。

「じゃあ、そろそろ飯にしようか。グリーンウルフ定食ならあるけど、どうする？」

いやなら一旦町へ戻って、飯を食ってから再出発する事になるだろう。

別にここで食事を取っても問題はない。俺はエインでも森で食事を取っていたし、リアの安全面も問題ない事が確認されている。

俺の魔力を使えば小さな魔物から身を守る事さえできるようなので、相手が巨大でパワフルな魔物でもない限り、身を心配されるのはむしろ俺の方かもしれない。

「んー、リアはガルゴンの方がおいしいと思うんだけど……探しに行っちゃダメ？」

「町に？」

「森に！」

……リアよ、今までどんな生活をしていたんだ。

「倒しただけのガルゴンなら、手持ちにあるけど、調理が大変じゃないか？」

「大丈夫！　ちょうだい！」

俺がガルゴンを丸のまま取り出すと、リアがまた魔法を使う素振りを見せる。

するとあら不思議。ガルゴンのもも肉がひとりでにカット、スライスされ宙に浮き、あまつさえ空中で焼け始めたではありませんか。

……肉を用意するだけで一体いくつの魔法が使われているのか、想像もつかない。これが女子力という奴だろうか。違うと思う。

それでも数十秒でガルゴンは綺麗に焼きあがっていた。

「カエデも、食べる？」

「いただこうかな」

味付けはないのかと考えながらもガルゴンのあまりをアイテムボックスにしまい、受け取って口に運んでみる。

あれ、すごく美味いぞ。塩を用意した覚えはないのに、絶妙な塩味までついている。

この世界に来てから食べた料理で、一番美味いかもしれない。素材のうまみが引き出されているというか、本職の料理人でもこれに勝てる奴はいるのだろうか。

ところで、幸せそうな顔でそれを食べているリアを見ても、塩を持っている様子などないのだが……。

魔法で味覚を偽装でもしているのか？

「どうやって塩味をつけたんだ？」

「ええとね……はむっ、ひめんはら《地面から》ほっへひはの《もってきたの》」

「食べながらしゃべるのはやめなさい」

意味が理解できるあたり、【情報操作解析】の翻訳機能はチート性能だ。失われた古代魔法語か何かでもあっさり翻訳してしまうのではなかろうか。

しかし地面からとは。確かに含まれてはいるだろうが、地面を精製してできた塩と言われると、なんだか微妙な気持ちになる。

まあ、美味ければいいか。美味いは正義だ。

この後、夕方までリアと共に薬草やレッドウルフを乱獲した結果、四千本近いフィアロ草と、数百匹のレッドウルフを森から駆逐する事になってしまった。

依頼の報告で受付嬢を驚かせるのはもはや恒例行事となっているが、さらに今回の報酬は二人分、インパクトも倍だ。

リアはいらないと言ったが、リアの分はリアが帰る時にきっちり渡すつもりでいる。

ところで、フィアロ草とレッドウルフ、絶滅したり……しないよな？


翌日、俺たちは鍛冶屋へ寄って、杖製作進捗（魔力抜きは今日の昼過ぎに終わるが、それが武器になるのは今日の夜中だそうだ）を確認した俺たちは、コークスの実験をしている炭屋へ向かった。

普通は新技術の実験など毎日見に行く必要はないはずなのだが、毎朝状況が変わっているという実験の異常な進捗ペースを考えると、今日あたりもう実用化の話になっていてもおかしくはない。

……と、思っていたのだが、思っていたより話が進んでいたようだ。

「昨日、コークスの生産設備が、一応の実用レベルで完成しました。という事で、コークスの量産化の話なのですが、ウチでこれを量産する場合、技術料はどのくらいになるんでしょう？」

様子を見に行った俺たちを出迎えたのは、経理や交渉を担当しているであろう、人族の男だ。

実用化どころか、いきなり量産の話か。

「一日で、随分と話が進みましたね。故障や売れなかった場合のリスクなどは、どうなっているんですか？」

こちらとしては、早く生産が行われればそれだけ儲けやすくなりそうなので歓迎だが、流石に心配になってしまう速度だ。

「コークスはすごい燃料なんですよ！　……実はこのコークス、温度が出るおかげでミスリルの精錬が高効率で行えるという事がわかりまして。原材料が安い事もあり、まさに金のなる木みたいなんです。ミスリルなんてほとんど燃料代ですから」

まるでミスリルの鉱石が貴重でないような言い方だな。

「ミスリル鉱石って、そんなに安いものなんですか？」

それとも、よほど莫大な燃料を食うとかだろうか。

考えながら質問すると炭屋の人は、何を言っているんだこいつは、と言いたげな顔をした。

今まで静かにしていたリアまで、首をひねっている。

「あれ、ミスリル鉱石だよ！　あとこれと、これと、これもなの！」

リアが騒ぎながら指しているのは、ただの壁だ。

火災対策なのか、森の中だというのに石でできている。……石？

リアが指したのは、全て壁石の中でも青みがかかったものだ。【鑑定】してみると、平均的な純度のミスリル鉱石と出た。

「安いも何も、地面に落ちている石の三割はミスリル鉱石ですよ。高純度なもの以外はただの石として扱われがちですが、それらの半分くらいの純度はあります」

常識のように言われても。いや、もしやこの世界では常識なのか？　ミスリルといえばオリハルコンやアダマンタイトの次くらいに貴重な魔法鉱石だという、俺のイメージがずれているだけなのか？

「そしてこのコークスは、現在使われている木炭の二十倍から三十倍程度の効率が出せるみたいなんです。つまり量産に成功すれば、その辺に落ちている石を製錬するだけで既存のミスリル鉱山を駆逐できるほどのものです。機械一台分の設備投資など、十日も稼働できれば取り返せるでしょう。……この発見の重大さが、ご理解いただけましたか？」

「なんとなくは」

今まで見てきた限り、ミスリルの普及度は低い、というかかなりの高級品だ。その理由が燃料であるなら、コークスはまさに最強だろう。

「なので、うちとしてはできるだけ早く量産を行いたいんです」

「わかりました。それで、利益の取り分に関する相談ですか？」

俺はアイデアと、事業としては多くない初期資金を出しただけだ。利益の一割ももらえれば御の字といったところだろうか。

「そういう事です。技術料を出すなどうちでも初めてなので、商人ギルドに相談したのですが、今回のようなケースでは利益の五割ほどが相場のようです。いかがでしょう？」

五割⁉

いくらなんでも、ぼったくりじゃなかろうか。

しかし、向こうにうそをつく理由はない。むしろ可能性としては、値切られる前提で高めに言っている可能性の方がまだ高いくらいだ。

「……やはりこれだけの技術となると、五割じゃ足りませんかね？」

黙っていたら、変な勘違いをさせてしまったようだ。やはり高い気はするが、もらえるものはもらってておこうか。

「いえ、もちろん構いませんよ。ただ、私は冒険者なのですが、どうやって受け取ればいいんでしょう？」

武器も完成する事だし、俺がここにいる期間の残りはもう長くない。一々取りに来るのも大変だ。

「確か三百テルほどの手数料がかかりますが、ギルドから依頼料と同じように受け取る事が可能だったと思います」

「それなら安心ですね。こちらに断る理由はありません。渡した資金は余ったら、最初の報酬にでも上乗せしておいてください」

「ありがとうございます。では今日中に炭鉱会で原料の調達と鍛冶屋で設備を……」

全部一人でやるのだろうか。忙しそうだ。とはいえ俺にできる事はおそらくもうない。

「では、私はこれで」

ドアの前で足踏みをして、早く外に出たそうにしていたリアと共に炭屋を出ると、リアは俺が何も言っていないのに、どこかへ向かって歩きだす。さも当然といった顔だ。

「リア、どこに行くんだ？」

「ギルドなの！　今日はもっと強い魔物、ダークライナサラスとか、ブラッディータイガーとたたかうの！」

「……ギルドはいいが、強い魔物はダメだぞ。危ないじゃないか」

なんだかヤバげな魔物の名前を挙げ始めたのを、すぐさま拒否する。聞いた事のない名前だが、聞違いなく安全とは言えない生き物だろう。

本来なら、昨日程度の戦闘にも連れて行くつもりはなかったのだ。預かっている子なんだし。

「むー、じゃあガルゴン」

「それでも、俺よりランク高いんだけど……」

確かガルゴンは、単体討伐であってもランクCであったはずだ。そして俺のランクはEだ。

ランクと実力があっているかどうかはともかくとして、ランク上はそうなっている。

「でもカエデがもってたガルゴン、カエデが魔法ひとつでやっつけた感じだったよ？　カエデにランクがおいついてないだけなの」

戦力的には、その通りだ。ついでにリアの実力だって、火力の低さを考慮に入れてもCはくだらないだろう。うん、大丈夫などころか、ガルゴン相手ならオーバーキルだ。

このあたりが妥協点ではなかろうか。

「ガルゴンくらいならいいか。でも髪飾りの魔力を消費するような事があれば、すぐに戻るからな」

「わかった！　魔法ではじいとく！」

ガルゴンはランクCとはいえ、その理由は硬さと突進の威力だけだ。魔法一発で倒せる俺なら、一秒に十四程度までなら何とかなるだろう。

そもそもガルゴンは群れる生き物ではないが。

ギルドに到着し、ガルゴン関連の依頼を探す。

リアが言っていた恐ろしげな魔物に関する依頼はなかったが、Cランクの依頼は七つほど見つかった。

炭鉱の調査がある他は全て駆除依頼で、そのうちの一つがガルゴン討伐だ。

報酬は一四三千テルと、レッドウルフなどと比べると桁違いである。

受注のため、昨日と同じ受付嬢のいるカウンターに向かうと、なぜか受付嬢が申し訳なさそうな感じの表情をしている。

なにか、良くない事でも起こったのだろうか。

スルーできればいいなと思い、気付かないような顔で話しかける。

「この依頼を受注したいのですが」

「はい、受注は大丈夫なのですが……その子、リアちゃんの事で少しお話が」

ああ、故郷が見つかったのか。それで仲がよさそうだから、言いにくかったんだな。

「わかりました。親御さんが、迎えに来るんですか？」

「……いえ、そうではないんです。故郷が見つからないんですよ」

「見つからない？」

確かにリアは色々と謎だが、故郷が見つからないとはどういう事か。

まさか盗賊が知っていて、ギルドには知られていない場所がある訳でもないだろう。

「はい。今までにはなかった事ですし、あり得ない事なのですが、事実としてそうなんです。盗賊の移動範囲から候補となる都市に、リアちゃんの故郷はありません」

「候補となっていない都市が故郷である、という可能性は？」

「理屈の上ではあり得ますが、現実的にはあり得ないという結論に達しました。そもそも、リアちゃんと同じ特徴を持った種族自体が、ギルドの記録にないんです」

「それは特徴が特殊だから、捨てられてしまった可能性が高いという事ですか？」

声をひそめて言う。物語なんかでは、極めてよくある展開だ。

「そういった事例ではないようです。私も詳しい事はわかりませんが、とにかく違う、と」

……つまり、実質的には何もわからないという事がわかっただけか。

「リア、一体どこから来たんだ？」

「んー……森だけど、魔力が見つからない。きっと遠く。このたいりくじゃないかも？」

こういう時の回答などは、とても幼女とは思えない。考えてみればこの辺りもリアの謎の一つだ。

「そうすると、リアはどうなるんでしょう？」

「一応は引き取り手を探しますが、恐らくは見つからず、孤児院に預け……」

「やだ！」

リアは俺の足にしがみつき、徹底抗戦の構えだ。

その様子を見て、受付嬢が言う。

「カエデさんが引き取る事もできますが……冒険者さんが子供を引き取るのは、難しいですよね」

確かに普通ならばそうだろう。いや、リアが普通の子供でない事を考えても、やはり大変である事に変わりはないはずだ。

だが、リアを孤児院に送りたくないという気持ちがある。普通に仲が良い事以外にも、リアはこの

世界で初めて見つけた、俺と同じく特殊なスペックを持つエルフなのだ。

魔法の使用に杖を使っていないあたりも、大きな親近感を感じさせる。

しかし、今まではともかく、これからもリアが冒険者と共に生活できるかというと、まだ自信がない。

コークスを作って、静かに安全に暮らすという選択肢もないではないが、それは面白くなさそうだし、今までの様子からしてリアも拒否するだろう。

どうしたものか。

「保留という事でも、大丈夫ですか？」

「それはもちろん。他の町へ移動する時にでも決めていただければ大丈夫です」

「じゃあ、そういう事でお願いします」

この台詞で、リアはとりあえず反抗をやめたようだ。

そのかわり、何やらやる気がみなぎっているのを感じる。

今までもリアは戦う気満々だったが、今はそれ以上だ。活躍すれば引き取ってもらえると思っているのだろうか。

……最も大きな問題はついてこられるかどうか、安全かどうかであるので、あながち間違っていないな。

「じゃあ、ブラッディー……」

「この依頼を受注します」

選んだのは、もちろんガルゴンの依頼だ。そもそもブラッディーなんたらや、ダーク何とかの依頼なんて出ていないのだ。

受注を済ませて町を出た俺たちが、ガルゴンがいると聞いた方向に向かって道を歩いている時、不意にリアが立ち止まる。

流石に疲れてしまったのだろうか、とも思ったが、様子が違う。目を閉じて、何やら集中しているようだ。

「むむむ……あっち!」

そうして待つ事数秒、リアは森の方を指さす。

「あっちって、ガルゴンが?」

「そう! いこう!」

そう言いながら、リアはその方向へ小走りで、ずんずん突き進んでいってしまう。

リアの服装は明らかに山歩きをするものどころか、運動に向いたものだともいえなさそうだが、木にした様子もない。

ついていきながら見ていると、枝や葉はリアに当たろうとする直前で、自分からリアを避けているのが見えた。

小走りでの移動も、魔法に補助されているかのような速度が出ている。

やっぱり、雑魚狩りに関しては何の問題もないんだよな。

問題はそうじゃない、たとえば準備もなくメタルリザードに見つかったような状況だ。そういった事は、冒険者を長く続ける以上、ある程度は考えられる。

もちろん倒せとは言わないが、自分の身は自分で守り、場合によっては逃げるくらいはしてもらう必要がある。

そういった際には、途中から俺の魔力が使えない事になる。そうでなくても俺の魔力が使えなくなる可能性はあるのが、最も大きな問題だ。

一緒に戦うという選択肢もないではないが、大型の魔物相手では出力の低さが問題になるだろう。

そんな俺の思考をよそに、リアはガルゴンを発見したようで、小さな岩の針を連続で撃ち込み始める。

今回のガルゴンはこっちに向かってきている訳ではなく、斜めに走っているようだが、一発も外す様子がない。

ガルゴンが方向転換した後も、リアはペースを崩さずに弾を撃ち込み続け、ガルゴンまでの距離が三十メートルほどになったあたりで倒す事に成功する。撃った弾の数は二十五発ほどだ。

死体を回収すると、弾のほとんどが一箇所に集中しているのがわかる。一撃の威力が低いのを、コントロールで補っているのだろう。

「すさまじいコントロールだな。俺なんて、あの距離じゃ当てられるかもわからないよ」

特に、初弾を撃ち込んだ時の距離で全弾命中など、人間技とは思えない。

「リア、すごい？　カエデと冒険できる？」

「うーん、相手が弱いからなぁ……」

正直もう、この分なら何とかなるんじゃないかと思い始めてきたが、適当な推測で幼女を安全とはいえない旅に連れて行くのはどうなんだろう。

「じゃあ、もっと強いのと戦う！」

……そのテストとして、ダーク何とかと戦うのは、何かが違う気がする。そもそも、どこにいるのかもわからない。

「んー、まあ、とりあえず普通に狩りを続けようか。勝手に置いて行ったりはしないからさ」

保留、保留、アンド保留だ。

リアはその回答に満足したのか笑顔になり、再び元気よく走りだす。

「わかった！　つぎはあっち！」

向かった先には、やはりガルゴンがいたようだ。

しかし、俺がガルゴンを見つける頃には、リアはすでに針を撃ち込み始めている。

出番がない。リアがガルゴンを倒すにもそこそこ時間がかかるのだが、横から手を出す気にもあまりなれない。

「カエデは、たたかわないの？」

ツッコミまで入れられてしまった。

「リアの方が見つけるの早いから、出番がないんだよ。……次からは、俺も攻撃してみようかな」

「うん！　勝負だよ！」

知らないうちに勝負になっていた。

リアが走りだし、俺はそれを追いかける。幼女を追いかける大学生などと言うと、事案が発生してしまいそうな何かに見えるが、俺たちは狩りをしているだけだ。

リアが獲物を見つけ、攻撃をはじめた。俺もそれによってガルゴンを発見し、そちらに向かって岩の槍による狙撃を試みる。

リアのものとは違い、ガルドン程度なら一撃で絶命させる威力だ。

槍は一発一発、丁寧に狙いを付けて放っている。……が、その一発すらも当たらない。距離が遠すぎるのだ。

ガルゴンの方も、リアの針を回避する事は諦め、俺の槍を避けにかかっているように感じる。

結局、小さな針を当て続けたリアが、ガルゴンを仕留めてしまった。

「あはは、カエデ、へたっぴ？」

「ぐぬぬ……」

ガルゴンが悪いのだ。なぜ逃げる、なぜ俺が槍を当てやすい距離まで近付いてこない。殺すぞ。

敵に向けて心の中で悪態をついているうちに、リアに置いて行かれてしまった。

いつの間に本格的な移動系魔法を使い始めたのか、リアの速度が大人のダッシュのような速度になっていたのだ。

しかし、流石に速度で俺に勝つ事はできない。俺はあっという間にリアに追いつき、次のガルゴンとの戦闘に臨む事になった。危機感の欠片もない的当てを、戦闘と呼ぶかは微妙なところだが。

リアはさっきまでと同様に針を放ち始めるが、俺の方は作戦変更だ。

半秒で作り出せる最大の本数である、七本の槍を同時生成。どれか当たればいいやとの発想で、ガルゴンの方に向けて放つ。

最初のものは運悪く一本も命中しなかったが、そんな事は承知のうえだ。

俺は第一波が命中したかどうかの確認などは行わず、秒速十四発の槍をガルゴンの方に向けてバラまいている。

距離があるとはいえ、流石に数の暴力には勝てなかったのか、第三波か第四波のうち一本がガルゴンの胴に命中し、即座に絶命させた。

余った槍が、ガルゴンが生きていた場合走っていたであろうあたりに二十本ほど着弾するが、知った事ではない。

「おー、らんぼう！」

「精密射撃でリアと勝負しようとしたのが、間違ってたんだよ」

弾幕はパワーである。

また獲物を見つけて走りだしたリアを追いかけながら、今度は槍をまとめて生成しておく。

そしてリアが獲物に針をぶつけだした次の瞬間、不幸なガルゴンには一撃でそれを絶命させる岩の槍が、五十本以上も襲い掛かった。

そうして哀れガルゴンは合計で五本ほどの槍を体から生やしながら、倒れるというより吹き飛ぶような形で力尽きた。

「これは、むり！　絶対かてないよ！」

リアが呆れているが、なんだか、リアが俺に勝てないと言っていたのがわかった気がする。

リアが精密さで勝負しにかかっても、弾幕と単発火力がそれをカバーしてしまうのだ。

しかし、過剰な火力は弊害も生むようだ。

「……このガルゴン、食べにくいかも？」

「うん。これは酷いね」

一撃で勝負が決まるような攻撃を五発も被弾したガルゴンの死に様は、もちろん惨憺《さんたん》たる有り様であった。

胴には大穴がいくつも開いており、脚の一本は衝撃で吹き飛ばされている。オーバーキルにもほどがある。

勝負としてはよくても、狩りとしてはどうなんだろう。

というか、二人で協力すれば、綺麗に狩りができるのではないか。

「そろそろ勝負はやめにして、協力して戦わないか？」

「むー……わかった。勝負は、きっとかてないし。カエデがうって、リアが当てるの？」

「そうしよう」

それからの狩りは、これまでにない効率のものだった。

リアが見つけ、二人で走り、俺が撃った弾をリアが誘導する。

その精度はすさまじく、一発もはずさないどころか、その全てが頭の同じ位置、傷ついても価値が下がらないであろう位置に命中している。

ガルゴンの後方から撃ったはずの槍まで、なぜか脳天直撃弾と化していた。浮き上がらせてから打ち下ろしでもしたのか？

狩った数も五十くらいまでは数えていたが、そこから先はあまり覚えていない。

アイテムボックスの表示を見る限り、二百ちょいじゃなかろうか。

そのあたりで薄暗くなってきたので、今日の狩りは終わりにしておく。

「リア、暗くなってきたから、そろそろ帰るぞ」

「えー。くらくても、リア戦えるよ？　カエデも大丈夫だよね？」

「安全第一だ。それに戦える間ずっと戦っていたら、休む間がなくなってしまうじゃないか」

「冒険者なのに？」

「冒険者が冒険をするのは、必要な時だけなんだよ。じゃなきゃ命がいくらあっても足りないと思う」

リアにはこう言ったが、おつかいなどの依頼はどの辺りが冒険者の仕事なのだろうか。

【情報操作解析】がそれっぽい翻訳をした結果かもしれないが、冒険者という割には冒険をしていない。

しかし、今日の成果をギルドに報告する事は、ある意味で冒険であったらしい。

「……はい？」

これが、俺が依頼の達成状況の書かれたギルドカードを差し出した時に、受付嬢が発した第一声である。

二百ほどだと思っていたが、表記を見る限り、実際には二百三十四匹であったらしい。

「受注が今日で、二百……ギルドカードの間違いでしょうか？」

「ギルドカードって、間違えるものなんですか？」

しかし、これだけの数だから十匹や二十匹くらいずれていても気が付かないと思うが、二百という部分に変わりはないと思う。

「……いいえ、ギルドカードが間違える事はあり得ません。しかし受注からの時間を考えると、一匹当たり三分を超えるペースで、延々倒し続けた事になります。無理がありませんか？」

「二人で狩りましたからね」

「その二人目とは、まさかリアちゃんの事ではありませんよね？　戦闘に参加しているとはいえないと思いますが」

そのまさかだ。リアの方も戦力外扱いされるのは心外だったらしく、受付嬢に抗議する。

「リアもたたかったよ！」

「ええ、リアは立派に戦いましたよ」

「……カエデさんは不思議生命体だという噂を聞きましたが、子連れでこれとは。どうやら噂以上のようですね……わかりました、清算をしてきます」

俺も加勢するが、受付嬢は呆れたような、微笑ましい親子を見るような顔でこちらを見た後、そう言った。数に関しては信じてくれたようだが、リアの事は絶対に信じていないな。

「リアも、たたかったのに……」

正直、仕方がないと思う。俺だって同じ話を聞いたら、似たような反応を返すだろうし。

そうして翌日、つまり杖の完成日がやってきた。

「きょうは、ブラッディー、」

「とりあえず鍛冶屋へ行こうか」

なぜリアはこうもブラッディー何とか推しなのだろうか。

依頼すら出ていない、聞いた事もない魔物なのだが、リアの故郷ではメジャーだったりするのか？

何か愛着があるのかもしれないが、俺の故郷にいた魔物といえば永田町に出没する者か、そうでなければモンスターなペアレントくらいのものなので、その感覚はよくわからない。

「あの変な杖？」

「変な杖じゃなくて、剣としても使える強い杖ね。あれがあれば一本の槍でも、ガルゴンに当てられるはずだよ」

「ほんと？」

「……多分」

俺だって物量作戦以外（当社比）でも、遠距離射撃くらいできるのだ。

そのための杖に込める魔力で、普通の魔法使いであれば数人が魔力切れになってしまうのだが、それはそれ、これはこれだ。

「カエデね！　杖ならできたわ、自信作よ！」

鍛冶屋へ行くと、工房へ入る前からスミサちゃんに声をかけられる。

しかも、俺の杖らしきものを手に持ったままだ。まさか待っていたのだろうか。俺がいつ来るかなどわからないはずなのに。

しかし、渡されたその杖でも剣でもあるものは、わざわざ渡しに来たくなるのが納得できる出来栄えだった。

装飾は少ないものの、全体として銀色に輝くそれは、大きさ以上の風格というようなものを放っている。

外見だけで言えば少し大きめの剣だが、見ただけでそれらとはなにか違うという事がわかるのだ。

魔力を通してみた感じも、感触は製作途中の杖と同じで、剣にした事による劣化などは感じない。

「これはいい武器だな。なあリア、いい武器だろ？」

リアに自慢してみる。しかし、リアはなんだか微妙なものをみる顔だ。

「魔力は杖とおなじみたいだけど……カエデって、剣つかうの？」

アレ？

そういえば、リアが来てから、俺は剣を使っていただろうか。

記憶にない。考えてみれば昔から俺のメインウェポンは魔法であり、剣はそれで倒しきれずに近接戦闘になった時に使うものなのだ。

移動しながらの魔法など、魔法剣士としてのアドバンテージはあるが、実際に剣で戦ったケースは多くない。

「ほら、相手が弱かったからね。魔法で倒しきれないほど数が多い時とかには、役に立つんだよ」

実際、剣の役目として一番大きいのはそれだろう。最近はあまり大きな群れを相手にしていないので、剣の出番がないだけなのだ。

「カエデの魔法でたおしきれない群れって、町でもほろぼすの？　でばんあるの？」

「村くらいなら滅ぶかもしれないな。まあ、リアとやったような雑魚狩りではオーバースペックだけど、あるに越した事はないよ」

そして、そういう非常時のためにこそ、強い武器があるのだ。ガルゴンなどしか相手しないのであれば、そもそも武器すらいらない。

「……ところで、メタルリザードメタルが余ってるんだけど、それは買い取りでいいのかしら？」

武器について話しているところに、武器を渡してからスルーされていたスミサちゃんが、嬉しそうな顔で話に入ってくる。自作を強いと言われて嬉しくない職人はいないのだろう。

「んー、防具をいくつか用意しようと考えてるんだけど、新しい装甲板を渡して、魔力抜きされたのを加工してもらう事ってできる？　何を作るかはまだ決めてないんだけどね」

リアが本当に仲間になるかどうかわからないというのが、その主な理由だ。

「もちろん量次第だけど、手に入る金属が多くなるなら大歓迎のはずよ。細かい事は何作るか決まってからでいいかしら？」

「それでよろしく」

高額品だけあって、もっと面倒くさい受け取り処理があるのかと思ったが、なんとこれでおしまいだ。

鞘付きだったので、アイテムボックスがあるにもかかわらず、無意味に腰に下げて歩いてみる。

次に向かったのは炭屋だ。量産体制がどうとか言っていたが、まさか今日行ったら生産装置が増えていたりするのだろうか。

そう考えながら炭屋へ向かったのだが、早く狩りに出たそうなリアを連れ、期待を胸に炭屋に辿り着いた俺を待っていたのは、実に素っ気ない掛け看板一つだった。

『本日休業』

看板にはそう書いてある。この世界にきて初めて見た表示な気がする。

諦めてギルドへ向かおうと考えた時、見慣れない男が俺を見ながら、炭屋の方へ入っていった。

何か用がありそうな感じだったので、そちらへ見に行ってみると、こちらへ出てこようとしていた経理の人と鉢合わせした。

「何かあったのですか？」

「コークス製造装置を増やしまして、人が集まるまでの間はお休みですよ。得意先には在庫分を売っているのですが、今は店として開けるよりこちらが優先です」

「いきなり、そんなに沢山作っているんですか？」

「ダメ元で炭鉱会へ行ってみたのですが、コークスの話をすでに聞いていたようでして、全面協力が得られる事になったんです。今の増産も、半分はそのおかげです」

炭鉱会とな。名前とか話しぶり、行動力からすると、中々大きい組織なのかもしれない。

「作る場所はここなんですか？」

「本格的な製造所はここから歩いて十分ほどですが、見ていきますか？」

もちろん見ていく事にした。

「こちらが現在のコークス製造所です。まだ拡張中なんですよ」

案内されたのは、町の外れにある大きな空き地だった。

十台ほどのコークス製造装置が置かれ、沢山の人が石炭を装置に投入したり、どこからか運んできたり、またコークスを運び出したりしている。

まだ拡張中との言葉通り、生産設備を作っている者までいるようだ。

「おぉー、どわーふの人がいっぱい！」

リアが言ったとおり、ドワーフと人族の比は八対二と言った感じだ。この町で見た人口比から言っても、随分とドワーフが多い。

「これは……炭屋さんの人たちですか？」

「まさか。うちにそんな規模はありませんよ。ほとんど炭鉱会の人です。会長も来ていますよ。挨拶に行きましょう」

発案者としても、利益を半分もらっていく立場的にも、挨拶は必要だろう。

会長まで来ているとは、全面協力というのは事実のようだ。

しかし、よくこれだけの人を動かせたな。

炭鉱会の会長は、交渉が必要となる職業の例に漏れず人族の、初老の男だった。

「はじめまして、発案者の、カエデと言います。本職は冒険者です」

「炭鉱会会長、ガインタだ、君のおかげで助かったよ。ありがとう」

「……助かったというと、何かあったのですか？」

俺は知らないうちに、炭鉱会を助けていたらしい。

普通は不況から救ったとか考えるところだが、それでも聞き返したのは、ガインタさんの口調から、もっと切実なものを感じたからだ。

ドワーフたちがこれほど沢山、コークスの製造に来ているのも気になる。

「ああ、君は地元の人間ではなかったな。説明を忘れていた。最近、鉱山の方で妙な病気が流行っていてな、原因はわからないんだが、どうも炭鉱の辺りにあるらしい。対処法はなくもないが、病気のせいであまり掘れない。そこに君の話が来て、炭鉱夫たちの職場を確保してくれたという訳だ」

「どんな病気なんですか？」

鉱山で病気と言えば、有毒ガスあたりが有力だろう。原因がわかれば、まだ対処のしようがある。

「ワイバーン肉などを食べた時の、魔力過多を軽くしたようなものだ。吐き気、頭痛、酷いものになると、体が動きにくくなる。死者や後遺症は出ていないが、仕事ができん」

ワイバーン肉を食べると魔力過多で病気になるのか、初めて聞いた。

逆に非常時、体調悪化を承知でワイバーン肉を食べるなどという事もできたりするのだろうか。

俺はともかく、歩き回るのでさえ集中の邪魔になるからと使わない魔法使いでは無理か。あとそんな事は今関係ない。

「それで、対処法とは？」

「簡単な事だ、鉱山から離してやればいい。今は体調が悪くなる前に、時間を決めて働く事にしている。だが三日に一日程度の休みで何とかなっている鉄鉱石はまだマシだが、こっちはマシな場所でも三時間働いて一日休み、といった状況だ。これが炭鉱のあたりに原因があるんじゃないかと言われてる所以《ゆえん》なんだが、とにかく商売上がったりだ」

それじゃ、ほとんど休みじゃないか。実質的には全員失業か。

俺が知っているガスではなさそうだが、【鑑定】を使ってみれば、何かわかるかもしれない。

「私が調べてみましょうか？」

「そうしてくれるなら、ありがたい。ギルドへの依頼はすでに出してあるが、失敗ばかりでな。コークスを思いついた君が協力してくれるのであれば、何かがわかるかもしれない」

「じゃあ、あとで受けてみますよ。……リア、今回はお留守番をしていてくれるかな？」

毒ガスか何かが出ているような場所に連れて行くのは、どう考えても流石にＮＧだ。

「やだ！　リアもたたかう！」

「今回の相手は多分魔物じゃないから戦わないし、危ないかもしれないんだぞ。心配しないでもそのまま置いて行ったりはしないから」

「流石に君が行くのは、無理があるだろう」

ガインタさんも加勢してくれる。まあ、それが普通の反応だ。

しかし、なぜかリアは口をぽっかりと開けて驚いている。かわいいが、驚く理由はサッパリだ。

「たたかわないの!?」

そこかよ。

「そりゃ、病気の調査なんだから、普通は戦わないよね？」

「ヘンな魔物をたおしに行くんじゃなくて？」

だから、なんでそんなに魔物推しなんだよ。

「俺たちの話、聞いてた？」

「きいてた！　たんこーって、あっちにあるやつだよね？」

そう言ってリアが指を指したのは、町外れの森のうち一点だ。

建物が建っているが、それなら他の場所にもあるし、建物が特殊という訳でもない。もちろん穴が見える訳でもない。

しかし、リアがこういった反応をして、今までに外した事がない。まさかと思いながらも、ガインタさんに確認をとってみる。

「もしかして、炭鉱ってあの辺りだったりします？」

「一番被害が深刻で、真っ先に使われなくなったのが、ちょうどあの辺りだ。その子はこの辺りの地理に詳しいのか？」

「いえ、私の方が知っているくらいだと思います。……リア、どうしてわかったんだ？」

「カエデ、わからないの？　あのへん、すごく、ぶわーっってなってるよ？」

全く訳がわからんぞ。日本語とは言わないが、せめて人にわかる言葉で頼む。

……小学生くらいの幼女に対して頼む事ではないな。

俺とガインタさんが二人で微妙な顔をしていると、リアはようやく一般人にそのようなものはわからない事に思い至ったのだろう。

「ぶわーっ、ってなってるから、たぶんヘンな魔物がいるの。きっと、そいつが原因なの」

ぶわーっ、のところで手を広げ、全身で何か表現している。何かが多いという事を示そうとしているようにも見える。

なんとなく伝わってきたかもしれない。

「ぶわーっていうのは、魔力の事？」

「んー、ちょっとちがう。あっちの人にもあるやつ」

リアが指さしたのは、石炭をコークス製造装置に放り込んでいたドワーフの一人だ。

ガインタさんがその人を呼んで話を聞こうとするが、俺は【鑑定】によってすでに答えを知っていた。

その人は『魔素過多』とやらにかかっているのだ。

恐らく、リアが言っている魔力とは違うものとは魔素というやつで、それが鉱山で悪さをしているのだ。

「ガーニエ、今体調はどうだ？」

そのドワーフはガーニエというらしい。そのガーニエは、ガインタさんの質問に対してこう答えた。

「ちょっと前に鉱山から戻ってきたとこなんで、ちょっとだけ気分は悪いですが、仕事には問題ねえです」

「……わかった。無理はするなよ」

今の報告を聞いて、ガインタさんもリアがただの子供ではないという事を理解し始めたようだ。リアの方を興味深そうに見ながら言う。

「その子も君と同じで、年齢に似合わず随分と優秀らしい。調査だけ、その子を連れて行ってみればどうかね？　鉱山の病気は子供もかかってはいるが、大人よりは軽く済んでいるからな。魔物がいそうなら引き返して、冒険者のパーティーを編成すればいい」

「リアはそのびょーき、大丈夫だよ！　カエデもだいじょうぶ！」

「しかしリア……いや、そうしましょうか」

一番の問題は、魔物が見つかったところで引き返してくれなさそうな事なのだが。

まだ使われている坑道の方が安全かもしれないが、せいぜいが坑道に出てこられる程度の魔物だ。何とかなるだろう。

「感謝する」

ガインタさんよ、まだ調査が決まっただけだ。感謝するのは早いぞ。

十数分後、ギルドで依頼を受けた俺たちは、坑道への道を登っていた。鉱石運搬用なのか、そこそこちゃんとした道ができていたようだが、地面に生い茂った短い草が、最近は使われていないという事を示している。

俺の横を走るリアは、少し宙に浮きながらスイーッと滑っている。

そうするうちに、坑道に辿り着いた。入り口には新しい看板がおいてあり、『炭鉱病に注意する事』と書かれていた。炭鉱病というのは、魔素過多に付けられた名前だろう。

「それじゃあ、行こうか。魔物を見つけたら、すぐに教えてね」

俺は買ってきた魔灯を灯しながら、リアに声をかける。

「壁があると難しいけど、頑張るの！」

そういえば、壁が苦手なんだったか。触板は壁もお構いなしだから、地下では俺の方がアテになるかもしれない。

ともかく二人で警戒しながら歩くうち、分岐に辿り着いた。

「分かれ道だね」

「あっちが、それっぽいの。ぶわーってなってるの」

リアが指したのは、左の道だ。

「じゃあ、左手法で行ってみようか？」

「ひだりてほー？」

「左手を壁につけて、はなさないように歩くと、迷わずに済むんだよ」

「おぉ、すごい！」

それからというもの、リアはずっと壁に手をつけて歩いている。

魔法で器用に手を守っているようだが、魔法のおまじない的な何かだと思っているのか、片時も手を離そうとしない。

それを眺めながら歩いていく道は、相変わらずの殺風景、ただ岩の壁が続くだけだ。

リアは飽きてきたのか、左手を壁につけたまま坑道の天井をつたい、右側の壁に手をつけて後ろ歩きをしている。それでは左手法の意味がないと思う。

「あれ、なんかあんまり、ぶわーってしなくなってきた？」

リアが声を上げる。

「通り過ぎたという事？」

「かも？」

「……とりあえず、左手法で歩き切ってみようか」

ギルドで聞いた限り、そこまで大きな坑道じゃないらしいし。

平和な道中だ。後ろ歩きのリアと俺で、どちらの道へ歩くかが問題になった事以外には、本当に何もない。

あまりの何もなさに警戒心も薄れ、新しい杖（名は刃杖だ。武器の性質を的確に表した、いい名前だと思う）を手に持っているのも、無駄なんじゃないかと思えてきた。

そして、魔物なんていないんじゃないかと思い始めた頃、明るい道が目に入る。

何の事はない、入り口に戻ってきただけだ。

「……もどってきたね」

「何もなかったの！」

うん、知ってる。本当に何もなかった。

魔素過多もなかったが、発見もない。

「魔素が多かった場所を、もう一度見てみようか？」

「うん。じゃあ、ぶわーってなってる方に歩いてみるの」

それは道に迷う心配があるが、まあ帰り道の事を意識しておけば、【情報操作解析】が何とかしてくれるだろう。

「そうしてくれ。一応、警戒を怠らずにな」

「いらないよー。さっきいなかったの」

リアはそう言いながらずんずんと先へ進んでいったが、三度の分岐を経て辿り着いた坑道で、不意に立ち止まった。

「このへんが、一番ぶわーってなってるの」

周囲は何の変哲もない壁……ではあるが、触板はそう言っていなかった。

生物ばかり探していたため気が付かなかったが、床下三十センチほどの位置に空間があるのだ。

しかし、そこから下の様子も、その穴の横の様子も全くわからない。まるで触板が遮断されているかのようだ。

「リア、少し下がっててくれ。床の下に何かある」

「わかった！」

リアがそそくさと、十メートルほど離れたのを確認し、巨大な岩の槍を生成し、地面に放つ。

しかし、地面は少しえぐれただけだ。三十センチは中々に分厚い。

仕方がないので、メタルリザードの装甲板をスコップ代わり、圧力魔法をドリル代わりにしながら、少しずつ掘り進める事にした。

「何やってるのー？」

モタモタしているから、リアが様子を見に来てしまった。

「穴を掘っているんだ」

「リアもやる！」

俺は装甲と魔法、リアは魔法で穴を掘る。穴があいた時に落ちないように、リアは空中に浮きながらだが、器用な事に岩の欠片などを脇にどけてくれる。

そうして掘った土の下で俺たちを待っていたのは、硬い岩盤のようなものだった。

「これ、ふつうの地面じゃないの。むかしの建物かも？」

「古代遺跡とか、そういうのか？」

「たぶん、そういうの。つよそうな魔法のかべだから、こわせないとおもう」

壊せないか……そう言われると、壊してみたくなる。

「リア、試してみるから、大分下がってくれ」

「むりだとおもうの」

「試してみなきゃ、わからないじゃないか。少し時間をかけるよ」

「むー……わかった」

リアが下がるのを横目に、今度は圧力魔法を用意する。

メタルリザードの装甲くらいであれば破壊できるよう、十分ほどの時間をかけて魔力を溜める。

「カエデ、ほんとに人間？」

そういえば、俺が分単位の時間を使って発動させる魔法を見せるのは、初めてだったか。

しかし、それでも失礼な話だ。俺が人間でないとして、誰が人間だと言うんだ。

ほとんど全員だ、という誰かの声が聞こえる気がしたのを無視した。少しの後、俺は魔法を岩盤にぶつける。

すると、見た目にこそ変化がないものの、バキッという音が聞こえた。

「おー」

リアが感嘆の声を上げながら近付いてくるのを見ながら、俺も掘った穴に近付く。

「カエデ！　あぶないよ、おちる！」

「え？」

警告は少し遅かったようだ。

一瞬遅れて、俺たちの掘った穴を中心に、足元の地面が崩れる。

落下しまいと後ろへ飛び退くが、穴は縁からどんどん崩れて拡大していく。

宙に浮いていたリアは無事だったものの、俺の方は穴の直径が五メートルを超えたあたりで、あえなく崩落に巻き込まれてしまった。

「カエデっ」

リアが引っ張ろうとしてくれるが、俺の体重を支えるには至らない。

それどころか魔法による浮遊のパワーも足りないのか、リアまで落下しそうになってしまった。

「手を離せリア！　着地で何とかする！」

「……わかった！」

触板で調べた地面との距離は、およそ十五メートル。今の俺なら、回復魔法を使えば十分に助かる距離だろう。

足を軽く曲げ、着地の姿勢をとってからおよそ二秒ほど後、俺は足から地面に、ほとんど叩きつけられるような速度で着地する事となった。

しかし、俺は予想以上に強くなっていたようだ。怪我もせず、倒れる事もなく、地球の俺が少し大きな段差を飛び降りるような感覚で着地に成功してしまった。

「きゃー！」

直後にリアが、減速しながら落ちてきて、地面から三十センチほどの位置で止まった。

俺が落ちてきた空間は、坑道とは全く違った性質のものであるようだ。

地面は硬く、岩や土というよりコンクリートに近い質感の、緑色の何かでできていた。

地球の病院や研究所を思い出させるような、無機質な印象があるが、それらよりも圧倒的に広い。

何かの建物のようだが、ここからわかる一番小さい辺でも、十メートルはあるだろう。

地面にホコリが積もっている他には大した物もない、つまらない空間だ。

「……なんだ、ここ？」

「わかんない。でも、すごいぶわーってなってるの！」

「魔素の原因は、ここって事か？」

「たぶん、そうなの！」

いきなり原因を引き当ててしまうとは。調査は大成功だ。

……で、どうやって報告に戻るんだ？

「魔法でどうにかして、ここから出られるか？」

「むり！　とぶ魔法は、たかいところが苦手なの！」

空をとぶ魔法なのに高所が苦手とは、これいかに。

まあ、飛行機なども地面の近くだと揚力が増したりするし、それと似たようなものなのかもしれない。

「その魔法、俺には使えないか？　俺の魔力なら、リアをかかえて上がれるよな？」

「やめて！　カエデのコントロールだと、よくわからないところへ飛んでぶつかるだけだよ！　リアしんじゃう！」

今までの魔法のコントロールを考えると、そうならない自信は全くない。なまじ出力が高い分、そうなればいくら今の俺でも無事だとは言い切れない。

そうは言っても足場になりそうなものも、俺たちと一緒に落ちてきた瓦礫《がれき》くらいのものだ。これを積んだところで、天井には届かないだろう。

「……出口を探そうか。近くに魔物や、妙な魔素をもったものはいるか？」

こう聞くという事は、俺は周囲の魔物を捉えてはいないという事だ。しかしここが魔素の発生源であるなら、どこかに魔物がいる可能性は非常に高い。

「えっと、近くに一つ大きいのが……あっこれはカエデだ。ほかにはいないよ！」

おい、どういう事だ。俺は魔物じゃないぞ。妙な魔素を持ったものでも……多分ないぞ。

ともかく、ここは今まで見つからなかったのが不思議なくらい広いが、触板でわかる範囲の構造としては、だだっ広い道のようだ。

明かりは小さすぎて、この広さでは役に立たない。

「じゃあ、適当に出口を探そうか。どっちに進んだ方がいいと思う？」

「えーとね、あっちの方がぶわーってしてるね」

「じゃあ、こっちへ行こうか」

俺が進むのは、もちろんその逆だ。

地下ダンジョンの類でラスボスは最深部にいるのが基本である。つまり脱出を目指すなら、そこから離れれば良い。

「えー。たたかおうよー」

「今日は調査だからな。倒すなら、改めて作戦を考えてからだ」

そう、俺が来たのは調査なのだ。情報を持ち帰るのが依頼である。もちろん俺もそうする。調査に行って対象を倒すのなど、ラノベくらいのものだろう。

リアもしぶしぶついてくる。

しかし、随分と歩いたはずなのに、出口は見つからない。

天井に開いた穴ならもうひとつ見つかったが、それだけだ。

極めつきは、俺たちが落ちてきた場所と思しき、天井の穴と瓦礫のコラボレーションを発見してしまった事だ。

「なあ、なんかおかしくないか？　魔法じゃないよな？」

フィクションなどでよく見る、謎空間などではなかろうか。

そもそも、これだけの長さの道、山からはみ出てしまう。

「魔法はないけど、ヘンだねー」

リアも首を傾げている。

そこでふと、手に持っている明かりに目が行った。

状況をよく理解できていないのは、視界が狭いからではないか。

「リア、魔法で辺りを照らしたり、できるか？」

「できるよ！　ほら！」

リアの手に、俺の手にあるものより明るい光が灯る。

しかし、道の端がうっすらと見える程度。とても十分とは言いがたい。

「少し暗いな。俺がやってみるよ」

「むー……わかった」

いくら俺の魔力操作が雑でも、明かりを灯すくらいは造作もないと思う。

この道を残さず照らし出せるように魔力を多めに込め、ＬＥＤをイメージする。

少し魔力を込めすぎたのではないかと、手で目を塞いで地面に伏せるリアを見て気が付いた時には遅かった。

とっさに目を閉じたにもかかわらず、視界が白く染まった。およそこの世のものとは思えない量の光が、俺の網膜を焼く。

「目が、目がぁ～！」

幸いな事に、治癒魔法は目に対しても有効で、俺の目はすぐに機能を取り戻した。

「カエデ、もうちょっとやさしく、魔法をつかお？」

幼女にたしなめられてしまった。今回ばかりは反論のしようもない。

「すまん。もう一度、今度は小さめに行くから、目を塞いでてくれ」

「わかった！」

リアが目を塞いだのを確認してから、今度は細心の注意を払いながら、少しずつ光を大きくしていく。

三秒ほどで、廊下を全て見渡せるが、目は焼かない程度の明かりを作る事ができた。

俺が調整をやめるとともに、リアも目を開ける。

「まがってる？」

リアの第一声が、今の状況を表している。

視界に対してあまりに幅が広かったため気が付かなかったが、この道は全体が緩やかにカーブしている。

「俺たちは、同じ場所をまわっていたのか？」

「そうみたいなの」

道理で、終わりがこない訳だ。

「周囲は全部壁だよな？」

触板を見る限り、他の道のような反応はなかった。つまりこの空間は、ただのドーナツ状だという事になる。

しかし、リアの意見は違うようだ。

「ひとつ、ヘンなところがあったの。そこだけぜんぜん魔力がとおらないの」

言われてみれば、そんな違和感のある場所があった気がしないでもない。

今度は二人で反応に集中しながら道を回ってみると、幅二メートル、高さ五メートルほどの大きなドアが見つかった。

触板は、俺から見てドアの裏側に関して、全く反応を示さない。まるで、ドアから先に空間が存在していないかのような扱いだ。

「これ、ぜんぜん魔力をとおさないの。ふしぎ！」

そういう世界の常識が通じない物質は、古代文明の遺跡とかに出てきそうだ。

「カエデ、これ、こわそう！　カエデならいけるよ！」

リアの反応はいつも通り過激だが、その必要はない気がする。

ドア周辺、最近開けられたような跡があるのだ。その後にも土埃が積もった跡があるので、開けられたのはかなり前だろうが、何十年何百年前という訳ではないはずだ。

「普通に開くかもしれないぞ。気をつけてくれ」

「わかった！」

リアはそう言いながら、勢いよくドアを開いた。全く気をつけているようには見えない。

そして障害のなくなった触板と俺の視界、三つの敵影が映し出される。

すぐ光によって照らし出されたのは、全長一メートル近い巨大なトンボに大きな目玉を一つつけたような、いびつな魔物だった。

こちらに向け、何かの金属で作られた、小さな針を生成し始めたのが見える。

もちろん、撃たせる気はない。

俺は素早く刃杖を取り出し、七本の岩の槍を適当に振り分け、三匹をまとめて葬り去った。

「気をつけろって言ったじゃないか」

「ごめんなさい……」

相手が弱くてよかった。

ドアを開けていきなりラスボス、などという可能性もあり得るのだ。

「でもこの魔物、ヘンだねー」

「変？」

リアはトンボの死骸を観察し、首を傾げている。話をそらそうとしているといった感じでもない。

「魔力もまどーぐみたいだし、からだも、なんかおかしい？」

……俺にはそんな事を、見ただけで判断する事はできない。

だが、【鑑定】ならば話は別だ。

【情報操作解析】はこの敵が魔物ではなく、大昔に作られた魔道具である事を、はっきりと示していた。

それも、侵入者を排除するための魔道具だ。名前は『汎用警備魔道具・フライングアイ』と言うらしい。

今の基準で言えばアーティファクトではあるようだが、穏便に停止させる手段はないようなので、魔法を使う事以外はただの魔物と変わらない。

これでここが、古代遺跡の類である事がはっきりした。

「さっきみたいな魔物、いや魔道具は、他にもいるか？」

「わかんないや。ドアがいっぱいある」

やはり、リアにもわからないか。

通路はまっすぐ、およそ百メートル先の突き当たりまで続いているが、その左右には一定の間隔で、合計八つのドアが並んでいる。

そのうち、ここから触板で確認できる二つはいずれも魔力を通さないものだ。アーティファクトとしては、『魔法的隔離ドア・低レベル』という名前である。

「進むか？」

「すすまないと、かえれないよ？」

「だよなぁ……」

元はと言えば、他に脱出口が見つからないから、このドアの存在に気が付く事となったのだ。

「それじゃあ、手前のドアから順番に開けてみるしかないか。挟み撃ちは嫌だからね」

「わかった！」

リアは元気よく返事をして、■■研究室（今とは違う文字で書かれている。名前の部分は塗りつぶされており、判読不能だった）と書かれているドアへ向かっていく。

そして警戒も魔法の準備もなく、一気にドアを開け放った。

「おいコラ」

中で当然のような顔をして待ち受けるのは、数十のフライングアイ。

流石に処理が間に合わず、リアの方にも針が向かってしまう。

俺はとっさにリアとトンボの間に割り込み、盾で頭をガードする。

敵の第一射が、一斉に放たれる。所詮は警備用、盾で弾いた衝撃は投げられた小石程度のものだ。

しかし先が尖っているため、被弾すれば軽い怪我をするだろう。

俺の防御もその事を考えて、重要ではない部分への被弾を許容するものだ。

しかし、俺が針を受ける事はなかった。

俺の盾をかいくぐった針は、俺の体の少し手前で勢いを失い、落下していく。

「これ、リアの魔法か？」

戦闘用に作られていないフライングアイの第二射には時間がかかるらしい。遅々とした再生成のすきに全てのフライングアイを撃ち落とした俺（リアもいくつか落としていたが）がリアに問いかける。

防御魔法って、他人も守れるんだっけ。

「ちがうの、カエデがおかしいだけなの」

「つまり……どういう事だ？」

「これの魔力、とっても弱っちいから、カエデに近付いただけでふきとばされちゃうの」

リアは哀れなトンボを指さして言う。貧弱にもほどがあるだろう、アーティファクト。

古代にも面倒な規制や過度の安全重視で、実用的でないものを作らされる、かわいそうなエンジニアたちがいたのかもしれない。

「何もないな」

「ないねー」

ドアの先は、そこそこの広さを持った部屋のようだった。

とはいえ、敵以外のアーティファクトなどは見つからない。

ミスリル製の、壁に埋め込まれたと思しき棚が残されている以外には、ほとんど物すらないのだ。

風化で綺麗に消えてしまう事は考えにくいから、放棄された施設だったのかもしれない。

「じゃあ、次のドアを……ちょっと待とうか」

ドアに向かって走りだそうとしたリアをつかまえ、抱え上げる。

リアは少しの間じたばたしていたが、やがて抵抗は無駄だと悟ったようで、大人しくなる。

「魔法じゃ敵の場所がわからないんだから、もうちょっと警戒しようか」

「めんどくさいの。あんな奴ら、まとめてきても大丈夫なの」

「他の魔物がいるかもしれないじゃないか」

「……わかった。ちゃんとやるの」

それから少しの間作戦会議（主に俺が考えた作戦をリアに伝えていただけ）が行われた後、次のドアへ取り付く。

俺は岩の槍を山ほど用意し、ドアの左に立つ。リアはその後ろで小さな針を構えている。

「じゃあ、行くよ」

「わかった！」

俺がドアを開け放った時、目に入ったフライングアイは二個だけだった。

ドアを横から覗き込むような形で戦闘に入っているため、部屋にいる敵全てをまとめて相手にする必要がない。

もちろんそいつらは、俺が魔法で叩き落としている。

「めだま以外、いないよ！」

その間にリアが部屋の魔力を調査、報告。

あとは一斉に飛んでくるフライングアイに俺が槍を順番に撃ち込むだけだ。妙に統率された動きから、恐らく警備用である以上、何らかの手段で連携をとっているのかもしれない。

仮にフライングアイではない敵がいたとしても、狭い部屋の入り口を使う事で数の有利を無効化する事ができる。

たのだ。

「かんたんだねー」

「警備用の連中しかいないみたいだからな……」

戦闘用の魔道具は、流石にこんなものではないはずだ。

問題はそれがここにいるかだが……結論を言うと、いなかった。

それでも八つの部屋は全てが似たような構成であり、つまり俺たちからすると的当てでしかなかったのだ。

ちなみに途中で的当てさえも不要ではないかと、敵を動いたままアイテムボックス送りにしようとしたのだが、流石にそれは失敗した。

辿り着いた突き当たりの左にはよくわからない小部屋（【情報操作解析】によると、自動昇降機の残骸）があった。こちらは使えなさそうだが、右には開けられたドアと、狭い螺旋階段がある。非常階段だったのかもしれない。

「出口はなさそうだな」

「それじゃあ、あっちだね！」

リアが指さしたのは、右側の階段だ。上り階段がないので、脱出からは遠ざかっている気がするが、壊れたエレベータよりはましだろう。

そう判断し、二人で螺旋階段を下っていく。ミスリルは風化に強いのか、階段としての機能は完全に保たれていたようだ。

階段は二つの階をつなぐだけのものだったようで、その下階にあったのはまたもドア。

しかし、そこには『許可を受けたもの以外の侵入は排除する』と書かれている。言葉遣いこそ地球のものとは違うが、警備が厳しい場所であったのだろう。

ここから先は、今までのような手ぬるい防衛ではないかもしれない。

「また、ドアだねー」

「このドアは、危ないかもしれない。引き返そうか」

「でも、でぐちはないよ？」

「アイテムボックスの中身を積み上げてリアが飛べば……何とかならないか？　多分手持ちで五メートルくらいはいける」

メタルリザードの死体が有ればやりやすかったのだが、残念ながらあいつは焼かれてしまった。ミスリルの棚も壁と一体化していたせいか、収納が不可能だ。

「うーん、ふだんならできるけど、なんか、いどうの魔法がつかいにくいの」

確かにリアは、ここに来てからあまり移動の魔法を使っていない。

今も地面に足をつけているし、速度も普段より少し落ちている。

これも何らかの魔道具の影響だろうか。

「じゃあ、開けるしかないか」

「だいじょうぶだよ、ほら！」

あまり気が進まない俺にリアが見せてくれたのは、前のドアにあったのと同じ開いた跡だ。

しかし、これはアテにならない。

「さっきも跡はあったけど、その中からフライングアイが出てきたじゃないか」

「むー、でも大丈夫！」

早速ドアに突撃しようとしたリアを、また持ち上げて制止する。

どうして普段は大人しいのに、戦闘の話になるとこうも短気なのか。

放っておいたら、さっきの廊下に付いているドアを開けて回ったうえで、出てきたフライングアイをまとめて殲滅するだなどと言い出しかねない。

「だから、警戒をしようよ」

「うー……」

「このドアは特に危ないかもしれないから、下がっててね」

「さっきとおなじ？」

「そんな感じだ」

相手が危険だとしても、有効な戦術に変わりはない。

「じゃあ、行くよ」

俺がドアを開けた瞬間、リアが叫ぶ。

「ちがうのがいるよ！」

ドアを開けた瞬間に俺の視界に入ったのは、フライングアイだけだ。

しかし、連中を俺が撃ち落とすとほぼ同時に、ドアの向こうから金属質の足音が聞こえ始めた。それも複数である。

さらにこちらには廊下と違い、撤退するルートが階段以外にない。

当初の作戦からは外れてしまうが、ドアまで押し切られる可能性を減らすため、俺は逆に突入する事を選択した。

「リアは陰から小さいのを処理！」

そう言いながらドアへ突入した俺を待ち構えていたのは、全長十メートル近い空飛ぶ蛇（龍なのかもしれないが、あまり龍っぽくは見えない）と、全長二メートルほどの金属製の狼の群れ、それから少数の色違いフライングアイだった。

魔道具たちを構成している金属は今までと違い、深青色の輝きを持っている。

俺は他の敵が複数配備されている中、一つしかない蛇が最も脅威だと判断し、岩の槍のほとんどを撃ち込んだ。

残った槍は狼に一本ずつだ。

その後は、フライングアイを第二射以降で処理する。

そう考えていたのだが、その目論見は外れたようだ。

「こいつら、まほうきかない！」

青いフライングアイに岩の針を撃ち込んだリアが叫ぶ。

俺が槍を撃ち込んだ相手も、狼は青い金属がわずかに凹んだだけで、蛇の方に至っては全くの無傷に見えた。

「リア、下がれ！」

俺は部屋に行ってこようとしていたリアを止め、先頭に立っていた狼に刃杖で斬りかかる。

金属製なだけあって、手に返ってくる感触は重く、硬い。

だが刃杖の素材となったメタルリザードメタルはさらに頑丈で、俺のステータスはその金属を破るに足るものだったようだ。

胴体を三十センチほども力任せに破壊された衝撃でひしゃげた狼型の魔道具が吹き飛ばされ、後続の魔道具に命中する。

流石にそれで破壊できるほど戦闘用の魔道具は甘くないようだが、おかげで数秒間の猶予ができた。

俺はその時間で、敵の魔物を【鑑定】していく。

リアの言うとおり、殴った手応えの割には魔法のダメージが小さすぎるのだ。

魔法が発達した時代の魔道具なのだから、魔法に対する何らかの策が取られているのだろうが、それが何なのかわからなければ対処のしようもない。

幸いな事に【情報操作解析】は、一発目でその回答を示してくれた。

――軍用対魔法鋼二型。

それがあの深青色の金属の名前らしい。

表面に結晶した魔素がどうとか書かれているが、要するに受けた魔法の威力を大幅に軽減させるもののようだ。

稼げた時間で調べられたのはここまでだ。

仲間の仇とばかりに、狼の群れが俺に向かって突っ込んでくる。

リアはあまり脅威と判断されていないのか、魔道具の全てが俺を狙っているようだ。

全てが魔道具であるためか、敵が一切の声を発さないのが不気味だ。

ありがたいのは、蛇の方は他の魔道具と連携していない事だろうか。

蛇は魔道具たちの事を味方とすら認識していないらしく、俺の事を放置して、奥からこちらに来ようとする狼を尻尾で薙ぎ払い、破壊してくれている。

奥はまだ続いているようで、大きく巨大な柱が連続して建っているのが見えるが、これ以上の魔物流入はないと思いたい。

信じてるぞ、蛇よ。

その間に、俺は他の連中を相手取る事になる。

「リア、部屋の外から俺の槍で目玉を撃ち落とせ！」

「わかった！」

色違いフライングアイは俺の槍であれば破壊できるようなのでリアに任せ、俺は槍を作るだけ作って狼に専念する。

狼の数はおよそ三十四。これなら、魔法が効かずともいける。

俺は狼の群れの先頭に、右から斬り上げるような刃杖のフルスイングを食らわせた。

狼は一匹の処理にはあまりに過剰な威力によって胴から真っ二つになり、後続に向かって吹き飛ぶ。

しかし狼の魔道具にも学習能力が持たせられていたのか、今度は群れが割れる事によって残骸を回避して速度の低下を抑え、左右の新しい先頭となった二匹がこちらへ飛びかかってくる。

俺は左の敵を斬りつけ、そのまま右まで振り抜こうとする。しかし左の狼はそれをわかっていたのか、自らの全身を犠牲にしてまで刃を抱え込んで離さなかった。金属製の魔道具だからできる芸当だ。

とっさに刃杖から右手を離し、右の狼に片手でアイテムボックスから取り出したエイン製の剣を突き立てる。

敵は、ガシャッ、という音と共に足を破壊され、三本脚で着地する。

刃杖と違い鉄製の剣はその衝撃に耐える事はできなかったようで、一撃だけで大きく刃こぼれしてしまった。

もちろん狼は体勢を整えるまで待っていてくれたりはしない。

三本脚になった狼を蹴り飛ばしながら引き抜いた刃杖で、次に襲いかかってきた狼を切り飛ばす。

さらに二匹まとめて襲いかかってくる狼を、刃杖を両手に持ち替えての振り払いで薙ぎ払う。

コツがつかめた。二匹をまとめて斬るには、一匹目を軽く斬り、二匹目に力を入れるくらいでちょうどいいのだ。

俺が生成した岩の槍を器用に誘導してフライングアイを撃墜するリアを横目で見ながら、狼を連続で斬り伏せる。

押し切られそうになれば後ろに飛び、狼が引けば逆に突っ込む。

そうして順調に狼の数を減らし、残りが五匹になったあたりで、リアが叫んだ。

「カエデ、へびが！」

とっさに蛇に目をやると、今まさに後ろの狼たちを全滅させた蛇がこちらへ向かって飛んでくるところだった。

俺は飛びかかってくる狼に斬りつけながら、蛇の動きを注視する。

蛇は俺の真上で移動をやめると、尻尾を大きくしならせ、こちらを薙ぎ払う。

戦闘が始まった頃に、狼たちに向けられていた攻撃と同じものだ。

動きが読めていたので、俺はちょうど飛びかかってきていた次の狼を踏み台に飛び上がる事でこれを回避する。

踏み台にされたものを含めてこちらへ残っていた狼は、全てが粉砕されて飛んでいく。すさまじい威力だ。

もちろん俺だってそれをのんびりと眺めていた訳ではない。

跳躍の勢いと重力、そして腕力を最大限に乗せた刃杖が、空中へ戻ろうとしていた尻尾を捉え、その先端約一メートルを引きちぎる。

俺は追撃しようとしたが、蛇は天井（高さは十五メートルといったところか）に飛び上がり、俺の攻撃を回避する。

蛇はこちらの物理攻撃が危険だと判断したのか、尻尾による攻撃を諦めて魔法攻撃を行う事にしたらしく、その鼻先には巨大な金属の砲弾、あるいは杭が生成され始める。

「リア、逃げろ！」

「わかった！」

こいつは危険だと直感した。

しかし、俺より足の遅いリアが逃げれば、俺はその後で階段から退避する事ができる。

幸いな事に蛇は巨大なので、ドアを抜けて追ってくる事はできないだろう。

リアもその事を理解したようで、一目散に逃げ出し、階段へ辿り着く。

しかし、なんと蛇は、あろう事かリアが入った階段の方を向いたのだ。

「狙われてるぞ、リア！」

俺は階段に向かって全力で叫ぶ。その叫びは届いたようだ。

「しってる！」

リアが階段から飛び降りたのと同時、金属の砲弾が階段の前にある壁に直撃する。

その砲弾は壁を貫いて螺旋階段を破壊し、反対側の壁へと突き抜けていった。

「まずいな……」

脱出口がなくなってしまった。

蛇は相変わらず空中に滞在し、俺が攻撃する間を与えない。

「なあリア、俺が強い魔法を撃ったら、アイツを倒せると思うか？」

「だめだとおもう。あのへび、とってもぶあつい。……あっ！　はね！」

「羽根？」

「はねなら、なんとかなりそう！　ひのたまで！」

「了解！　羽根を狙ってみる！」

蛇には左右一つずつ、五十センチ四方ほどの比較的小さい翼が付いている。

動きを見ると飾りという訳ではなく、その羽根から浮力を得ているようだが、確かに防御が薄そうだ。

「いけると思ったら、言ってくれ」

「わかった！」

断続的に放たれる砲弾をかわしながら、俺が火の玉を用意する。

正直なところ、弾を避けるのは難しくない。連射速度もある程度素早く動きまわっていれば、全く問題にならない程度。

一分か、二分か。かわした砲弾の数が十五ほどになったあたりで、リアは十分な威力だと判断したようだ。

「いけるよ！」

「了解！」

刃杖に魔力を込め直し、すさまじい加速を得た火球を翼めがけて放つ。

だが蛇は火球が放たれる時には、こちらの狙いに気が付いたようだ。

敵は素早く翼を縮め、体の陰へ隠そうとする。

幸か不幸か、火球は蛇の翼付近にかすって爆発したが、やはり直撃と比べると大幅に威力が落ちるようで、翼の損傷は片翼の二割程度にとどまった。

さらに飛び方も、こちらに対して翼を隠すようなものに変わった。

「かくされた！」

あの威力の魔法ではリアによる誘導ができないので、これは少々困る。

翼を隠すという事は壊されたら困るという事ではあるが、射線が通らないと攻撃のしようがないのだ。

……いや、防御が薄い部分を狙えないのであれば、普通の部分を無理やり破壊すればいいのではないだろうか。

乱暴な作戦ではあるが、俺の今までだって似たようなものだ。

「リア、さらに威力を上げれば、翼以外でもいけるか⁉」

「さっきの、にじゅうばいくらいなら！」

「よし、それでいく！　持ちこたえてくれ！」

「わかった！」

二十倍となると魔力の消費は小さくないが、その程度なら用意が可能だ。

その間は一方的に攻撃される事になるが、当たらなければどうという事はない。

徐々に壊されていく地面の上を、俺は体力で、リアは魔法で飛び回りながら、敵の攻撃を回避する。

時間稼ぎ開始から五分ほどで、火の玉には対翼用の三倍ほどの魔力が込められた。

俺とリアは無傷で、危なかった場面もほとんどない。

一撃ごとに床には大穴があくので足場は徐々に悪くなりつつあるが、魔法を撃つまで程度であれば問題はないように思われた。

「かんたんだね！」

リアが俺の頭上二メートル弱を飛び越えながら、余裕の表情で言う。確かに、でかいだけで攻撃を当てられない魔物など、そう怖いものではない。

しかし、頭上のリアを目で追った俺は、その余裕があまりない、いや、なくなりつつある事に気付く。

「違う、天井を見ろ！」

「え？　……あっ！」

地面に入った大きなひびが、天井まで伝わっている。

今はまだ天井まで伝わった部分は小さいが、蛇の砲弾が着弾するたびに少しずつ広がっているようにも見えた。

すでに天井に達したもの以外にも、多数のひびが壁に走っている。

いくら古代文明の技術で作られた建物であろうと、自らの文明が古代文明呼ばわりされるほどの時間が経ってから、数秒おきに大砲の弾のような火力が撃ち込まれるのを想定はしてはいなかったのだろう。

いずれにしろ、崩落までに魔法が間に合うとは思えない。

まずい事になった。

「リア、十倍くらいで何とかならないか！」

「むり！　五発くらいうてれば……」

「それこそ無理だ！　出口か時間稼ぎができる場所を探そう！」

「わかった！」

階段のあった場所は諦め、狼たちが出てきた方を目指す他ない。

一旦合流すべく、リアがこちらに向かって飛んでくる。

そして俺は、悪い事は連続で起こるものだ、と思い知る事になった。

飛んでくるリアが、ほんのわずかな時間、柱の前を通り過ぎる。

俺やリアが柱の前を通り過ぎる事など、今までにもあった。

柱の事など意識していなかったし、さっきよりはるかにゆっくりと、通り過ぎた事もあっただろう。

そもそもリアの速度からして、今の通過を追った砲弾が柱に当たる確率など、サイコロを二つ振って一が二つ出る確率よりも低いはずだ。

しかし蛇の砲弾は、確かに今この時、柱の中心へと直撃したのだ。

その砲弾は柱を中心から叩き折り、周囲の天井を崩落させた。

「どうしよう！」

リアが困ったような声を上げる。いや実際には困っているなんてもんじゃないのだが。

「見てないで走れ、いや飛べ！　間に合わなくなっても知らんぞ！」

後方で何かが崩落する音、そして蛇と共に天井のひびが追ってくる気配を感じながら、俺たちは奥へと走る。

まともな分岐はみえない。あったのは普通の壁と、ここ以上にズタズタになり穴の空いた壁だけだ。

「いきどまり！」

さらに悪い事に、この施設はここが最深部のようだった。

崩落はようやく止まったが、蛇はしっかりついてきている。最初よりさらに脆くなっているであろうこの場所が耐えられるとは、到底思えない。

魔法の準備も、恐らく間に合わないだろう。

「なんとか時間稼ぎを、いや戻って壊れた階段を……」

「……カエデ、そのひのたま、かして！」

蛇の砲弾をかわしながら、リアが叫んだ。

今の火球はおろか、俺がある程度力を込めた魔法は扱えないと、本人が言っていたはずなのに。

しかし、その声が今までのリアのものと違う、決意に満ちた物だった気がして、俺は聞き返す。

「策があるのか？」

「ある！」

有無を言わせない口調だ。

策とはいえ、今まで言い出さなかった以上、まともな策であるはずもない。

しかし今は時間がない。柱も周囲も破壊されたこの場所の損傷は驚くほど進みが早く、次の砲弾で部屋ごと崩壊しても不思議ではないほどである。

そもそもリアがこの火球を操れるのであれば、手に火球のコントロールを奪い取る事さえできるのだ。

それをわざわざ確認まで取ってくれたリアに対し、拒否するという選択肢はなかった。

出会って数日とはいえ、リアはこの世界で初めてできた、俺と共に戦える力を持った仲間なのだ。

「よしリア、やれ！」

リアが無言で前に出る。今までの魔法使用とは比べ物にならないほどに集中しているようだ。

これまで何の働きもなかった髪飾りは、目を焼かんばかりの勢いで輝きを放っている。リアのダメージを肩代わりしているのだ。

思わずやめろと言いそうになるが、ここはリアを信じる他ない。もう手が残されていないのだ。

そして俺の火の玉が俺の手を離れ、明らかに異常な光と火花を散らしながらリアの前へ滑っていく。

その様子はとても不安定で、まるで墜落する隕石のように見えた。

「てやあああ！」

叫びを発しながら、リアはその火球を頭上へと放つ。

火球はなおも火を放ちながら刃杖から放たれる魔法のごとき速度で上昇し、翼に激突する。

その爆発は蛇の両翼をもぎ取り、地面へと叩きつけた。

このような好機を逃す俺ではない。

肩で息をするリアを追い越し、蛇の脳天に刃杖のフルスイングを叩きつける。

蛇の頭部が陥没した。確かに装甲が厚いだけあって硬いが、刃杖と俺のコンビネーションをなめてはいけない。

魔法を撃つ間を与えず、体を使った攻撃をかわしながら、敵の頭部を叩き、へこませ続ける。

そうして度重なる攻撃により首を破壊された蛇の頭部が胴体から離れたあたりで、蛇は動作を完全

に停止した。

「はあはあ……、やった、の？」

リアが今も肩で息をしながら、俺に問いかける。

俺が確認のためアイテムボックスをイメージしながら頭部や胴体に触れると、どちらもすんなりと収納されてくれた。

「倒したみたいだな。脱出はこの瓦礫を使えば……その前に、少し休むか」

「うん、そうする……」

そう言ったきり、リアは寝転がってしまう。

髪飾りが光っていた事などを思い出し、心配になってステータスを確認するが、ＨＰが減っていなくて安心した。

地べたに寝たくなかったのか微妙に宙に浮いているし、魔法の使用も可能なようだ。

ただ、髪飾りの宝石は力を使い果たしてしまったのか、元の明るい色から、ほとんど黒に見えるほど暗い色に変わってしまっていた。

「さっきのは、暴走しない方に賭けて魔法を操作したのか？」

「ぼうそうは、してたよ。そのちからを、これでとめたの」

そう言いながら、リアは髪飾りを指した。

「無茶するな……」

「うまくいったから、だいじょうぶ！　……つぎやるときは、わからないけど！」

「次がない事を祈りたいな。何か起こるたびにそんな真似をしていたら、命がいくつあっても足りないよ」

俺がそう言うと、なぜかリアは目を輝かせながらこちらを振り向いた。

「つれていってくれるの⁉」

ああ、そうか。伝えるのを忘れていた。

今回の件で力は十二分に証明されたし、少し不用心なところはあるものの、それはこれから何とかすればいいだろう。

このダンジョンやメタルリザードのような非常事態は、ギルドの反応を見る限りかなりのレアケースであるし、次などないか、あってもずっと先だろう。

ゆっくりと慣れていけばいいのだ。俺だってダンジョン探索など、初心者に毛が生えた程度なのだから。

「もちろん」

「やった！」

俺が答えるや否やリアが魔法で飛んできて、俺は抱きしめられる事となった。

エピローグ

その後、俺たちは瓦礫《がれき》や魔道具の残骸を足場にする事で遺跡からの脱出を成功させ、晴れてギルドへと報告へ行く事になった。

帰りに部屋に書いてあった文字と、蛇の【鑑定】結果を見たところ、この遺跡が放棄された理由はあの蛇の暴走だった事が判明したが、そういえば魔素過多について俺は調べていなかった。

「なぁリア、蛇を倒した訳だが、魔素はもうなくなったのか？」

「ん、えーと……ぶわーっとは、なってないよ。まだあるけど、これからなくなるとおもう」

「そうか。ならこの蛇を持っていって、解決したと言えばいいかな」

「そうだね！」

そんな事を話しながら、ギルドへと歩いていく。

こうして話している間にもリアの髪飾りが時々青く光っているが、これは魔力の充填を行っているから、という事らしい。

俺が無駄にまき散らしている大量の魔力のうち、リアが扱える分を使い続ける事で、通常の人間が三十年かけて用意する魔力を、二日で充填するつもりだとか言っていた。

どんな魔力量だよ、俺。

それでも脱出前に髪飾りが黒くなっているのが心配になり、俺が充填する事を提案したのだが、変な魔力を流して壊したりしそうだからやめろと言われた。

リアが使っているのも、元は同じ魔力のはずなのだが……。

規則的に光るそれを眺めているうちに、ギルドに到着した。

リアの件を話してくれた受付嬢がいたので、そのカウンターでギルドカードを提示する。

「あっ、鉱山病の調査、やっと成功したんですね！」

成功と書かれたギルドカードを見て、受付嬢が嬉しそうな声を上げる。

「なんか地下に遺跡があったみたいで、そこと地表がつながったのが原因だったみたいです」

「い……遺跡ですか？　それはアーティファクトとかが見つかる、古代文明の？」

「はい、その遺跡です。中にいた大きな魔物、というか魔道具を倒したのですが、そいつが元凶だと思います」

「解決まで……ええと、少々お待ちください」

受付嬢が、対応に困ったような顔をして、後ろへ引っ込んでしまった。

そして、ほどなく一人のベテランっぽい受付の人を連れて戻ってくる。受付嬢なのだろうが、そう呼ぶには少々歳が行き過ぎている気がする。

「遺跡で魔道具を倒したそうですね。見せていただけますか？」

「元凶の体はこの部屋を占領してしまうので、頭でいいですか？」

「ええ、頭だけでも判別はできますから」

そう言われて俺は、討伐した蛇の頭部を取り出し、カウンターに置く。戦闘中には名前まで読んでいる暇がなかったのだが、【鑑定】が示した名前は『試作型中型兵器破壊装置・スネーク一号』なので、蛇であっている。

受付の人はそれを手にとって少し調べていたが、やがてそれをカウンターに戻し、首を振った。

「いえ、知らない魔道具ですね。フォトレンの遺跡攻略戦の時に敵対的アーティファクトの事は全て覚えているので、私が知らないという事は、ギルドでは知られていないという事です。強かったのですか？」

「他の魔物や魔道具と比べれば、はるかに強かったですね」

「つよかったー！」

「……リアちゃんも、参加していたのですか？」

ベテランの方の受付嬢も、リアの事を知っていたらしい。

まあ、誘拐被害者の元の居場所がわからなかったケースは珍しいらしいから、知っているのも不思議ではないか。

「リア、たたかえるよ！」

「調査のつもりで連れて行ったんですが、実際戦えるんですよね……リアにギルドカードって発行できますか？」

一人で戦った事にしてごまかすのも不可能ではないだろうが、これから共に戦うのであれば、常にそういった対応を取る訳にも行かないだろう。

リアもギルドに登録してしまうのが一番手っ取り早い。

「ギルドとしては冒険者の年齢制限は設けていませんが、流石にその歳では……どうなんでしょう」

「無理なんですか？」

普通無理だろうとは、俺でも思う。

しかし年齢制限がないなら、聞いてみる価値はあるだろう。

「ギルドカード生成システムが受け付けてくれるかの問題ですね。冒険者として活動する事に問題がある場合には、生成が拒否されます。試してみますか？」

「お願いします」

ギルド受付嬢は、俺が初めてギルドへ行った時のような手続きとともに、ギルドカードの発行を試みる。

……何の問題もなく、あっさりと成功した。

ギルドカード生成装置は、この幼女（実年齢はわからないが）を冒険者の資格ありと判断したらしい。

「成功しました」

「成功しましたね」

「リアのカード！」

生成されたカードを渡されたリアが、ギルドカードをもらって嬉しそうにしている。

俺は受付嬢に登録料を渡しながら、一応リアに注意を促しておく。ギルドカードをなくしたら面倒そうだからな。

「なくすなよ」

「うん！」

「じゃあ、後でランク上げにいこうか。ランク関係なくできる依頼も多いけど、今回みたいな依頼を受けるには、Gじゃ不便だ」

「そうする！」

リアの実力であれば、すぐに俺に追いつく事だろう。

俺も戦闘力に関しては、中々の逆ランク詐欺にあるようなのだが、それはそれだ。

「あ、念のためにお教えしますが、見学ではリアちゃんが依頼を達成した事にはなりませんからね」

「そんな事はしませんよ」

「リア、たたかうもん！」

子供扱いにリアが憤慨している。俺も一応擁護はしたが、正直なところ子供扱いは仕方ないと思う。だって幼女だし。

そのうちギルドもリアの本当の実力に気付き、リアはスーパー幼女として正当な評価を受ける事だろう。

「ええ……それはそうと、他の魔道具もいたような言い方でしたが、そちらも見せていただけますか？」

「わかりました。最初に出てきたのがこいつですね」

比較的損傷の少ない、恐らくリアによって撃墜されたであろうフライングアイを取り出し、カウンターに置く。

「これは現場でマジックアイと呼ばれていた魔物ですね。Eランク相当だと言われています」

やはりフライングアイはギルドでも雑魚扱いされているようだった。

何もしていない俺に攻撃を無効化されてしまうだけの事はある。

「あと、これはその色違いです。少し魔法への耐性があるみたいですが、リアが殲滅《せんめつ》していました」

正確には俺の魔法を操作してだが、実際俺は魔法を展開していただけだ。

「リアちゃんが!?　……これはブルーマジックアイと呼ばれていて、Dランク相当ですが、その子に倒せる相手ではないような……」

「たおせるよ！」

また受付嬢がリアを憤慨させていた。もはや恒例行事だ。

「実際に倒してたんですよ。後は、こいつです。蛇と一緒にわらわら出てきて、私と蛇に殲滅されていました」

俺はアイテムボックスから狼の残骸をカウンターに置く。狼の名前は『耐魔法侵入者鎮圧魔道具・メタルウルフ』というらしい。こちらはそもそも、原型をとどめているものが存在しなかった。

ごく最初の方は対応に戸惑ったが、慣れてみればそんなに強い相手ではなかった。

最後には蛇の尻尾でまとめて吹き飛ばされてしまったし。

「こ、これは……単体でもほとんどBランクに近いCランク相当、ブルーメタルウルフです。これが集団で？」

「ええ。でもさっきの蛇の方が、ずっと強かったですよ」

それを聞いた受付の人は
「……この傷跡、一刀両断された後に、ものすごい力で叩きつけられたようですが、もしかして？」

「斬ったのは俺です。叩きつけた跡は恐らく、蛇が尻尾で連中を薙ぎ払った時のものです。私が倒したのは合計で三十くらいですかね」

「そ、それだけの群れを一人で相手にしたとなると、カエデさんは一人でAランク相当の戦闘力を持っている事になりますが……いえ、その蛇も単体でAランク相当では？　一体どうやって討伐を？」

俺の戦闘力はAランク相当なのか？　受付の人の言い方だと、何かとんでもない事をしてしまったのではないかという気分になる。

「ええとですね、空を飛んでいたのですが、まずは私が魔法を用意して……リアが撃墜しました」

「リアちゃんが!?」

「だからリア、たたかえるもん！」

……その後も説明は続き、受付の人がリアを六回怒らせたあたりで、ようやく説明が完了した。

とりあえず俺が狼を倒した実績は認められるという事で、戦闘能力に関して俺は最低でもBランクであると認定される可能性が高いそうだ。

Aランクは集団としての力が認められてのものばかりだったそうなので、個人としては最高ランクであると言える。

リアは……普通に戦闘をこなしてランクを上げる他ないだろう。どうせ俺も他の条件に引っかかるせいで、Ｅランクのままなのだ。

ギルドのシステムは、ポッと出の新人が数日おきにランクを上げるような状況を想定していないのだから、仕方がない。

ちなみに鉱山病を解決した報酬は確認がとれた後、ギルドを通して支払われるらしい。

遺跡攻略の方は直接の報酬は出ず、そのかわり遺跡の出土品のうち欲しいもの全てを持っていくのが通例であるようだ。

ドアや壁、備え付けの棚などを剥ぎ取ればそこそこのものが取れるかもしれないが、そのためにあの崩落しかけた遺跡にもう一度入る気にはならないので、調査の際に破壊した、大量の魔道具の残骸と、崩れてきた天井の一部（表面が魔力を遮断する謎金属でできている）で満足しておく事にした。

ギルドを出た俺たちが向かったのは、もちろん炭鉱会である。

鉱山病が解決されるという報告を一番聞きたかったのは、恐らくガインタさんだ。

コークス製作所に向かう道中で、そのガインタさんの後ろ姿を発見した。どうやら、どこからか戻ってきたところのようだ。

「こんにちはガインタさん、鉱山病は解決するみたいですよ」

「たぶん、みっかくらいで！」

俺が報告すると、ガインタさんはこちらを振り向き、一瞬遅く理解が追いついたのか、驚きの表情になった。

「……なに、もう調査が終わったのか！」

「はい、細かい事はギルドに報告を上げていますが、元凶を倒しましたので、そのうちに解決するかと」

「君は救世主か何かか？」

いくらなんでも大げさだ。

俺がやった事といえば、コークスの生産法と実験資金を提供して、炭鉱を開店休業状態に追い込んでいた鉱山病を、日帰り魔物討伐（ただし相手はAランク相当の群れと、Aランククらいの蛇）で解決しただけだ。

うん、完璧に普通だな。疑いようもなく。

「大げさですね、私は冒険者として依頼をこなしただけですよ。それに、こちらも材料不足でコークスが作れなくなるようであれば損をする事に変わりはありませんから」

「おお、コークスの話なんだがな、商業ギルドで聞いた話では、この技術は国が関わってくるほどのものらしい」

「それって、悪い話ですか？」

なんとなく面倒そうだ。あまり関わりたいとは思えない。

国の横槍で、特別な税金を払えと言われたりするのだろうか。

「いや、それどころか、かなりいい話だ」

「いい話だったんですか」

「前例を鑑みると、我々は国からこの技術を勝手に売らない事と、国が指定する一部商会への技術提供を求められる事になるだろう。もちろん有料でだ」

技術漏洩を防ぐ事と引き換えに、国がセールスマンの代わりをしてくれるのか。

確かに、俺にとっては悪い話ではない。ただ、炭鉱会としてはライバルが増えておいしくないのではないだろうか。

「炭鉱会にとってもメリットがあるんですか？　国が指定するという事は、ある程度大きい商会なんでしょう？」

「カエデ君に渡すものとは別に、こちらにも何パーセントかの技術料が支払われるはずだからな。その分競争なら不利になるのだから、わざわざ縄張り争いを仕掛けたりはすまいよ」

なるほど。炭鉱会も金を受け取れるのか。こちらが独占か国外進出でも目指さない限り、損はない話とさえ言える。

「そんなうまい話を、わざわざ国が？」

こうなると、契約書に小さい字で妙な事が書かれていたりしないか、心配になってくる。

「この技術にはそうまでして広める価値があるというのが、国の考えらしい。たとえば魔灯があるだろう。これが広まったのも、昔似たような事が行われた事によるものだ。今では外国にも広がっているが、魔灯が広まった事がどれだけ国に利益をもたらしたのかは想像もできないだろう？」

「魔灯と同じ価値が、コークス技術に？」

「同じとは言わないが、革命的な技術だ。ミスリルの普及はこの国を大きく変える事だろう」

話の広がり方がおかしい。

なぜ切り倒された森を見て製鉄のために持ち込んだコークス技術が、国家プロジェクトじみたミスリル量産計画になっているのだろうか。

いや、問題はそこではない、それだけ大きな話となると、交渉などで俺は王都かどこかで商売に専念しなければならないのではないだろうか。

嫌だぞ、冒険者を引退するのはまだ早い。

「私は冒険者ですし、ここには元々武器を用意しに来たんです。旅を続けたいのですが、私も交渉などに参加する事になるんでしょうか？」

「こうしょう、つまんない！　ぼうけんいくよ！」

そもそも俺は別に、金に困っている訳ではない。

貰えるなら貰うが、旅をやめてまで欲しいかと言うと、欲しくないのだ。普通に冒険者としても稼げるんだし。

「……普通はなるだろうな。だが今回は事情が特殊だ。カエデ君は新技術を作ったが、今までのケースは個人が大規模な発明をした前例は見つからなくてな。交渉を誰かに委任して、金だけ受け取るなどという事ができる可能性もないとは言えない。もちろん自分で交渉をする場合に比べ利益が少なくなる可能性はあるが、それでよければこちらも協力する気でいる。君は炭鉱会の恩人だからな」

「それはありがたいですね。是非お願いします」

本当に、お願いしたいものだ。自分の持っていった技術に縛られて動けなくなるとか、シャレにならない。

もし失敗したら誰かを雇って、代理にでも立てようか。

宿への帰り道、追加装備の事を思い出し、リアに聞いてみる事にした。

遺跡での戦いぶりや防御魔法などを見ていると、防具がいらないのではないかと思い始めたのだ。

「なぁリア、何か欲しい装備ってあるか？　防具とか、武器とか」

「んー、いらない！　おもいし、じゃまだし」

「だよなぁ……」

なんとなくわかっていた。

髪飾りの防御力に対して、防具で得られる防御力は低く、重い装備のデメリットは大きいのだ。

自力で防御魔法を張れるリアにとって俺のような防具は無用の長物だし、杖も不要らしい。エコだ。

「カエデは、ヘンな杖でいいの？」

「杖はいいけど、剣の予備が欲しいかな」

今回の戦闘は、刃杖と同等の剣がもう一本あればもう少し楽をできただろう。

どうせもう少しはここに滞在する必要があるのだし、作ってもらおうか。

「じゃあ、まってるあいだは、ぼうけんだね！　こんどはダーク……」

「普通に依頼をしような。ランク上げるんだろ？」

「あう、そうだった……」

そんなこんなで遺跡攻略から一週間ほどが経過し、この町を離れるにあたって一番の問題だったコークス技術料に関する話が、俺と炭鉱会の間でまとまった。

この間に、正式に俺が引き取る手続きを終えたリアが、登録からEランク達成までの最短記録と最年少記録（推定）を同時に達成していたりするが、瑣末な事だ。

「では技術料は先ほど定めた割合を、他の製作所の分もまとめて炭鉱会からギルド経由で私に、という事で問題ありませんか？」

「もちろんだ。本当に、何から何まで世話になってしまったな。ありがとう」

「いえ、こちらこそ、丸投げするみたいな形になってしまって」

「こちらとしても管理を任せてくれるのは助かる。どうせこれから炭鉱会はコークスを主軸にしてやっていく訳だからな。いっそ炭鉱会をコークス会に改名しようかと思ったよ」

「それはちょっと、どうなんでしょう……」

ガインタさんの全面協力により、俺はコークス関連の交渉を炭鉱会へ丸投げする事に成功した。

もちろん向こうの利益にもなるのだろうが、旅を続けたい俺たちにとっては理想的な結果となった。

ウィンウィンの関係というやつだ。

「とにかくだ、助かったよ。エレーラに住むなら喜んで用意をするが、そのつもりはないんだろう？」

「冒険者ですからね。いくらお金が入っても、流石に引退するにはちょっと早いです」

「つまんないよね！」

冒険という単語に反応したのか、コークスにより製錬されたミスリルのサンプルで遊んでいたリアが、そんな言葉とともに駆け寄ってきた。

「そうだな。……という事で、私たちはギルドへ向かって次の行き先を探してきますよ。ガインタさん、お世話になりました」

「ああ。こちらこそ世話になった。技術料には期待してくれ、ミスリルで鉄を駆逐してみせるからな」

流石に、それは言い過ぎではなかろうか。

そう苦笑しながらガインタさんと別れてリアと歩きだしたところで、ふと右方に違和感というか、電車が隣を通り抜けた時のような感覚を感じ、思わず振り向いてしまった。

だが俺の服や髪は、風が吹いたという俺の感覚を否定している。

その方向にいたリアが何かをしたのかと思ったが、リアも俺と同じように右を向き、遠くを向いていた。

「なんだ今の？」

何かは起きたという事だ。

俺はリアに問いかける。

「なにか、おおきなまほうが、なくなったみたい」

リアが答えた。人が病気になるほど魔素過多になっている空間に気付かない俺でもはっきりと認識できたという事は、なくなったのは相当に巨大な魔法なのだろう。

そんなものを今の文明が作れないであろう事は、今まで生活してきてなんとなくわかっている。

まずアーティファクトで間違いない。それが機能を停止したのだ。

「そこまでの距離ってわかるか？」

「んー、百キロくらい！　行ってみようよ！」

結構近いな。十分に移動が可能な距離だ。

「よし、じゃあ次はそこ、行ってみるか！」

「おお、ぼうけん！　……あれ？　あぶないとか、いわないの？」

リアは俺が反対すると思っていたらしく、首を傾げている。

どうやら、俺の考え方に関して誤解があるらしい。

確かに、俺にはわざわざ幼女を危険にさらすような趣味などない。

しかし今までの過保護は、リアの実力を知らなかった事と、リアが預かり子であった事が理由であり、自分で望み、それに必要な能力を持つ幼女が冒険を楽しもうとするのを阻む気はない。

それに何より、俺自身も冒険というやつを中々気に入っているのだ。

「なぜそんな事を言う必要があるんだ？　今のリアは冒険者で、俺の仲間だ。むやみに冒険を避ける必要はないし、危なくなったら逃げればいい。それに……」

「それに？」

「面白そうじゃないか」

CARACTER DATA

名前 NAME
カエデ

レベル LEVEL
21

年齢 AGE
21

種族 RACE
人族

性別 SEX
男

HP
657／657

MP
11014／11014

STR
98

INT
151

AGI
110

DEX
142

スキル SKILL
【情報操作解析】（隠蔽）、【異世界言語完全習得】（隠蔽）
【魔法の素質】、【武芸の素質】、【異界者】（隠蔽）
【全属性親和】（隠蔽）

武器 WEAPON
刃杖、鋼の剣

防具 GUARD
試製魔法防護服

アクセサリ ACCESSORY
ガルゴン革のマント

CARACTER DATA

名前 NAME
リア

レベル LEVEL
16

年齢 AGE
Unknown

種族 RACE
エルフ系特殊種族

性別 SEX
女

HP
88/88

MP
-

STR
11

INT
76

AGI
31

DEX
33

スキル SKILL
【外部魔力適正】、【魔力制御17】

武器 WEAPON
カエデが無意識に放出している魔力

防具 GUARD
異国の服

アクセサリ ACCESSORY
異国のリボン、守護の髪飾り

あとがき

ＷＥＢ版からの人はこんにちは。そうでない人は初めまして。進行諸島です。

ご存知の方、タイトルなどからお察しになった方も多いとは思いますが、本作品は『小説家になろう』掲載作品を書籍化したものです。

しかし文章を全面的に推敲し、後半の展開から大規模に改稿をした関係上、ＷＥＢ版とは別ルートになっています。

ＷＥＢ版の良さを生かしつつ、足りない部分を補うような改稿を目指しましたので、新規の読者さんにも、ＷＥＢ版の読者さんにも楽しんでいただけたらと思います。

ちなみにその過程で1巻部分で登場しなくなってしまったキャラもいますが、主要キャラに関しては2巻以降で出していく予定です。


さて、後書きから読む人も多いとのことで本作品の内容を簡単に説明します。

最強主人公のカエデが活躍して、無双して、それから無双する作品です。

……簡単すぎて一行で終わってしまったので、もうちょっと詳しく説明しましょう。

冒険者ギルドに登録した主人公が、薬草採りや魔物討伐で暴れ回ります。

……そして暴れ回ります。薬草採りって平和なはずなのに。

といっても主人公が特別凶暴な性格というわけではありません。

主人公は地球から異世界に移動してしまったというだけの、普通の青年です。

人よりちょっとだけ魔力が多かったり、持っているスキルがちょっとだけ強力だったりしますが、普通の青年です。

誰がなんと言おうと、普通の青年です。

またライトノベルである以上、当然ヒロインは出てきます。ええ、当然ですね。

貧乳ロリのヒロインから巨乳で露出度の高いヒロインまで出てきます。

ヒロインが増えた事情としては展開や出版の都合以外に、私と編集担当さんの属性が違うせいでもあったりするのですが、どういう違いなのかは伏せさせていただきます。

ネット上の活動報告を覗いていただけると、何か分かるかもしれません。


最後に謝辞を。

素晴らしいイラストを描いて下さったともぞ様、ＷＥＢ版と書籍の違いに頭を悩ませる私を支えてくださった編集担当さん、そしてこの本を手に取ってくださっている読者様。

この本を出せるのは皆様のおかげです。ありがとうございます。

GC NOVELS

異《い》世《せ》界《かい》転《てん》移《い》したので
チートを生《い》かして
魔《ま》法《ほう》剣《けん》士《し》やることにする
1

2015年11月6日　初版発行
2016年6月10日　第2刷発行

著　者／進《しん》行《こう》諸《しょ》島《とう》
画　／ともぞ

発行人／武内静夫
編　集／伊藤正和　岩永翔太
編集補助／関戸公人
装　丁／横尾清隆（マイクロハウス）
印刷所／株式会社平河工業社
発　行／株式会社マイクロマガジン社

〒104-0041　東京都中央区新富1-3-7　ヨドコウビル
[販売部] TEL 03-3206-1641／FAX 03-3551-1208
[編集部] TEL 03-3551-9563／FAX 03-3297-0180
http://micromagazine.net/

ISBN978-4-89637-539-8　C0093

本書は小説投稿サイト「小説家になろう」(http://syosetu.com/)に掲載されていたものを、加筆の上書籍化したものです。

アンケートのお願い

右の二次元コードまたはURL(http://micromagazine.net/me/)をご利用の上、本書に関するアンケートにご協力ください。

■ご協力いただいた方全員に、書き下ろし特典をプレゼント！
■スマートフォンにも対応しています（一部対応していない機種もあります）。
■サイトへのアクセス、登録・メール送信時の際にかかる通信費はご負担ください。

ファンレター、作品のご感想をお待ちしています！

宛先
〒104-0041　東京都中央区新富1-3-7　ヨドコウビル
株式会社マイクロマガジン社　GCノベルズ編集部「進行諸島先生」係「ともぞ先生」係

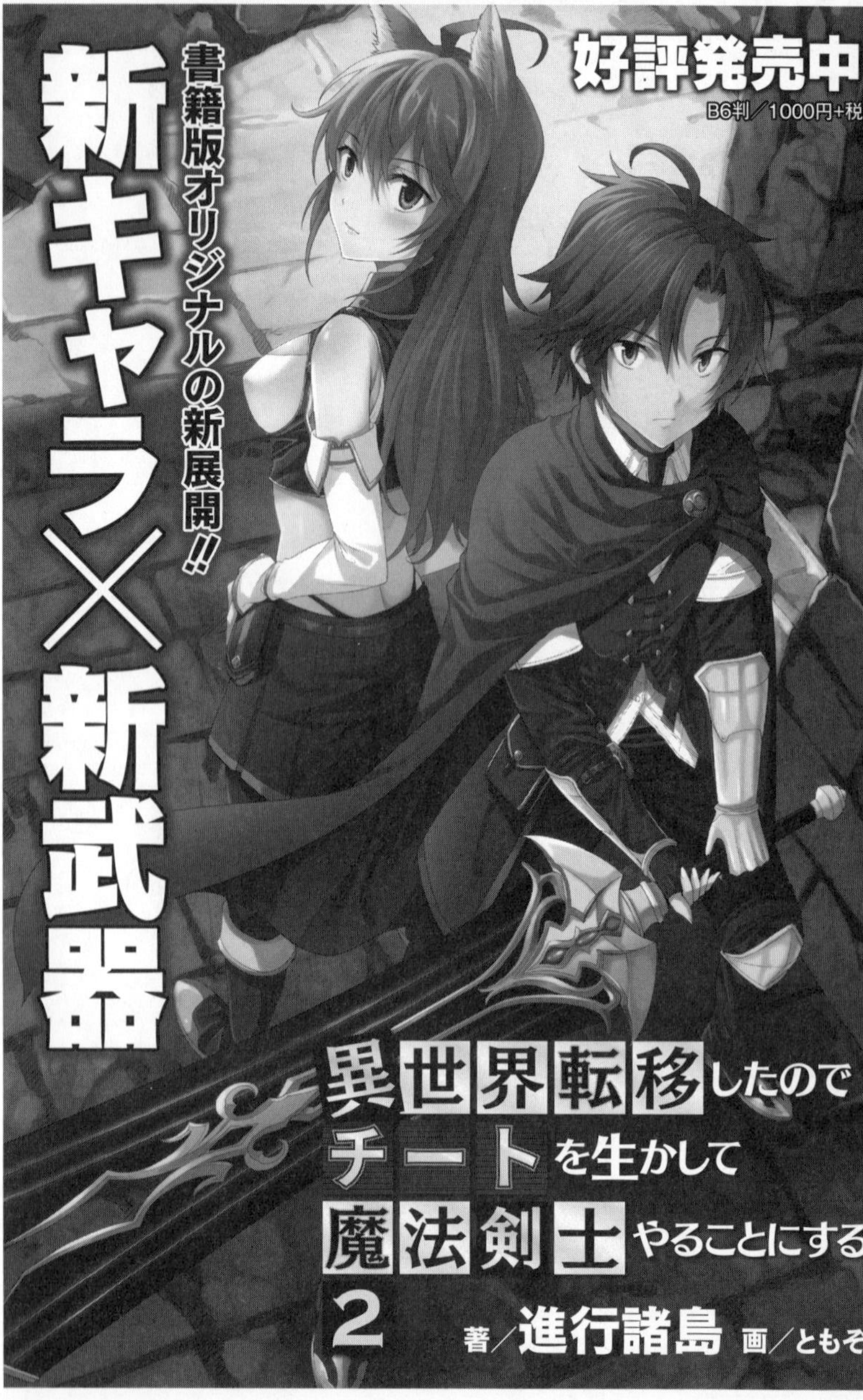
新キャラ×新武器
書籍版オリジナルの新展開!!
好評発売中
B6判／1000円+税
異世界転移したのでチートを生かして魔法剣士やることにする
2
著／進行諸島 画／ともぞ